GAEA

Gaea

美玲的記憶咖啡館

李奕萱 著

各界推薦

「這是一本想像力驚人之作，作者交織人物穿梭時空，寫出了北投最魔幻傳奇的身世！」

——郝譽翔（作家．國立台北教育大學語創系教授）

「這本書開啟地方史小說反映時代的敘事，希望能帶給很多人閱讀和思索的樂趣。」

——曹欽榮（人權文史工作者）

「謝謝奕萱把鄭南榕寫進故事裡。離去的人，活在我們想起他們的時候。只要有說故事、聽故事的勇氣與希望，我們與離去的人，會在故事裡再次相遇。」

——鄭竹梅（鄭南榕女兒）

（依姓氏筆畫排序）

美玲的記憶咖啡館

目次

1

這是我的遺書，也是我這些年來對我們這種生命體的觀察及未解的疑問，我記錄下來，希望有一天有人能解答……或者，希望有一天，不再有我們這樣的人。

琉璃不說話的日子，要滿半年了。

細瘦的腳踩著黃色布鞋，北投國中綠色運動服的上衣下襬長到蓋住短褲。她抱著膝蓋，蜷縮在椅子上，彷彿飄浮著，跟這個世界沒有任何連結。

一隻紋白蝶從她身邊飛過，在她眼前轉了一圈，琉璃的眼睛盯著蝴蝶拍動的翅膀，她鬆開扣著膝蓋的右手，無聲地向前探……

「張爸爸辛苦了。」一個細細高高的女聲逐漸接近，琉璃倏然收手，低下了頭。

「不好意思，之後還要麻煩……」

「不會不會，這是應該的。」

聲音近在咫尺，門呀的一聲打開，琉璃的爸爸思哲走到琉璃旁，拍了拍她肩膀。「琉璃。」

思哲穿著條紋襯衫和西裝褲，鼻子上架著金屬框眼鏡，看起來很斯文。他的頭髮亂糟糟的，幾乎要遮住眼睛。

琉璃沒有回頭，兩手指尖深深嵌入手臂，臉也埋入了膝蓋和胸前的空隙。

他猶豫了一下，但最後只是輕聲說：「我去上班了喔。」

琉璃始終沒有抬頭看思哲，還把頭壓得更低。過了半晌，腳步聲漸遠，她才稍微瞄了一眼前方，等著她的，是一個溫暖的笑容。

「我是妳的導師，溫芳庭。」

溫老師留著一頭長直髮，頭髮貼著兩頰，修飾了高高的顴骨。她蹲在琉璃面前，眼睛平視琉璃。

「妳不一定要說話。」溫老師溫柔地說。「用寫的、用比的，都可以。需要幫忙的時候，都可以來找老師。就算沒有什麼事，也可以來辦公室坐坐。」

琉璃抬頭，第一次看清楚溫老師的樣子。她穿著沒有一絲縐褶的米白色襯衫，卡其長裙差一、兩公分就會碰到地面，剛剛好地飄在半空中。琉璃發現溫老師的肩膀比她想像中寬，也比較高。

琉璃已經很久沒有給人任何回應了，但她不知道為什麼，對眼前這個人有種特殊的信任感，於是她點了點頭。

□

教室一片嘈雜，坐在窗邊的琉璃默默收著書包，先是把一個漆色斑剝的粉紅保溫杯小心翼翼地放進背包，再把手機、課本、習作依序收好。身邊幾個同學打打鬧鬧地經過，大聲笑鬧著，一個女同學撞到了她的桌子，鉛筆盒滑出桌面，自動鉛筆、原子筆、立可帶散落一地。

「抱歉！」女同學回過頭喊道。

「不用管她啦！」身邊另一個同學說，挽著對方的手就要離開。

女同學帶著歉意看了琉璃一眼，琉璃沒有看她，只是默默蹲下來，把筆一枝一枝撿起來。

琉璃轉學到班上已經一週了，一句話都沒有說，就像身上嶄新、還未褪色的運動服一樣，在一片淺綠色的衣服中，特別惹人注意又無法融入。

自我介紹是由溫老師完成的，她在黑板上寫上了「張琉璃」三個字，底下蔓延著一些窸窸窣窣的議論和笑語，「玻璃心」、「髒琉璃」在教室內流竄。

琉璃面無表情，好似什麼都沒聽到。

溫老師告訴學生們，琉璃因為生病的關係，暫時不能說話，學習進度也比較慢，希望大家可以多多體諒和幫忙。

一開始的幾天，還有人帶著興味與善意找琉璃說話，不過發現自己丟出去的球都有去無回，就漸漸沒有友善的人找她說話了。還會找上她的，只剩下惡意。

琉璃面對那些嘲弄，似乎也不太介意，始終恍若未聞、未見。有些人覺得自討沒趣，也有些人變本加厲，但她還是沒有反應。

琉璃揹起書包，走出校園，一邊走，一邊思考著等一下要去哪。她不想回家，家裡只有身體不好的可怕阿嬤，和語言不太通的印尼看護阿美，爸爸都會加班到很晚。

於是琉璃決定去圖書館——少數讓她覺得安心的地方，圖書館的書架和書很多，多到足以讓她隱身其中。

穿越校門後，琉璃右轉上坡，走過住宅區的大樓，再順著蜿蜒的路下坡，眼見圖書館前的小樹林就在前方，身後一個清脆的聲音叫住了她。

「琉璃……嗎？那個……」是撞到她桌子的女同學。「剛剛對不起。」

琉璃對這個聲音有印象，轉學第一天，這個女同學也曾來找她講過話，只是她已經不記得內容是什麼。琉璃壓低了頭，繼續往前走。

「我叫潘彥姍。」彥姍追到了她身邊繼續說，語氣爽朗。「妳也要去圖書館嗎？」

琉璃搖頭，猛地掉過頭，改往通向溪畔的上坡路走，彥姍在後頭好像還說了些什麼，但她都沒有聽進去。她埋頭走了很久，一直往人少的地方去，彎進某條樹叢間的小徑，她突然看到一條向上的石階。

樹林擁抱著那道石階，日光透過樹梢，散落成點點星光，小路不見盡頭，一道風拂過深深被吸引的琉璃。琉璃甩了甩頭，正要離開，卻見到了一隻胖胖的虎斑貓坐在路中央，兩隻前腳併攏，肥肥的身軀像是不倒翁。她眼睛一亮，想都沒想就朝貓咪走去。

可還來不及碰到牠，貓咪已經站了起來，從石階的邊緣往上走，琉璃猶豫了一下，雖然有些不安，還是跟了上去——反正只有一條路，總不會迷路。

不知走了多久，周圍越來越暗，興許因為日落，或因為樹林越來越密。琉璃正有些害怕，突然嗅到了咖啡的味道，還有一股甜甜的香氣——是麵包店的味道。

琉璃好奇地張望四周，尋找氣味來源。

「喵。」腳邊突然傳來聲音，毛茸茸的觸感滑過她的小腿。琉璃低頭一看，是剛剛的虎斑貓。她俯身想摸摸牠，但貓咪已搖搖晃晃向前，她順著貓前進的方向看去，是一棟典雅可愛的小木屋。

木屋是斜頂的單層樓建築，上頭鑲著幾扇可愛的四格窗戶，橫紋深褐色木板配著乳白色窗框，像是把牛奶攪進了咖啡。

琉璃用和貓咪一樣輕的步伐從側面靠近小木屋，探頭張望。木屋的台階上去有一道小小的檐廊，廊道上擺著空著的木桌椅。靛青色大門上綴著櫻花形狀的玻璃，在門的底部，有一片小小的紗窗門，貓咪似乎就是從那裡消失的。

門的旁邊長出樹枝般的金屬門牌，鐵灰色的板子上用娟秀的字跡寫著「記憶咖啡館」。

琉璃不知道從哪裡生出了勇氣，躡手躡腳地走上階梯。她按住門把，準備打開，但又停了下來。

「喵嗚。」她聽到貓咪細細的聲音從裡頭傳出來，像是被鉤子勾住，她不自覺按下了門把。推開門時，頭頂一陣輕盈的叮叮噹噹聲響起，她嚇了一跳，抬起頭，那是一個銀色小風鈴，垂著長長短短的金屬柱。

「歡迎光臨。」一個柔軟的聲音傳來，琉璃的視線轉了回來。

吧台後站著一個大約三十歲的長髮女子，身材嬌小，烏黑光亮的頭髮挽成優雅的髻子，一身暗紅色的短旗袍，室內暖黃色的燈光打到她的衣服時，隱隱約約可以看到繡線被映出的繁複花紋。

她的皮膚不特別白，但膚色均勻，五官深邃，尤其是一雙眼睛，像玻璃珠般清澈，卻也像峽谷間的水潭一樣深不可測。

琉璃沒有見過這麼美的人，只能怔怔地盯著她。女子抿嘴一笑，輕聲說：「第一次來嗎？」

琉璃點點頭。

「位子都可以坐，我拿菜單給妳。」

琉璃打量四周，室內的陳設相當簡單，吧台和桌椅都是木製的，與房子融為一體，桌子有著不同形狀，多邊形的、圓形的，在角落則有一張比較矮的方桌，旁邊是深藍色的沙發椅，看起來像大海一樣深沉。

店裡有兩桌客人，一個穿著飛行夾克的年輕男子藏在陰影裡，沉默地啜飲玻璃杯裡的透明褐色飲料，他失了神般遠眺眼前的空氣，好像那裡有一個人；另一桌是一對女孩子，看起來比琉璃年紀小一點，兩人都是清湯掛麵的短髮，一人穿著深色的水手服，另一個則是白色襯衫搭黑色連身裙，她們兩個坐在沙發上，肩並肩，耳鬢廝磨地交談。

「喵。」琉璃又聽到了虎斑貓的聲音，回頭一望，一個穿著浴衣、繫著腰帶的小女孩正蹲在地上，伸手搔虎斑貓肉肉的下巴。虎斑貓慵懶又舒服地仰著頭，瞇起了眼睛，發出呼嚕嚕聲音。

琉璃被小女孩的木屐吸引了，白色的足袋配著紅色的帶子，特別顯眼。

「妹妹妳要不要坐吧台？」長髮女子的聲音從背後傳來，琉璃又嚇了一跳，連忙說：「啊，嚇到妳了嗎？不好意思。」

琉璃忙搖頭，長髮女子手拿著一杯檸檬水和一張典雅的手寫菜單，順著她剛剛的視線，看向小女孩和貓，微笑說：「和子和箱子。」

琉璃歪頭，聽不懂長髮女子說的話。

「穿浴衣的妹妹是和子，貓咪叫箱子。妳知道薛丁格的貓嗎？」

琉璃搖搖頭。長髮女子溫柔地說：「妳有一天會知道的。」卻沒有多說明。「要坐吧台嗎？」

琉璃遲疑了一下，她已經很久沒有像現在一樣放鬆了，儘管是在完全陌生的環境裡。

「我還沒介紹我自己。」長髮女子說：「我叫美玲。」

美玲直直看入琉璃的雙眼，沒有避開，而是用眼睛和她說話。琉璃被說服了，她點點頭，走到吧台旁，踮腳坐上了高腳椅。椅子是可以轉動的，她坐上去時費了一點勁平衡。美玲看著努力嘗試的她，抿嘴微笑。

琉璃拿起菜單，那是寫著墨水字的羊皮紙，上頭飲料有幾種咖啡、茶、酒，主食則有義大利麵、蛋包飯等，另外還有三明治、布丁、餅乾等小點。有趣的是，餐點後頭寫著的價位是「回憶」，威士忌要「2個回憶」，焦糖布丁要「1個回憶」。

琉璃困惑地看著美玲，美玲笑著說：「在這裡，我們用回憶來儲值，妳告訴我一點妳的事，就可以買到飲料或點心——再小的事情都可以，價值是來自妳分享的心。」

琉璃張開了嘴，好像想說什麼，但她又合起嘴，搖了搖頭。

「妳不一定要用說的。」美玲遞給琉璃一張羊皮紙，還有一枝鋼筆。「有意思的是，有時候我們以為富有的人，在這裡卻是最窮的；我們覺得最落魄的人，在這裡卻是大富翁。」

琉璃握著筆，閉眼苦思，她腦海先是一片空白，好像硬要從乾枯的井鑿出水源，但突然之間太多記憶從地底湧出，多到淹沒了她，她的手收緊。

最後，她快速寫下了幾個字，遞給美玲。

美玲兩手接過，收到紙條的瞬間，琉璃見到旁邊收銀機上自動出現了一個數字「1」。

美玲微笑說：「要吃布丁嗎？」

琉璃點了點頭。美玲彎腰拿出了一個布丁，金黃色布丁在潔白的小杯裡看來十分溫暖。美玲把杯子放在圓盤上，連著小湯匙一併放在琉璃眼前。

琉璃拿起湯匙輕敲水嫩嫩的布丁。一用力，湯匙滑到杯底，紅褐色的焦糖如湧泉溢出表面。她舀起一匙，送入口中，冰涼的布丁在嘴裡融化，甜味滲入味蕾，是簡單但卻無比令人放心的味道，她頓了頓，又吃了一口，停不下來似地，她舀起了更大的一口，又一口，布丁一下子就沒了。

琉璃盯著攀附在杯緣的焦糖，眼淚忽然掉了下來，見美玲還站在前面，她抹掉了眼淚，趴了下來，藏起臉。

美玲沒有說什麼，只是溫柔地注視。然後，美玲走到一旁，打開了收銀機，一個清脆的鈴聲響起，她把剛才的那張紙慎重地放了進去。

在紙上，歪歪扭扭的字寫道：「我害死了媽媽。」

2

生命體沒有特定的名稱，每個生命體對自己（或他人）的稱呼都不一樣，不過不外乎靈魂、靈、幽魂、記憶、鬼這些詞彙的組合。就連我們對自己的瞭解都有限，大家推測，當一般人（或稱本體）經歷了某種難以承受的創傷，痛苦彷彿衝破軀殼，就會分裂出一部分的自己——這就是我們的出生。

在思哲的車上，琉璃坐在副駕，縮成了一球。她慢慢啃著手上的漢堡，視線緊黏著車窗，卻沒看進任何景色。漢堡無論是麵包、肉排，還是生菜，她都嚐不出味道，像在嚼白紙一樣。

她無意識地揉著手背，剛才阿嬤抽痰時緊緊扣住那裡。阿嬤臉上的每一分肌肉好像都在尖叫，琉璃手好痛，但又無法掙脫，也不敢掙脫。後來是看護工阿美百般安撫，才讓阿嬤鬆開手。

今天清早，琉璃才套上運動服，就聽到阿美的驚呼。接著，幾個人匆匆忙忙去了醫院，醫生說是吸入式肺炎，在琉璃沒住在這裡的幾年間，阿嬤就已經因為肺炎幾次住院。

琉璃不知道對阿嬤住院應該要有什麼情緒，小時候阿嬤疼她，總會在她放學前燒一桌好菜，再去小學接她回家，阿嬤皺皺的手牽著她的小手，在靜僻的巷子走呀走，阿嬤還會買巷口的豆花給她吃。琉璃一直很喜歡好疼自己的阿嬤，直到一次她不小心撞見阿嬤和媽媽吵架，才發現阿嬤對媽媽是另一種樣子。

「妳穿成按呢是欲出去賣？是欲予人笑講阮仔娶著破貓？」

那種淩厲就像是卡通裡的壞巫婆，把琉璃嚇壞了，琉璃聽不懂阿嬤在罵什麼，還上網去找了「破貓」的意思，台語很難搜尋，她換了好幾個字輸入，才終於找到。「妓女」，和別人做愛來賺錢的人。可是媽媽不是啊？琉璃疑惑，媽媽明明是印刷公司的業務員。在媽媽走了之後，她更是再也不知道該怎麼和阿嬤相處。

在車上的思哲沒有說話，也沒有什麼表情，只是平靜地開車，每一次紅燈，他的手指就會快速地轉過一個又一個廣播頻道，老歌、古典樂、流行音樂、新聞、英文、廣告……換來換去，似乎都找不到想聽的。

「我先送妳去學校，我再去工作，好嗎？」思哲好似花了全身的力氣擠出這句話。

琉璃沒有回應。

思哲看了琉璃一眼，見她沒有看向自己，便看回了前方，死命地瞪著紅燈，好像那是全世界最可怕的敵人。

□

「我聽過一個說法，我們是靈魂的碎片，本來啊，所有人——一般人，我們是這樣說——的靈魂都是完整的，可是遇到太痛苦的事情，為了要活下去，靈魂只能分裂出一部分，讓自己的負擔輕一點，然後我們就出現了。」

午後的咖啡館沒什麼人，只有一桌正在對弈的客人，一個是穿著軍服的年輕人，一個則是穿著 Polo 衫的老先生，桌上擺著棋盤，兩人手邊各有一壺茶，眼睛始終緊盯著棋盤。

琉璃的注意力都在美玲身上。紅茶在小不鏽鋼鍋裡咕嘟翻滾，美玲今天穿著粉紫色的無袖洋裝，兩隻手臂在陽光下像白玉一樣。她一手倒牛奶，一手拿著銀色長湯匙，像畫畫一樣拉開白色的漩渦。

「也有人說我們是記憶，或是未完的心願，像是被遺棄的影子。」

琉璃坐在吧台的高腳椅上，箱子縮成球狀，在她腿上沉睡。美玲握著鍋子的長柄，讓奶茶通過濾網注入玻璃瓶，然後斟了一杯薰衣草奶茶放到琉璃面前。

琉璃在紙上寫：「為什麼我看得到？」

美玲聳聳肩。「偶爾會有一般人出現，我也不知道為什麼。他們有些後來就再也沒有出現了。」美玲幫自己也倒了一杯奶茶，笑著說：「好像看不到的人就是看不到，看得到的人就是看得到。」

琉璃又低頭寫：「我以為我會找不到路。」

「但妳還是來了。啊！」美玲突然的喟歎讓琉璃嚇了一跳，抬頭盯著她，只見美玲閉著眼，一臉滿足和享受：「這次的薰衣草好香！」

美玲睜開眼，看到琉璃在看她，歪著頭說：「妳再不喝就要冷掉了喔。」

琉璃把方糖放入杯中，攪拌了一下，捧起溫熱的杯子，舌頭還沒嚐到，鼻子先吸進了濃濃的茶香和薰衣草香。啜飲一口，茶的澀味被滑順的牛奶包裹，只留下甘甜的尾韻，她忍不住嘴角上揚。

美玲用詢問的微笑看著琉璃，琉璃用力點頭，美玲笑了，把那壺奶茶放到吧台上，再用清水沖洗掉濾網上的茶葉和薰衣草，放到旁邊晾乾。

門鈴叮叮咚咚作響，琉璃和美玲都看向門口，昨天見過的黑連身裙女孩蹦蹦跳跳地進來，她今天綁了兩個小小的馬尾。後頭跟著的是一個高個子、看起來約莫四十歲的男人，他穿著灰色的西裝外套和西裝褲，襯衫領口打著領帶，在斯文中帶著點颯爽的自信，手上還抱著兩本精裝書及一本舊的皮製筆記本。

「美玲姊姊！」女孩一跳就跳到了吧台前，琉璃下意識往旁邊縮，女孩絲毫沒注意到，只是滔滔不絕地說：「加代今天想要吃巧克力餅乾，回憶是……我小時候……你們不要這個表情，更小的時候，學校老師給了我牛奶糖……咦我有說過這個嗎？好，應該沒有，爸爸看到我拿牛奶糖，就說要我丟掉，但加代還是偷偷吃掉了。」

「小雪呢？今天不來嗎？」美玲按了一下收銀機後，拿起吧台另一邊的餅乾罐。

「雪子跟加代吵架了。」加代癟了癟嘴。

「怎麼又吵架？」

「她又在抱怨加代沒去唸中學校的事。『你不為自己爭取，也不為我們爭取。』」加代用高音模仿。

「啊，原來是這樣。」

加代用手撐著高腳椅的坐墊，腳尖輕輕一踮，輕巧地跳上座位。美玲把裝著餅乾的淺碟放在她面前，另外還倒了一杯牛奶。加代把餅乾放到牛奶裡沾了沾，然後再一整塊塞進嘴裡，兩邊腮幫子鼓鼓的，像隻松鼠。

「又不是小孩子了。」方才的男子坐在加代旁邊，好氣又好笑地說。

加代口齒不清地應了幾句，沒人知道她在說什麼。

男子把書和筆記本都放在桌上，琉璃注意到那本筆記本相當美麗，雖然邊角已經有些磨損，可是縫線非常細，書頁之間隱隱還有一枚紫色花朵的書籤。

男子注意到琉璃的視線，向她一笑，琉璃收回了視線，低下頭。她來不及看清他的長相，但覺得他往後梳的油頭有種老派的優雅，雖然感覺上並不年輕，卻也不顯衰老。

美玲輕笑道：「林先生今天要來點什麼？」

「我想喝有果香的咖啡，種類就給美玲小姐選吧。」

「這是林先生，以前是老師，還去日本留學過呦！」美玲小心翼翼打開一個金屬小罐時說道。「你要不要分享一點你在日本的故事？」

「不足掛齒，日本的學界狹隘得很，接受不了來自各方的新知。美玲小姐不用留學，學識就已令人敬佩。」

「日本人的謙讓倒是學得很全。」美玲笑說。「可是現在是營業時間，你還是得說點什麼，不然不給你咖啡。」

「不敢當。」林先生淡淡微笑說。「我的回憶是，我唸書時很喜歡《臺灣青年》雜誌，裡面講了許多台灣人的思想，可惜創辦沒多久，氣度狹隘的日本人就禁了它，但我是因為《臺灣青年》才去日本留學，我希望成為精神、心靈上富足的人。」

「你以前沒講過這件事嗎？」美玲調侃他，一邊從吧台底下拿出了虹吸式咖啡壺，琉璃好奇地看著這上下各一個玻璃容器、宛如沙漏的儀器，美玲點燃了底座的酒精燈，水開始在底部的玻璃圓球沸騰，慢慢攀爬到上頭的圓柱形玻璃杯。

林先生一笑，他半起身，彎腰、伸手越過吧台，按了一下收銀機，收銀機發出一聲鈴聲。他側著臉看美玲道：「這不是證明了嗎？」

美玲把他推回座位，打開剛才的金屬小罐，舀了咖啡粉加入圓柱形上壺。「不要喧賓奪主！」

林先生大笑，打開一本書翻閱起來，琉璃偷看，書名是《台灣連翹》，書角因為潮濕而捲了起來。

一塊餅乾突然闖入琉璃的視線，加代把餅乾遞給她說：「給妳！」

琉璃揮手想表示不用，但加代已經把餅乾放到奶茶的碟子上。

琉璃拿起筆準備寫字，卻突然想到，剛剛他們說的是日文？是中文？是台語？還是什麼？

「在這裡不用擔心語言。」美玲彷彿會讀心術似地說明：「我們都不是一般人，不是用一般的方法溝通。」

琉璃點點頭，寫下：「謝謝，我叫琉璃。」

「好可愛的名字。」加代又塞了一塊餅乾進嘴巴。

琉璃抓了抓頭，提筆：「明明很怪。」

「哪會！雪子以前最愛搜集琉璃珠，因為它們亮晶晶的，很好看。」

美玲微笑道：「我也喜歡妳的名字。」她的手在空中比畫著。「琉，璃，留，離，好像是介於留著跟離開的中間那樣。」

琉璃低頭看著奶茶，想了想，笑了。她突然有些不好意思，但卻也有那麼點開心。

「琉璃下課了嗎？」加代問。「我來的時候還沒看到其他學生。」

琉璃一愣，寫道：「阿嬤生病，我沒去學校。」

加代用水汪汪的眼睛看著琉璃，好像很擔心。琉璃正要寫「沒事」，加代兩手一張，摟住琉璃的脖子，一手還拍著她後腦勺。

「琉璃還好嗎？」加代說。

琉璃不知該如何回應，幾個畫面在她腦中閃過：車上那個味同嚼蠟的漢堡，還有那個好像永遠不會變成綠色的紅燈。

「聽加代說！」加代鬆開了琉璃的脖子，直直注視琉璃的眼睛：「琉璃要好好珍惜能見面的時間。加代啊，真正的加代，沒有跟雪子一起去唸中學校，雪子的爸爸又不讓她跟加代見面，後來雪子，真正的雪子，就回日本了。」

加代用力地在琉璃肩上一拍：「好嗎？」

琉璃還沒反應過來，林先生已輕輕攬著加代的肩膀，把她拉開。「妳反應太大了，會嚇到琉璃小姐。」

「對不起！琉璃被嚇到了嗎？」

琉璃趕忙寫道：「沒事，謝謝。」

「你看！」加代向林先生抗議。

「好，好，我的不是。」林先生依然是溫文儒雅地笑，拿起杯子喝了一口，連動作都相當有氣質，琉璃偷偷一瞄，才終於看清他的長相。林先生有一張清秀的臉，高挺的鼻梁，纖細的眉毛，淺褐色的眼珠炯炯有神。

林先生注意到琉璃審視著自己，笑問：「琉璃小姐是北投人嗎？」

琉璃忙著收回目光，寫道：「小時候住北投，後來搬走，現在回來。」

「琉璃小姐如果晚點沒事，要不要在這附近走走？」

美玲插嘴：「林先生最喜歡在北投四處亂晃了，老是在找看書的地方。」

林先生微笑道：「『生者為過客，死者為歸人』，北投便是生和死，天和地的逆旅，千百年來，不同的人來來去去，有一批又一批飄洋過海的住民，來自太平洋的島民在這裡建立部落，台灣海峽另一端的漢人看上了硫磺，日本人更是中意北投的溫泉，建了醫院、旅館，讓北投成為溫泉鄉，收容一批又一批的過客……在這個小小的地方，可是有很多的記憶停留在這裡。」

琉璃聽不太懂，只覺得林先生低沉的聲音很好聽，連說話的字句都像是咒語一般令人感到迷幻，她不自覺地點了點頭。

林先生瞧著加代：「加代，妳要不要帶琉璃小姐逛逛？妳沒事情做吧？」

「當然可以。」加代瞇起眼，抱怨道：「可是為什麼琉璃是琉璃小姐，加代就只是加代？」

還沒到黃昏，加代便催著琉璃出發，牽著她的手在林子一陣亂衝亂撞，琉璃根本記不得走過了哪裡，只知道是往上走，從泥巴地穿到一條細細的石頭階梯，接著映入眼簾的就是一道木頭籬笆，加代推開木門，拉著琉璃向前，琉璃趕忙用空著的手把木門關好。

「前面是鐵道部的廟，裡面有守護溫泉的菩薩。」加代說：「有一些蓋鐵路的人住在這裡，他們和其他日本人常常來喝酒。啊，佐藤大哥有時候也會在這裡，不過他不會喝酒，也不會唱歌，只會在旁邊看大家玩。」

琉璃正尋思佐藤大哥是誰，加代好像會讀心術，頭也不回地補了一句：「琉璃上次也有看到佐藤大哥！他是飛行員。」

琉璃回憶了一下，想起了滿面風塵的飛行夾克男子，正要點頭，就看到眼前的寺院，白牆加上木頭邊框，黑青色的山形屋頂沒有太多裝飾，簡樸而優雅，大門上的匾額題著「普濟寺」。

「妳看！」

順著加代的手指，琉璃看到幾個穿著日式短袍的人坐在廟旁的樹下，中間圍著一個美麗的紅色和服女子。她梳著傳統的髮髻，懷中抱著一把三味線，手指輕柔而有力地撥動琴弦，演奏著動聽的音樂。幾個男子在一旁打著節拍，隱隱還聽得見低低的吟唱。

「咦，今天佐藤大哥不在。」

琉璃聽到加代喃喃自語，四處張望，果然不見上次的飛行員。

「沒關係，我們走！」加代牽著琉璃的手就要走，琉璃伸出一隻手指，示意她等一下，然後拿出紙筆，寫道：「其他人看不到你們嗎？」

加代偏著頭說道：「好像是這樣，有時候這裡也會有一般人，不過他們都聽不到，也看不到。」

「我們這樣走很奇怪。」琉璃振筆疾書。「妳走前面？」

加代癟了癟嘴：「那些人的想法重要嗎？」

琉璃一愣，還沒來得及回應，加代已經往前走了，她只好小跑步跟上。

「這邊是以前銀行的宿舍，那邊都是溫泉旅館，一般人的，我們這種人的，都混在一起。」加代在狹窄的道路側邊疾行，滔滔不絕地說著，絲毫不給琉璃打岔的機會。「他們看不到我們用的，我們看得到他們的，但不會去用，不過我們偶爾還是會進去他們的旅館，趁沒什麼一般人的時候。」

琉璃跑得有點喘不過氣，好一陣子沒有好好看周圍，她聽到加代這樣說，眨了眨眼，向旁邊看去，才發現幾棟看起來像是廢墟的空間，裡頭隱隱閃著燈火，然後還聽得見窸窸窣窣的人聲、丁鈴噹啷的杯盤聲，偶爾還有吉他、手風琴的音樂聲。

「琉璃！」

琉璃往前看，發現加代跟一個穿著日式工作服的女性，在被綠色鐵皮圍住的地方等她。

「千鶴姊姊說我們可以進去看一下！」加代說。

琉璃抬頭看著綠色鐵皮圍欄的另一端，只看見樹木恣意攀爬、生長，還有一些枯黃的藤蔓懸吊在四周，就是個廢墟，她一時之間看不出個所以然。

千鶴給了琉璃一個友善的微笑，她是個白白淨淨、手大腳大的女孩子，看起來二十出頭。她轉頭在鐵皮上摸索，好像找到了什麼，輕輕一推，鐵皮上開了一道門。她伸手示意二人進去，琉璃還杵在原地，加代就推著她進去。

裡頭，竟然是一間相當氣派的房子，外頭看見的枯枝底下，竟是優雅的公園造景，有小橋流水，也有修剪成糰子般的灌木，旁邊點綴著各種鮮花。

琉璃看呆了，一時之間動彈不得，加代得意地笑了。「這可是我們當初很有名的星乃湯！」

「我們的溫泉是用白礦泉，裡面有天然的礦灰，泡湯時會看到，但是撈不到，一點一點的，像星星一樣。」千鶴領著她們穿越木造日式迴廊，腳步輕盈，只有很偶爾地板才會傳出細微的嘎吱聲。「現在還沒什麼客人，所以可以讓妳們進來看看。」

千鶴掀起紅色門簾，帶著她們進到浴池，只見昏暗的燈光下，底下的水都是牛奶混著開水一般的混沌顏色，琉璃蹲在池邊，仔細朝溫泉水裡看，一開始只看到一些像是油脂的碎屑，然後她才突然想到，這就是礦灰。一轉念，彷彿視野也變了，眼前出現的變成銀河與其中的點點繁星。她不自覺伸手想觸摸，但突然意識到這樣好像不好，快速收回了手。

千鶴輕笑道：「妳到旁邊洗個手就可以碰，沒有問題。」

琉璃搖了搖頭。

琉璃和加代走出旅館、穿過鐵皮圍籬的小門後，千鶴在暗門邊向她們揮手道別。琉璃恍若作了一場夢，回頭看到千鶴關起門，才知道這是真實發生的。

「厲害吧！」加代得意洋洋地說：「不過，最厲害的還沒到喔！」

□

加代口中最厲害的地方，立刻就到了。

琉璃忍不住屏住呼吸，她眼前是路旁的一塊平台，乾燥的土壤、零星的青草上，粗細不一的樹根恣意生長，抓住了地面，像是蜘蛛網。

一陣風吹過琉璃，她的臉頰被榕樹的氣生根輕輕拂過，眼前滿滿都是嫩粉色、桃紅色的氣生根，像是長長的雨絲環繞四周，柔軟地在空中盪呀盪，好像外星世界一樣。琉璃以前以為榕樹的鬚都是土色的，沒想到竟然會是這樣的顏色。

加代已在空地邊緣等她，琉璃向前走去，探頭一看，底下正是她小時候去過的地熱谷，氤氳的水氣凝滯在高溫的池水上，風一來，就會雲起霧湧般翻滾，池水是碧綠色的，透亮的樣子像極了一顆偌大的翠玉。

「女巫姊姊說這裡是生和死的交界之地，水蒸氣都是記憶。」加代說這話的時候好像突然長了十歲，帶著點憂鬱，但又好像有些嚮往。「如果進到地熱谷的池水中，我們就會永遠消失。」

琉璃聽到這句話，渾身忽然起了一股寒意，她反射性地拉著加代往後走了一點。加代微微一笑，又變回了原先的加代，用振奮的語氣說道：「我們去找女巫姊姊！」

她們上坡走了幾分鐘，加代停在一個看起來像普通民宅的木門前，房子的大門中間掛了一把羽毛般的嫩綠樹葉，門的四周則繪著黑色、紅色、白色的花邊。屋子兩旁都是石牆，加代踮腳想越過石牆探一探，但實在不夠高，只能回過頭向琉璃搖搖頭。

「女巫姊姊好像不在。」加代惋惜地說，隨即又打起精神：「下次再一起來！」

琉璃笑著點點頭，剛回過頭，她就注意到前面不遠處，是上一次在咖啡館跟貓玩耍的小妹妹和子。她穿著水藍色的浴衣，一手不斷拋起一顆球，輕輕丟到空中，又在落下時接住。她的另一手牽著一個駝背老先生的手，老先生穿著破破爛爛的棉質上衣，還有工裝褲，兩人緩緩地走在前面。

琉璃正想拉住加代，就發現兩人彎進了小路，不見了。

她加快腳步走到加代旁邊，她們正好走到了一個岔路口，琉璃正要往下坡的路走，加代猛地一拉，把她拽到另一條路。

「那邊有壞東西！」加代厲聲道。

琉璃不太懂，但加代也沒有要解釋，只是抓著琉璃，逕自加快腳步。走得遠一些了，加代才說：「那邊以前有警察，大家都說有聽到尖叫聲，沒有人知道進去的人後來怎麼了。」

琉璃再次感覺到剛才的寒意，這時天色也暗了，空氣漸漸變得冰涼。她們繼續往前走，經過了一道褐色大門，門後面暗暗的看不太清楚，不過依稀可見一道樓梯，樓梯盡頭是棟相當漂亮的大平房。

「這裡以前是日本人的醫院，後來變成中國士兵的醫院。」加代悄聲說，整趟走下來，她從來沒有這麼小聲說話過。「那裡受傷的人，不只是手啊、腳啊。」

加代指著頭，然後再指了指心臟，說道：「還有這裡受傷的人。」

天色漆黑，周圍又時不時會見到斷垣殘壁、油漆斑剝的磚頭牆、荒廢的空屋，琉璃心下惴惴不安，有些害怕，但加代沒有回頭的意思，琉璃又不敢阻攔，只能硬著頭皮跟著她走。

正要轉彎，突然頭頂沙沙作響，琉璃嚇了一跳，用力拉住加代。一抹黑影嗖的一聲從樹上縱身跳下，快速而輕巧，速度如閃電。琉璃靠著路燈的光線定睛一看，是個穿著新民國中運動服——褪色的黃上衣和紫色短褲——的男孩，他有一雙貓一般的眼睛，淡漠而疏離，頂著刺蝟頭，四肢結實而修長。

「日本人不能到這裡。」男孩冷冷地說。

「你嚇到我們了！」加代生氣地回道。

男孩絲毫不理會。「按照約定，日本人不能跨越界線，這是我們的地盤。」

「加代是台灣人！」

「妳穿日本人的衣服，講日本話，受日本人的好處……」

「加代不……」

「跨越界線，就會有不好的事情發生。」

加代滿臉漲得通紅，卻氣得講不出話。琉璃拉了拉加代，想要帶她往後走。男孩第一次正眼看琉璃，他用雷射光般的視線掃過了她，留意到她穿著北投國中的運動服。

「妳是一般人？」他問。

琉璃對他投以不友善的眼神，不過還是點了點頭。

「你們國中以前是日本的小學校，我們這邊的人不喜歡，妳最好也不要來這裡。」

琉璃聽不懂他在說什麼，只覺得這個人渾身都透著敵意，便扯著加代回頭。走了幾步，她聽見背後又是嗖的一聲，回頭看，男孩已經不見了。

她們安靜地走了一陣子，琉璃有點擔心加代，見溪邊有石頭可以坐下，就提議休息。

加代一言不發，只是彎下身子，撿起一顆又一顆小石子，丟到溪中。琉璃輕輕地摸了加代的頭，加代看向琉璃，苦笑。

「加代不是日本人，沒有受日本人的好處，加代的家人也沒有，我爸爸最討厭的就是日本人。」加代深呼吸，想讓自己平靜下來，但眼淚卻掉了下來。「而且……而且……」

琉璃輕輕拍著她的頭和背，與剛才加代安慰自己時一樣。加代把頭靠在了琉璃肩上。

隱隱約約，琉璃聽到加代悶悶地說：「雪子的爸爸說加代是台灣人，所以才不能見面啊。」

3

我自己認為，比起其他好聽的稱號，我們更像排泄物，是本體為了讓生命走下去，而分割出來的碎屑——事實是，我們的本體大多也的確不是多優秀的人，不過只是被淘汰的次級品。

「妳說話，我就跟妳說在哪裡！」同班同學廖明宇在講台上大喊，班上其他同學袖手旁觀，甚至還有些人在笑。

這幾天，班上流行起一個「讓張琉璃講話」的比賽，幾個在班上特別活躍的人躍躍欲試，他們號稱「為了她好」，開始進行各種被輕描淡寫為「惡作劇」的行為，推倒她的書桌、在黑板上寫她的壞話、分組時叫大家不要跟她同一組、藏起她的課本和手機，他們意想不到的是，琉璃依然沒講話，從頭到尾都只是默默地承受。

昨天，琉璃的鉛筆盒被放了毛毛蟲，原本他們以為會嚇到她，沒想到她反而一臉疼惜和抱歉，小心翼翼地把毛毛蟲放到窗外的樹上。

看到無動於衷的琉璃，明宇好勝心大作，他雖然看起來大剌剌，但其實是個觀察力挺敏銳的人，他發現琉璃特別寶貝她的保溫杯，甚至比手機還要重視，於是他就趁大家去實驗教室上化學的時候，把琉璃的保溫杯偷偷藏到教室最高的櫃子上。

而他的確成功了，琉璃第一次看起來有了情緒，在黑板和白紙寫上「有誰看到我的杯子？」

明宇見獵心喜，搶走並撕掉了琉璃的白紙。

「妳開口問啊！又不是啞巴，妳不屑跟我們講話嗎？玻璃心還囂張！」

琉璃臉上滿是慍色，眼眶微紅，但也絲毫沒有要妥協。她深呼吸，靜下來觀察教室環境，看到高高的櫃子，立刻搬了椅子，直直朝櫃子走去

明宇慌了，如果就這樣失敗，他覺得很沒面子。琉璃一架好椅子，準備爬上去，他就衝到她身後，用力把琉璃的馬尾往後扯。

一抹高瘦身影一個箭步跳到椅子上，一手還拿著自己的自然課本，另一手伸長拿下了琉璃的保溫杯，正是之前撞到琉璃桌子、後來又在圖書館前遇到的彥姍。

彥姍跳下椅子，把保溫杯遞給琉璃，然後一個反手，就把自己的課本摜到明宇頭上，斥道：「白痴嗎？」

明宇被重重敲了一下，才想回嘴，不過上課鈴聲響起，歷史老師兼班導的溫老師已經在門邊，他只好憤憤地回到座位，旁邊看熱鬧的同學也一哄而散。

琉璃坐下後，先是把保溫杯收進背包，然後才拿出課本。老師講課時，她偷偷回頭看了一下坐在後排的彥姍，彥姍握著一枝筆，看起來好像在做筆記，但仔細看會發現她睡著了，一直點

頭，琉璃忍不住偷笑，也下定了決心。

下課鐘聲響起，琉璃走到彥姍的座位旁，翻開她筆記本的一頁給彥姍看，上面寫著「謝謝」，還畫了一個笑臉。

彥姍揮揮手，說：「不會啦！要不要一起吃午餐？我知道一個超棒的地方喔！」

□

彥姍口中的好地方，是頂樓的樓梯間，通往戶外的門鎖得緊緊的，平常沒有人會來這裡。

琉璃拿著裝了營養午餐的便當盒過去，彥姍則是吃自己帶的便當，她打開便當盒的時候，琉璃忍不住驚歎。烤得邊緣金黃的松阪豬整齊疊放，旁邊擺著小白菜、綠花椰菜、紅蘿蔔，還有半顆水煮蛋，蛋黃黃澄澄的，白飯上頭還撒了黑芝麻，整個便當的配色讓人十分舒服。

彥姍見到琉璃的表情，忍不住笑了，說：「這是我自己做的！妳要不要吃一塊？」

琉璃還沒答覆，彥姍已經挾了一塊松阪豬放到琉璃便當盒裡。

琉璃正要提筆道謝，彥姍就催促她：「趕快吃吃看！」

琉璃放下筆，咬了一口豬肉，肉汁在嘴裡爆炸，又甜又香。琉璃見彥姍在看自己，她拚命點頭想表達心情的激動。彥姍咧嘴一笑，也開動了。

琉璃拿起筆記本，寫道：「妳會煮飯？」

「我跟阿公和阿嬤住，以前都是阿嬤做菜，後來阿嬤走了，阿公不會做菜，就由我來做。」不等琉璃有什麼反應，彥姍先伸手阻止：「不要覺得我可憐，我喜歡做菜，阿公也對我很好。」

琉璃點點頭。兩人沉默地吃了一陣子，雖然沒有講話，卻也不會尷尬，似乎不需要用言語來填滿什麼。樓梯間前方正對著藍天，幾朵白雲懶洋洋地在空中飄著，微風吹進樓梯間，讓空氣清涼了些。

彥姍突然想到什麼，想講話，卻嗆到了。她用力咳嗽，琉璃手忙腳亂地幫她拿水瓶，一陣忙亂後，兩人都忍不住覺得好笑。彥姍一個興起，拿起琉璃的筆記本，在上面寫：「這樣比較安全！」

琉璃笑著點點頭。

彥姍繼續寫「上次」，然後用手指指了一下琉璃，再寫「圖書館？」她手指了一下自己，寫「嚇到妳」，然後她雙手合十，像是在說抱歉。

琉璃搖搖頭，伸手把她合十的手輕輕帶下來。

彥姍又是一陣寫字跟比手畫腳，一下在空中假裝寫字跟唸書，然後一下是把手墊在臉頰下假裝在睡覺。琉璃完全看不懂她是什麼意思，搖了搖頭。

彥姍抱頭苦思一下，然後放棄，全都用寫的：「我都在圖書館寫作業，在家會睡死，下次一起去?」

琉璃又驚又喜，點點頭，她從來沒想過在這所學校會有朋友——可以一起吃飯，一起去圖書館，應該就算是朋友了吧?她喉頭好像哽住了，連帶把酸酸的感覺帶到鼻頭，眼眶也微微發熱。她趕忙假裝嗆到，而這次，換彥姍手忙腳亂地拿保溫杯給她。

□

琉璃和彥姍下課後在圖書館待了一個半小時，彥姍要回家煮晚餐，就先跟琉璃道別。琉璃見還不到六點，決定要去記憶咖啡館找美玲，想宣布這個重大的消息:「我在學校有朋友了!」

她往上坡走，毫不猶豫地從柏油路轉到小徑，熟悉的路口邊，卻有一個穿著條紋 Polo 衫的阿伯，他跨坐在一台寶藍色的野狼機車上，嘴裡叼著一支菸。琉璃經過他時，阿伯瞧了她幾眼，令她有點緊張，便加快腳步，跑上石梯。

拐了幾個彎，咖啡館就在眼前，卻見美玲在門口急急地鎖門。

「琉璃!」美玲一見到琉璃，匆匆說:「不好意思我今天要先關店，加代好像出了什麼事，大家都過去了，我原本不想去，怕人越多越混亂，不過還是放心不下。妳今天先回家，好嗎?」

琉璃皺起眉，相當擔心，於是她拉了拉美玲洋裝的衣襬，指著自己，然後再指指她。

美玲知道她想一起去，沉吟了一下，點點頭，然後拉著琉璃的手往樓梯奔下。到了柏油路，她直直往剛才琉璃看到的阿伯走去。

「阿賢哥，」美玲跟阿伯講：「你可以先載妹妹過去，然後再來載我嗎？」

美玲回過頭跟琉璃說：「這是限時專送的阿賢哥，我和姊妹以前都給他載，他騎車很小心，妳不用害怕。一下就到了，也不用擔心我。」

琉璃還來不及反應，就被美玲扶上了機車後座、套上了安全帽，她還細心地告訴琉璃坐墊後有一個扶手。確定琉璃坐穩、抓好後，就拍了拍阿賢哥的肩膀，示意可以出發。

阿賢哥轉動手把，引擎轟隆作響，像流星一樣往前衝。琉璃的頭髮在安全帽旁邊亂飄。這是她第一次坐外人的機車，有點不安，好在阿賢哥騎得很穩。

穿過幾條上一次跟加代走過的小巷，琉璃聽到前方的喧鬧聲，於是從阿賢哥的背後探出頭，想看看發生了什麼事。只見在前方不遠處就是地熱谷上方的平台，那邊圍了一群人。

琉璃著急，一從摩托車下來，和阿賢哥鞠躬道謝，就趕忙跑了過去。空地上分成了兩堆人，一邊大多穿著和服、西裝、飛行夾克，另一邊則有不少穿軍服和警察制服的人，也混雜很多很日常的衣服：吊嘎和棉褲、花洋裝。

琉璃看不太清楚前面發生什麼事，踮起腳尖也看不到，她只能試著鑽過人群，忽然她見到站在邊緣的林先生，趕緊走到他旁邊。林先生雙手抱胸，專注地盯著琉璃看不到的衝突現場。

林先生看到琉璃，吃了一驚，琉璃笨拙地在背包掏了一下，找出筆記本，寫道：「加代？」

林先生說：「眷村和警總的人來找加代，說有個爺爺失蹤了，失蹤那天加代剛好跨越界線，就被他們懷疑。」

琉璃聽了很焦躁，她匆匆寫：「加代跟我一起。」

「加代也是這樣說，但他們不聽，雪子當然護著加代，她日本朋友很快就到了，兩邊僵持不下，已經這樣一陣子了。」

琉璃心裡難受，橫著身子就想擠到前面，林先生輕輕拉住了她的肩膀：「沒有用的，他們不講理，妳只會被波及。」

但琉璃管不了這麼多，她掙開了林先生的手，用肩膀的力量頂開前面的人，往前面一步步走去，有些被擠到的人喃喃抱怨，不過琉璃嬌小，他們還沒看到是誰，她就已經走到更前面了。

不一會兒，她走到了前排，雖然有些高大的人擋在前面，不過她可以透過他們之間的空隙看到加代。加代臉色慘白，雪子反而很鎮定，牽著她的手，擋在加代的前面。

「加代說過多少次了，那天她根本沒有見到徐先生。」雪子昂著頭，冷靜地說。

「日本人說的都不可信。」一個穿著軍人制服、臉方方正正的中年壯漢粗聲道。「為了達成目的，日本人什麼都會做。」

「這我也說過了，能有什麼目的？」加代生氣地喊道。

「你們早就覬覦眷村的地。」壯漢哼了一聲。

「那邊以前本來就是我們日本人蓋的。」雪子冷靜地說：「醫院也是，你們可蓋不出這麼美的建築。我們以前在那裡的醫生、病人被你們趕出來，我們都沒說什麼。」

壯漢旁邊一個面容瘦削、比較年輕的花襯衫男子頂了回去：「偷東西還喊抓賊！台灣還不是你們強佔的？」

「你們中國人的皇帝積弱無能，怪我們嗎？」一個穿和服的男人冷笑。

一句話引得全場譁然，吵雜中不易聽清楚誰講了什麼。琉璃想要上前幫加代說話，她往前走，只差一步就要走到群眾的中間。可是她停了下來，看著眼前劍拔弩張的情勢，她遲疑了。

突然一個清脆的女聲說：「大家聽我一句。」

是美玲。她往前走，身邊的人竟毫無猶豫地讓了一條路給她。

「加代那天跟一個一般人妹妹一起，晚一點就回到我的咖啡館了，沒時間做什麼多餘的事。更何況，她一個小小女孩是能做什麼？徐爺爺就算年紀長，也是曾經征戰大江南北的軍人啊！」

全場鴉雀無聲，壯漢一時不知道怎麼反駁，便對美玲吼道：「幫美國人洗澡的妓女哪裡可信了？」

現場一陣騷動，兩方竊竊私語的聲音逐漸變大，不少人皺起了眉頭，上次在咖啡館對弈的兩人也夾在人群裡，面露不滿之色。花襯衫男把壯漢往回拉了幾步，向他搖搖頭。

琉璃看向美玲，等她反駁——她還記得媽媽被阿嬤罵「破猫」的時候，表情難看到了極點，雖然她不敢回嘴。

美玲卻什麼反應都沒有，只是沉著地說：「我理解黃正雄大哥，」她向壯漢說，「和阿猴哥，」她向花襯衫男示意，「擔心徐爺爺，我也擔心，剛才我們發現，跟徐爺爺很好的妹妹——和子——也失蹤了，他們兩個人也許一起去了哪裡，找到他們，才是現在最重要的事。」

「我們為什麼要相信妳？」阿猴語氣依然不友善，但已經緩和不少。

琉璃深呼吸，一口氣往前衝，站到美玲身邊，張開嘴想說話，但一時之間卻沙啞無聲，大家都一臉不明所以地看她，她用力回想講話時喉嚨肌肉、聲帶的感覺，但卻腦袋一片空白。她連忙拿出紙筆，快速地寫下什麼，然後舉起筆記本給美玲看：「我那天有看到和子和爺爺。」

美玲一愣，她蹲了下來，扶著琉璃的肩問道：「在哪裡？什麼時候？」

琉璃振筆疾書：「女巫家，黃昏，他們往小路走，就不見了。」

美玲繼續問：「他們看起來是什麼樣子？」

「妹妹藍色浴衣，紅色球。」琉璃停了下來，認真回想，又繼續寫：「爺爺白色衣服，咖啡色褲子。」

停頓了一下，她想寫「駝背」，卻忘記字怎麼寫，就隨手塗鴉了個像拐杖糖的駝背火柴人。

美玲點點頭，站起身向大家說：「這個是當天和加代一起的琉璃妹妹，她說她見到和子和徐爺爺走在一起。」

「小鬼有什麼可信度?」黃正雄在旁邊暴躁地說:「把日本小鬼跟她一起交出來,由我們來問清楚。」

「非常時期的做法在這裡可行不通。」美玲態度也相當強硬。

「你們打不贏共匪,就只會欺負小朋友。」後面有人大喊。

「好啊,你是台灣人,卻總是幫日本鬼子講話。」另一個人叫道。

「你們比日本人還骯髒,還要像土匪!」

正當氣氛越來越緊張,後方突然一陣騷動,人群散開了一條路,一個穿著醫生白袍的人拄著拐杖、顫巍巍地前行,身旁有一個男孩陪同。

長者的頭髮跟眉毛都已經灰白,不過面容依然神采奕奕,尤其是一雙眼睛,帶著一股不容冒犯的氣質,空氣在他身邊彷彿也會變得穩定。

琉璃凝神一看,發現男孩就是上次擋住她和加代的人。

「郭院長。」適才還相當凶神惡煞的黃正雄,立刻變得戰戰兢兢。

郭院長沒有理會他,逕自走到美玲面前:「年輕人血氣方剛,我在這裡替他們賠個不是。」

美玲搖搖頭。「郭醫師,這事還要請您定奪,剛好高橋先生不在,我也不知道該怎麼辦。」

郭醫師望向琉璃,問道:「妳叫琉璃?琉璃珠的琉璃?」

琉璃點點頭。

「我姓郭，妳叫我郭醫師就好。」郭醫師用慈祥的聲音說。「妳上次見過我們承揚。」郭醫師推了推男孩，說：「自我介紹一下。」

承揚不甘願但也無可奈何地說：「我叫陸承揚，大陸的陸，繼承的承，發揚的揚。」

郭醫師等著承揚說更多，但見他一臉不甘願，也就作罷。他朗聲向群眾道：「我方才徵詢過女巫，她告訴我，徐爺爺跟和子妹妹已經不在北投的領域，離開了台北，今夜是找到他們的最佳時機。」

儘管郭醫師步伐不太穩，仍不怒自威，平台四周一片靜默。「我想徵求雙方各一個人，一起去找他們……」

「誰要跟日本人一起？」黃正雄嫌惡地說。「誰知道半路上會不會被害？」

他的後頭響起喃喃附和聲。

「你們那些神經病難道比較高貴？」雪子冷冷回應。

穿著和服的人發出贊同的呼喝。

郭醫師皺著眉，似乎在思索該如何是好。

「不如這樣，」林先生忽然走出人群，謙和地向雙方作揖。「既然屬於過去的我們無法互相信任，不如讓來自現在的一般人代表？他們兩個和我們世界的爭鬥無關，且各親近一方，是最公平的證人。」

琉璃一時之間還沒有理解，眨了眨眼，才發現大家——包含林先生——已經看向了自己和陪在郭醫師旁邊的承揚。

「有意思。」郭醫師沉吟道。「你們兩位怎麼想呢？」

琉璃一想到他上次的樣子，立刻面露抗拒之色，而對方也露出不樂意的神情。

美玲有些不安，輕聲說：「醫師，他們都還只是孩子……」

郭醫師沒有回答，而是看著兩個孩子。

琉璃在一旁思考，她瞅了承揚一眼，看到他桀驁不馴的臉，立刻心頭火起，但她看到加代……如果那天加代沒有帶她出遊，就不會有這種事了。她點了點頭。

郭醫師看向承揚，他勉為其難地說：「郭院長如果覺得這樣比較好的話。」

郭醫師看向美玲說：「可以請妳照顧他們嗎？」

美玲還想說什麼，但看到雙方人馬雖然互不信任，卻也漸漸安靜下來，她無奈地笑笑：「就照您的吩咐。」

郭醫師用手腕抵著拐杖，兩手輕輕一拍：「那就這樣了！大家回去了。」

眾人嗡嗡低語，不過還是漸漸散開。加代擠到琉璃身邊，哭喪著臉說：「琉璃對不起。」

琉璃緊緊握著她的手，一直搖頭。她心裡也有許多恐懼與擔憂，不過她不想讓加代擔心。

4

值得注意的是，本體的「走下去」並不一定代表生存，也可能是死亡。沒有生命能永遠停滯在某個瞬間，一定會改變，而我們是卡在改變之間的頑石：本體捨不了的過去、跨不過的犧牲，為了清除前進的阻礙，我們因此誕生，成為畸形的生命體。

「香噴噴、熱騰騰的蛋包飯！請用！」

一進到咖啡館，美玲就囑咐林先生和加代陪伴琉璃和承揚，自己則是進到吧台後的小房間，出來後，就一個人埋頭在吧台邊忙碌。

加代心情看起來很差，琉璃只能輕拍她的肩。雪子剛才想帶加代跟日本人一起走，卻被一個鐵道工人警告之後不要和加代走太近，只會更加深兩邊的衝突。加代眼見雪子為難，就笑笑說她要先去咖啡館。

林先生在一旁安靜坐著看書，什麼都沒說。承揚帶著敵意問他：「你是幫哪一邊的？」

林先生抬頭看了承揚一眼，微笑道：「我一定要為哪一邊打算嗎？」

承揚一時之間不知如何回答，剛好美玲喊了他和琉璃過去，解救了他。

美玲向林先生指了指加代，林先生點點頭，拍拍加代的肩，帶她走出了咖啡館。

琉璃和承揚疑惑地走過去，只見兩大盤蛋包飯放在吧台上，盤子裡的蛋皮鼓得像一座小山，上頭用番茄醬畫了可愛的貓咪，承揚那盤是嚇到渾身豎起毛的生氣貓咪，琉璃的是胸口平貼在地上，看起來被打敗了的厭世貓咪。

兩個孩子雖然看彼此不順眼，不過這時倒是很一致地瞠目結舌。箱子則是用高雅的步伐，從吧台的一端走到這一端，鄙視地看了一眼蛋包飯上的兩個仿冒品。

美玲笑著說：「肚子餓沒辦法做事吧！總是要先吃飽了再說。」看到兩人的表情，她嚴肅道：「反正你們也不知道怎麼開始吧？這是招待！你們不用付回憶喔。」

承揚瞄了琉璃一眼，琉璃低下頭，她盯著鮮紅的番茄醬，緩緩拿起湯匙，卻又放了下來。

美玲察覺到琉璃的遲疑。「妳不喜歡蛋包飯嗎？」

琉璃搖搖頭。

「番茄？」

琉璃聽到那個字，縮了一下。

承揚翻了白眼：「都幾歲了還挑食？」

他原本在猶豫，看到琉璃排拒，反而毫不遲疑地抓來了盤子，拿起湯匙就切開了蛋皮，炒飯撲鼻的酸甜氣味瀰漫了整個房間。琉璃的肚子咕嚕咕嚕叫，但她看到蛋皮底下的紅色炒飯，全身都縮了起來。

「我做點別的給妳好嗎？」美玲問。

琉璃拚命伸出了手，不斷搖動，表示沒關係。

美玲微微一笑，她收回了盤子，彎腰找了找，拿出一條吐司。

琉璃拉了拉美玲的手，想阻止她忙碌。美玲輕拍琉璃的手背，拿出幾顆雞蛋和一盒牛奶，笑說：「一點都不麻煩。」

她熟練地打著蛋，在鍋裡融化了奶油，奶油的香氣蓋住了番茄的味道，不到幾分鐘，金黃的法式吐司已放在琉璃面前。她一開始還有點猶豫，但在美玲鼓勵的微笑下，還是吃了一口，這一吃，她不自覺狼吞虎嚥了起來。沒有多久，兩人各自吃完了眼前佳餚。美玲收走盤子時帶著一抹寵溺的微笑，然後各自給他們一杯熱紅茶。

「琉璃有聽過徐爺爺的事嗎？」美玲問。

琉璃搖搖頭。

「徐爺爺是眷村那裡的醫護兵。」美玲看到琉璃一臉困惑，補充說明：「醫護兵也是軍人，不過跟打仗比較沒關係，就是醫護人員，徐爺爺來台灣後，被分到我們這裡的國軍八一八醫院工作，才住了下來。至於徐爺爺會那麼有名，是因為……」

「圍爐。」承揚接口。「徐爺爺很會做菜，每年除夕都會跟沒有家的靈魂一起圍爐，沒有家人、失戀、離婚、離家出走，都可以參加，這也是為什麼阿猴哥那麼感謝他。」

他見琉璃在聽到「阿猴」時微露疑惑，不耐煩地說：「衣服上很多花的那個人，妳都沒在認真聽嗎？」

琉璃心下惱怒，但也不好怎麼樣，就只是撇過頭，不理他。

美玲看著兩人不友善的互動，微微蹙眉，不過最後只是說：「你們要不要先回家一趟，假裝睡覺，再偷偷出來？我怕你們家人擔心。」

「我不用。」承揚毫不猶豫地回答。

琉璃躊躇了一下，她根本不知道爸爸幾點回家，阿美也在醫院陪阿嬤。她也搖搖頭。

「妳不能說話嗎？」承揚皺著眉頭問。「妳是啞巴？」

琉璃搖頭，然後再搖頭。

「那為什麼不能說話？」

琉璃不知如何回應，她不安地搓著紅茶的杯子。

美玲等了她一下，才溫柔地代她說：「我們都會失去某些東西，有些其他人根本不會發現，有些比較顯而易見，琉璃暫時失去的，剛好是她的聲音而已。」

承揚嗤之以鼻：「啞巴想講話還不能講，妳這樣很麻煩欸。」

琉璃抿著唇，這不是她第一次聽到這樣的言論了，但她還是覺得心臟像是被刺了一針。

「不是這樣喔。」美玲平靜但堅定地說。「對你來說，起床、吃飯那樣平常的事情，對別人可能一點都不容易。反過來說，對別人無關痛癢的幾句話，可能卻會讓你抓狂。」

承揚不語，美玲轉過頭，輕輕拍了拍琉璃的頭，說道：「不過沒事的，妳剛剛為了朋友，很努力地想要發聲，不是嗎？」

琉璃想起了剛剛的情景，忍不住用手摸喉嚨，覺得很無力。

美玲輕聲說：「慢慢來吧。」

琉璃放下了手，雖然什麼問題都沒有解決，不過好像心裡安穩了些。三人正處在一個舒適的安靜之中，忽然，一陣電話鈴聲響起，讓他們都嚇了一跳。

美玲起身，走進房間，留下兩人在外面，鈴聲停止後，接著響起她說話的聲音，不過在外面聽不太清楚。

美玲的離開似乎打破了原先的三角平衡，只剩下兩人，從面變成線，一個截然不同的狀態。琉璃心裡覺得尷尬，於是死命思考有什麼話題，最後她寫道：「你一直可以看到？」

「嗯。」承揚只是簡單應了一聲，讓琉璃碰了一個軟釘子。

琉璃不死心，又準備提筆，承揚皺著眉頭說：「我跟妳不是朋友，妳不用勉強跟我說話。」

琉璃聽到這個回應，一方面退縮，但另一方面卻再次心頭火起——這人怎麼這麼難搞？於是她放下筆，緩慢地啜飲仍微微冒煙的紅茶。承揚無聊地拿出智慧型手機，專注力全都投注在小小螢幕上。

美玲回到吧台後，留意到了氣氛的僵凝，但她沒有點破，就事論事地說：「我認識的一個老站長——不是一般人——告訴我，徐爺爺跟和子搭火車往基隆的方向去了，最有可能去的地方應該是基隆，但無法百分之百確定，所以我在想啊，我跟你們一起去搭車，我在前面幾站找找，你們直接去基隆。」

琉璃點點頭，承揚一口喝完紅茶，把杯子還給美玲，揹起背包。

「走吧。」他說。

琉璃連忙拿起書包，她看了一眼手錶，已經快要九點。她有點擔憂爸爸會擔心，但想到爸爸平常也都不說自己幾點到家，心一橫，決定不管他。阿嬤住院前，有好幾次思哲也都半夜才到家，他以為琉璃已經睡了，殊不知琉璃都還醒著。

媽媽走的時候，他也沒有來找她，媽媽說要離婚，他也沒有反對，琉璃心想，反正他不在乎吧？

□

「聽說你小學就看得到我們了？」在像蝸牛一樣匍匐前進的新北投支線上，美玲問承揚。

視她。

「小二。」

琉璃瞪了承揚一眼——剛剛他什麼都不說，美玲一問竟然就老老實實地回答？承揚則是無視她。

「真早。」美玲溫和地說：「你那時候還住在眷村吧？」

「後來就搬走了，比大家開始遷村的時間更早一點。」

「你現在國二？國三？啊，你們現在都說是八年級或九年級吧？」

「九年級。」

美玲看向旁邊認真聽他們對話的琉璃，問道：「琉璃是八年級？」

琉璃點點頭。

「你們之後都會離開這裡呢，唸高中、大學，甚至是以後的工作。」

承揚聳聳肩，好像無所謂一樣。琉璃想了一下，她早就搬走過了，以後會在哪裡，好像也都沒關係，不過一想到可能不能再去咖啡館找美玲，她就覺得有點寂寞。

美玲輕聲說：「以前有一個孩子，他國中畢業後回來找我，他跟我說，剛離開北投的時候，被別人問：『你是哪裡來的？』都會不自覺說『北投』，怎樣都不會說是『台北』呢。」

琉璃歪頭尋思，承揚則看起來什麼都沒想，拿出手機，看了看時間。

捷運到站，幾個人魚貫下車，轉乘另一班捷運。

夜晚往市區方向的捷運人不多，所以有許多空位，承揚為了避免對話，直接坐到隔壁有人的位子，戴起耳機，開始聽音樂。

美玲知道他心思，也不特別找他，站在車門旁邊的透明隔板旁，琉璃一開始陪她站著，但美玲堅持要她找位子坐，琉璃拗不過，就乖乖在她旁邊的位子坐下。

琉璃看著窗外快速掠過的街景，相較於只能龜速前進的新北投支線，自己現在好像突然坐上火箭一般。慢慢地，睡意爬上了她的眼皮，今天發生太多事了，被明宇偷拿走保溫杯、和彥姍吃午餐，好像都已經是很久很久之前的事了。她忍不住閉上眼，昏昏睡去。

□

琉璃夢到自己在海裡，或者更精確來說，是海面到海底的中央，因為她低頭不見底，抬頭也不見水面。她白色的無袖素面洋裝裙襬因為海流而擺動，髮絲也猖狂地舞動，她伸出手，想觸碰在她身邊繞呀繞的銀藍色小魚，可惜小魚一眨眼就游遠了。

她張開嘴，氣泡從嘴裡湧出，她發現自己長出了鰓。伸長手臂，輕輕踢腿，她輕易地遨遊，好像變成了一隻魚。突然間，一道強勁海流撲面而來，像是一隻無可反抗的大手包裹住她，將她拽到了另一個方向，她試著掙扎，但卻無力與這樣龐大的力量對抗，只能閉上眼，被帶向墨黑的海底。

美玲搖醒了她，台北車站到了。琉璃睜開眼，大口喘著氣，額頭上都是冷汗。反射性地拿起書包，快速起身，頭卻還暈暈的，美玲輕輕扶住她，陪她慢慢走下車。琉璃覺得好些後，跟在美玲身邊走，她有些難堪，怎樣都不願意看承揚的臉。

「盼盼！」一個蒼老的聲音響起，緊接著的是一陣皮鞋敲打地面的小跑步聲。即便還有來來去去的路人，不過琉璃直覺知道這不是一般人，她看向聲音的方向，一個戴著淺藍色大盤帽、繫著領帶的老者，踏著穩健的步伐往他們走來。

「李叔。」美玲輕喚，聲音帶著喜悅：「好久不見。」

李叔走到他們身邊，看了一眼琉璃，慈祥地對美玲說：「妳當初差不多也是這個年紀吧？」

「那時候多謝李叔了。」美玲說。

「妳還那麼小啊，妳媽媽怎麼捨得？如果我女兒那時候還活著，大概跟妳差不多大吧。」李叔的眼角都是皺褶，雙目像是沙灘的兩窪水，裡頭閃呀閃的。「如果妳是我女兒就好了。」

「誰教我沒那個命呢？」美玲輕笑，隨即語氣轉嚴肅。「李叔是什麼時候看到爺爺跟妹妹呢？」

「晚上七、八點的時候。」李叔說，帶著他們走向基隆區間車的月台，剛巧一輛區間車停著，裡頭乘客不多，零星散坐在車廂幾處。

「小女娃穿日本人的衣服，在玩一顆球，還有一個老芋仔——我一聽他講話，就知道一定是大陸來的。很奇怪啊！日本小孩怎麼會跟老芋仔一起？不搭嘛！我就多看了幾眼，後來他們上車，我就不知道是去哪裡了。」

「謝謝李叔！」美玲眼見車子要發車，趕忙向李叔道謝，把兩個孩子也推上了車。

他們三人並肩在綠油油的長椅坐下，美玲坐在中間。

承揚對美玲說：「我還以為妳一直都在北投。」

美玲微微一笑：「我是彰化人，十幾歲的時候被媽媽帶來台北，我那時候很不想去北投。跑去躲起來，後來是李叔找到我，陪了我一個下午。」

琉璃低頭深思，見到美玲好奇地瞅著她，她拿出筆記本，寫道：「那個人說妳是」，她停在「是」這個字，不知道該怎麼措辭。

美玲心下懂了，溫柔且緩和地道出：「我到北投後，就到了貓仔間，也就是大家說的查某間，或是更白話……妓女戶。啊，不過那時候我們有個挺好聽的名字，叫作侍應生，好像餐廳服務生一般。美國大兵啊、日本客人啊，都會來，他們到北投泡溫泉、睡覺，想要我們陪，飯店就會打電話，阿賢哥他們就會載我們去飯店。」

琉璃不知道該怎麼反應，想了一下，寫道：「ㄆㄢˋ ㄆㄢˋ？美玲？」

美玲忍不住抿嘴笑，她接過了筆和筆記本，寫下了「郭盼璋」。「盼望的盼。我原來的名字是郭盼璋，挺厲害的名字吧？我小學的時候覺得自己的名字好美，不俗氣，很喜歡，我很後來才知道，璋是男孩子的意思。我才知道，啊，原來爸爸媽媽不想要我啊。他們討厭我，討厭到特別找了有學問的人，來取這個名字。」

美玲看著窗外閃過的路燈，在移動的列車上，看起來好像起司牽絲一樣，變成一條條金線、銀線。「後來弟弟真的盼著了，我們家窮，爸爸媽媽想栽培弟弟，就把我送到北投賺錢。」

美玲伸出手指，撫平琉璃皺著的眉：「會長皺紋喔。」她看了看琉璃的表情，笑道：「我已經不介意了，原先是很介意的，不過現在我覺得，沒關係，時代就是那樣，爸爸媽媽養不起那麼多孩子，男孩子才能傳宗接代，我還有兩個姊姊，也是早早就去工廠工作。」

琉璃才被推開的眉頭又皺了起來，她想了好久，搖了搖頭。

美玲疑惑地看著她，琉璃低頭寫：「這樣不公平。」

美玲眨了眨眼，不禁微微一笑。她看著琉璃，好像在看著非常多年以前、還擁有倔強這種個性的自己。

□

美玲在八堵站下車，她說：「總覺得一定是在基隆，不過我還是提早幾站下車去看看。你們到了基隆，會有人在車站前廣場等你們。她很好找，她的車是白色的，你們一定能認出她，叫她三姐就行了。」

美玲的座位空下來後，又只剩下了他們兩人，他們誰也沒有要填上空位的意思，各自盯著對面的窗，不理睬彼此。到了基隆車站，他們一前一後下車，兩人都不知道接下來該怎麼走，只能一邊找指示牌，一邊偷偷地觀察對方怎麼走。好不容易，才走到了對的地方。

他們立刻就知道什麼叫「很好找」，一台白色、方方正正的復古汽車停在路燈下，車前站著一個非常性感的女人，婀娜多姿的身材被貼身的長旗袍包裹，旗袍開衩一路開到大腿頂端。她旗袍的顏色不是美玲常常穿的暗色系或是淡色系，而是充滿自我主張的血紅色。她的膚色很白，襯著旗袍的顏色，宛如熟到最甜美階段的蘋果。

他們兩人愣了一下，面面相覷，不知道該不該走近詢問。才在猶豫，三姐已跨步到他們兩人面前。她好高，在他們面前像是一個巨人。她用彷彿可以傲視全世界的眼神俯視他們：「美玲說的就是你們？」

他們猛點頭，三姐稍微彎下腰，平視他們，看得他們不自在，琉璃留意到三姐雖然化濃妝，不過隱隱還是可見幾絲皺紋。突然三姐一手捏一人的臉，歡聲道：「年輕人果然好可愛！」

「三……姐？」被扯著臉的承揚含含糊糊地問。

「沒錯！」三姐終於放開了他們倆：「我就是上不通天文但是下通基隆的三姐！廟口哪一家

好吃，哪條路不會塞，鬼屋住了什麼鬼，要在基隆尋寶，找三姐就對了！」

「尋寶……？」承揚還來不及多問，就和琉璃一起被三姐拖著往白車走，琉璃踉蹌間，瞥見輪胎上印著一行英文字「BLUEBIRD」。

「在蘑菇什麼呢？快上車吧！」三姐把承揚推進車裡後，看向琉璃，她眨了眨眼，笑說：「我的天啊，好久沒看到這麼年輕的妹妹了，好像我第一次看到的小美玲！」

把琉璃也趕上車後，三姐一坐上駕駛座就開始嘰哩呱啦：「我剛才在港口晃了晃，好像沒看到什麼芋仔老頭或日本小孩，我們等等在市區繞一下，我問問幾個熟人。我跟在地的鬼都很熟，啊，對，美玲妹妹覺得不該叫鬼，因為有些人還沒死就已經有看不到的自己在亂跑，不過不管，基隆我認識的老灰仔都已經死透了，有些人死的時候也不太老就是了，機槍掃一掃，砰砰砰，就通通歸天了，可憐的傢伙！沒有立刻死的，之後也死在別的地方了……」

她開車在市區繞著，偶爾會拐到某個看起來不似可以走的巷子，然後忽然從絮絮叨叨的音量改成高分貝的呼喊：「楊副議長！」「陳兄！」「顏同學！」

每當對方停下來，三姐就會打開車窗，探出頭，和被她喊住的人大剌剌地話家常。有時候她甚至停在路中間就跟人聊起天，弄得琉璃和承揚又是心急又是不安，忙回頭看有沒有其他車。

三姐總要閒扯好一陣子，才會問有沒有見到徐爺爺跟和子，然後一再無功而返。承揚終於不耐煩了，看著車上依然滔滔不絕的三姐，以及一旁默不作聲的琉璃，他心浮氣躁地問：「沒人看得到我們嗎？」

「人只會看到自己想看的啊，孩子。」三姐神祕兮兮地說，她旋轉方向盤，帶著他們一個急轉彎。

承揚整個人撞到了琉璃身上，他連忙坐直，假裝沒事，死都不看瞪了他一眼的琉璃。

琉璃拿出紙筆，寫了字，遞到三姐面前。「他們會不會不在基隆？」

三姐盯著筆記本，開懷笑道：「妳真的是用寫的！美玲還真沒有騙我！妳老爸老媽都沒說什麼嗎？」

琉璃不知道該怎麼回答，只能聳聳肩。

「他們真好。」三姐說。「如果是我家的老頭子，鐵定會把我打到叫出聲，他會覺得太丟臉……啊，我不是在說妳這樣丟臉喔……」

琉璃愣住，她從來沒想過這點，也沒有想過爸爸到底有什麼感受，她想起了爸爸對溫老師說「不好意思」，她突然覺得有些內疚，但她又對自己生氣——何必管那個人呢？

琉璃內心波瀾洶湧，承揚卻沒感受到什麼似地，不耐煩地問：「所以？他們會不會根本不在基隆？」

三姐說：「我感覺他們在，鬼要消失前都會有一個味道，基隆今晚開始就有那股味道。」

琉璃忙拿回本子，寫下「味道？」的同時，承揚脫口而出的問題是：「消失？什麼消失？」

「沒錯，消失的味道。不過不是用聞的，當然也不是用吃的，就是一種感覺。」三姐說，她歪著頭想了一下，補上一句：「是一種捨不得但卻很堅定的味道。」

「聽不懂，莫名其妙。」承揚咕噥。「爺爺說過他不會消失。」

琉璃看了承揚一眼，他看起來很沮喪，她有點不懂徐爺爺會如何「消失」，可是這個詞莫名地讓她心頭一震。她從剛才的情緒裡抽離出來，開始有些擔心承揚，也不知道自己該怎麼咀嚼現在的心情，最後只是默默把筆記本塞回背包。

車子持續前駛，這一次開得比之前都久，三姐依然在嘮叨基隆哪裡好吃、好玩，另外兩人則是縮在後座，一言不發，心下各自咀嚼不同的、相同的事情。

琉璃的手機開始震動，這已經不是第一次了。她的心臟撲通撲通地撞擊著胸口，她知道自己肯定闖禍了，可是她不知道自己要告訴爸爸什麼，也不知道如果爸爸要她回家，她要怎麼辦。於是她始終沒接，就只是任由手機響著。

下一次停車，是在一道鐵門前，門後建築在暗黑的天色下看起來陰森森的，琉璃前後張望，只見在車燈的映照下，有一道紅牆，上頭有白字寫著「區分良莠，打擊非法」。一個穿著軍裝的人走上前，恭恭敬敬地喚了一聲三姐。

「剛剛有沒有一個老灰仔跟穿日本衣服的小妹妹經過這裡啊？」三姐打開車窗問。

「咦？三姐找徐上尉嗎？」穿著軍裝的人驚訝問。

「徐上尉……」

三姐才用狐疑的語氣複誦，承揚已從後座跳了起來，猛地攀住前座的椅子，湊過頭去說：「對！」

「我剛剛載徐上尉還有一個小女孩到和平島去，他沒有說理由，不過因為以前上尉很照顧我，所以就沒多問。」

「呦呼！」三姐大聲歡呼，嚇到了在場其他三人。「終於！就說三姐我在基隆沒有找不到的東西！」

她回過頭，對後座的兩人喊道：「坐穩啦！」

三姐踩下離合器，右手俐落地調整排檔桿，鬆開離合器，起步後開始加速，白色的汽車像一道流星一樣衝破黑色的夜，路燈一盞盞被拋在後頭。

琉璃兩手扶著絨布座椅，順著三姐的視線看出去，前方有一道橋，橋的兩邊都是黑色的，只有疑似漁船的點點微光。右手邊卻有一個龐然大物打破了無邊的漆黑，上頭打著黃色和白色的燈光，立刻吸引了琉璃的目光。

那是一個只有骨架的巨大建築物，鐵灰色的水泥柱子與橫桿中間，有一個個窗戶般的鏤空，靠海的一端有一個斜度，像是幾把短刀一樣刺入漆黑的海洋。

越靠近橋，琉璃越覺建物的巨大，以及自己的渺小，她眨眨眼，突然看到了更多東西，那裡有船，還有幾個工人在走動，正想看得更清楚，三姐已經加快速度，過了橋，抵達對面。

「就是這裡了。」三姐喃喃自語，琉璃才留意到，她已經一陣子沒說話了。

三姐沒有停下來問人，而是毫無猶豫地在小路上奔馳，不久後，停在一處停車場，前方不遠處就是和平島公園的入口。

三姐拉下手煞車，對他們說：「我就不跟你們進去了。」

琉璃和承揚一愣。

「看別人做選擇，就會被迫重新思考。」從他們遇見三姐以來，第一次見她臉色如此嚴肅。「我在這裡等你們。裡面也會有一些鬼，番人啊，紅毛人啊，琉球人啊，還有軍人，他們在不同的時間待過這裡，喜歡這裡的海，就留了下來。他們不會害你們。」

琉璃尚在發愣，想著三姐的話，承揚已打開車門下車，她只好趕緊跟上。承揚手腳俐落地翻上鐵柵欄，他向後看了琉璃一眼，有些不情願地伸出手，琉璃遲疑了一秒，但還是握住了承揚的手，讓他拉著自己翻過柵欄。

路燈仍亮著，兩人沿著道路走，琉璃偷瞄手機上的時間，已經凌晨四點。她感覺腸胃好像縮成了一團，她不知道是因為自己將要徹夜不歸，擔心爸爸不知作何感想，還是因為即便是夏天的夜，空氣依然帶著寒意，再加上四周一片黑，只有路燈的些許光源，讓她十分不安。

路的前方是一幢鐵皮屋，裡頭包著一座小廟，上頭題著「萬善公」，廟前的平台上坐著一些人，大多都是亞洲人面孔，也有一些白皮膚、有著金頭髮或紅頭髮的外國人，那些人見兩個孩子直直朝他們走來，都嚇了一跳，停下原本的對話。

「剛才有人經過這裡嗎？」承揚問。

「一點禮貌都沒有，連打招呼都不會。」一個穿著日式作務衣、灰色短褲的青年笑道：「中國軍隊的後代，是吧？」

承揚臉色一變，沒有回答。

「真好猜，滿滿都是那種氣味，跟剛才的老頭一樣。」青年道：「說來就來，想殺就殺，所以我們才厭惡中國來的士兵。」

「關我屁……」

「是，是，不是你做的，好事就是你祖先的豐功偉業，壞事就可以切得乾乾淨淨。」

琉璃眼見苗頭不對，匆忙拿出筆記本，寫字的速度快到每個字都像是鬼畫符：「不好意思，我們在找一個爺爺和一個妹妹，可以告訴我們他們在哪嗎？」

她把筆記本遞給方才的青年，他沒有接過，只是瞥了一眼，說：「活著的人沒有資格阻止靈魂離開。」

「我們要幹嘛都不關你們的事。」承揚說。

青年盯著承揚笑道：「想要做什麼就做什麼，真是不愧對你的祖先，殺了人還能無恥稱這裡是『和平島』，真是厲害！」

「日本人在南京大屠殺殺了多少人？」承揚回嘴。

「我們是沖繩人！」

「還不是都一樣！」

「你這小……」

「如果要論血統原罪，沒有人無罪。」一個平穩而沉著的聲音從後方傳出。「這座廟屬於所有逝者，請不要在這裡爭吵。」

琉璃與承揚一齊回頭，一個年長的女性緩步上前，她頭上包著黑布，花白的頭髮綁成辮子，巧妙地固定在腦後，她穿著等身長衫，腰間束了一條帶子，胸前和肩上都裝飾著貝殼、金屬的飾品。她背直挺挺的，身高很高，不見太多老態，皮膚很白，幾乎像是白種人。

她背後跟著幾個年輕男子，在萬善公廟的燈光下，可以隱約看見幾個人裸著上半身，身材精壯，腰上繫著彎刀，有些人綁著馬尾，但也有一些人剃著像清朝人一樣的頭，背後垂著一條長長的辮子。

沖繩青年適才的怒色尚未退卻，但氣勢已收掉一半，他撇過頭不看琉璃二人，拿起桌上的一杯酒就灌進嘴裡。

琉璃知道眼前這個年長女性有著郭醫師一般的力量，她不清楚這是因為什麼，但她可以感受到氣氛已經完全不一樣了。

「這塊土地上曾經來過很多不同的人，死了很多人，也有許多人的手都沾過他人的鮮血。我們這些已死之人無法改變過去，唯一能做的就是與之共處，留下，或是離開。」年長女性和緩地說，她一雙晶亮的黑眸鎖定在承揚臉上，承揚心頭一凜，忍不住低下頭，無法承受她平靜如水的目光。「兩位來到此地，追隨即將離開的外地人，為了什麼？」

琉璃愣住，她從來沒想過自己除了受人所託，是為了什麼而來。承揚在一旁也一語不發。

「沒有理由的話，恐怕不能讓你們過去。」年長女性溫和地說。「正如山田先生所說，沒有人可以干涉靈魂的去留。」

理由？琉璃抱頭苦思，她有什麼理由嗎？不只是因為擔心加代嗎？她會答應，只是因為不想讓大家苦惱吧？只是這樣而已嗎？只是這樣的話，是否無法通過這裡？是不是該編個理由？

年長女性的視線和她的視線對上時，琉璃知道謊言在這裡沒有生存的餘地。琉璃持續思考，美玲、加代、和子，和只有一面之緣的徐爺爺，對她來說算是什麼？琉璃不知道為什麼，只要想到這些人——如果他們還能用人來稱呼的話——曾經和她住在同一個地方，就有種很親近的感覺。

另一個更直覺的感覺，與其說是理性思考，不如說是一種很強烈的情緒，在車上時就開始慢慢膨脹——想到存在的東西要消失，就有著種難過、不舒服、害怕的混合物在她心底蔓延。

琉璃想到了媽媽，她其實很早就想到媽媽了，只是她並不是那麼想要想起她。她也想到了一個她不希望想起的男孩，他的溫柔、無助、憤怒與冷漠。琉璃的呼吸越來越快，好像有人向她的肚子揍了一拳，又好像背包被放了一百公斤的巨石，她好想要蜷縮在地上。她深呼吸，拿起筆，一筆一筆刻下一個個文字。

「他們還在。」

年長女性輕輕捧著筆記本，像是拿著隨時會破的古文書般，小心翼翼地合上，一手遞給琉璃，一手輕扶她的肩膀。「島嶼未曾改變，生命不斷流轉。來者不拒，往者不追，新與舊之循環，興許可容納外力介入，也或許終歸世界的一部分，無可阻擋。」

年長女性的手好像有魔力一樣，把一股暖流注入了琉璃的血管。琉璃聽不太懂，卻感覺心裡猛地一震。

年長女性轉向承揚，承揚由始至終都垂著頭，沉著一張臉。

承揚抬頭看向她，皺著眉，似乎腦中正在運轉無數的資訊，不知過了多久，他才緩緩說：「徐爺爺是我第一個看到的靈魂，他如果走了，我不知道該……」他不知道該如何措辭，於是頓了頓。「我還有問題想要問他。」

「並非所有問題都有答案，內心存有疑問的人多，得到解答的人……少之又少，無知者無所畏懼、無所猶豫、無所顧忌，無知與全知，不知何者比較讓人嚮往。」

年長女性沉著地伸出手，示意他們向前。「第二個左轉。」

琉璃覺得應該要喜悅，但卻只感覺到沉重。她向眾人半鞠躬，正要邁開步伐，卻發現承揚還沒動作。

承揚掙扎了好一會兒，最後才問：「怎樣比較好？」

年長女性微笑。

「這只有你自己能回答了。」

5

我們分裂出來時，本體基本上都還活著，但分裂完成後，本體有可能立即死亡，也可能再活幾十年，這些都說不準。生命體離開本體後，理論上將真正得到「自由」，可以前往想去的地方、實踐未完的願望，然而事實上並非如此，已經失去的，總是回不來，得不到的，再努力也無法企及。

他們一前一後地走著，天色漸漸變了，原先深不見底的墨黑，不知不覺中融入了一些乳白，琉璃在前頭高舉手機的手電筒，持續往前走，手機已經很久沒有再震動了，或許爸爸放棄了——琉璃想。

琉璃心頭跑過太多事情，一件件像是幻燈片，一閃一閃而過，爸爸不敢看她的眼睛，媽媽一動也不動，阿嬤好像用全身的力氣抓住她的手，溫老師蹲在她面前溫柔地笑，還有那個男孩……琉璃逼自己停住思考，安靜與黑暗總是讓記憶特別清晰。

她看向承揚，他也是這麼覺得嗎？與他初見以來，從來沒見他如此動搖，跟在後面的他好像變得很脆弱，她不知道該如何是好。

前方有處小岔路，琉璃用手電筒分別照了兩邊，正尋思該往何處走，承揚大喊：「徐爺爺！」便往低處的路一頭衝了過去。

琉璃趕忙跟上，她向前方望去，勉強可見一座六角涼亭，樣子跟許多公園常見的中式涼亭相去不遠。她看到了，一個駝背的長者站在柵欄邊，身旁還有一個小小的身影一蹦一跳，不斷往空中拋起一顆球，然後再接住。

和子再次高舉手，正要把小球拋到天上時，剛巧見到了跑在後頭的琉璃，她歡呼大笑，把小球拋向琉璃，琉璃一時手忙腳亂，小球彈到了地上，她趕緊蹲下來在地上摸找，好不容易找著了，準備站起，肩上突然多了一股重量。和子的小手以她的肩為支點，一蹦一跳。

琉璃看了看手上的小球，那是布做的，裡頭似乎裝了一粒粒小小的豆子，摸起來凹凸不平，褪色的紅布上繡著不同的圖樣，仔細一看，儼然是兒歌「我家門前有小河，後面有山坡」一般的畫面，山上有兔子，小河裡則有魚。

琉璃把小球遞給背後的和子，緩緩起身，她才注意到承揚停在徐爺爺幾步之外，徐爺爺沒有回頭看他，而是如痴如狂地盯著逐漸明亮的大海。

承揚躊躇，他在害怕，害怕自己只要前進，打破了現在的平衡，徐爺爺就會立刻消失。他忍不住後退，背後卻有一雙手頂著，把他輕輕向前推，是琉璃。

承揚深呼吸，終於踏出了向前的那一步，站到徐爺爺身邊。徐爺爺好像從夢中甦醒，發現了身旁有人，便露出笑容，那個笑容帶著說不出來的孤單與悲傷，近若咫尺，卻也遠若天涯。

「小揚碰著伊排了麼？」徐爺爺問。

承揚滿肚子的話語，正自無法出口，突然被這麼一問，一時腦袋轉不過來。「誰？」

「她是和平島很久、很久以前的女巫，生前女性無法當家，都是頭目在前發號施令，她在幕後給予建議。現在，超越生死、時間，她終於成為凱達格蘭的頭目。」徐爺爺說。

「凱達格蘭？」承揚喃喃自語。

「凱達格蘭、巴賽、馬賽，他們有好多的名字，皮膚好白的那些人，在海上沒有人能比得過他們，洋人以前還叫他們白色惡魔海盜，哎喲，被真正的白色惡魔海盜叫白色惡魔海盜，可真不容易。北投那兒也有凱達格蘭的後代，你見過他們嗎？」

承揚勉強自己搖了搖頭。

「有人說凱達格蘭的意思是看得到海的地方。」徐爺爺看著眼前的海。「我小時候住在內陸，哪有看過海，第一次看到海，是在撤退的時候。走得好累啊，看到水就趕忙過去喝個兩口，哇，好鹹哇，好苦啊。」

承揚終於問了：「爺爺，我們等一下什麼時候回北投？」

徐爺爺盯著他看了幾秒，臉上的皺紋隨著笑容加深，他拿出了一個小布包，攤開來，裡頭是個鋁製的圓形便當盒。「要不要吃珍珠丸子？好吃喔！」他偏過頭，也對琉璃跟和子說：「妳們也來。」

「他們說爺爺要消失了……弄錯了吧？」承揚沒動，堅持地問，但聲音卻有一點點顫抖。

徐爺爺打開盒子，裡頭是六顆圓潤飽滿的珍珠丸子，裹在外頭的米飯晶瑩剔透，粒粒分明。徐爺爺慢條斯理地說：「可別小看這珍珠丸子，這可是會引發第三次大戰呦。哎，明明這就是咱們湖北的菜，想不到江浙人也說這是他們的，山西人也說是他們，大夥一談到珍珠丸子就戰力十足，當初打共匪應該要拿一根籤子串珍珠丸子，放在咱們前頭，這就不會打敗仗了吧？」

「爺爺……」

「過年大家就在那邊吵，吵著吵著，各家的媽媽都受不了，直接拿大鐵鍋來趕人回家吃團圓飯。我只有一個人，老是有好心的媽媽找我去圍爐，可是我都不要。我就做這個珍珠丸子，放三個碗，一個給我，一個給我的媳婦兒，一個給我倆的小姑娘，她最愛吃珍珠丸子了，臉也跟丸子一樣圓圓胖胖。」

承揚聽著徐爺爺像洪水一樣關不住的回憶，無法打斷但又得不到答案，很是沮喪，怔在原地沒有動作。琉璃不知道該如何是好，只好跟著和子一起走到徐爺爺身邊，拿了一粒珍珠丸子，小小地咬了一口。

吸滿肉汁的米飯香香甜甜，切得細碎的紅蘿蔔、蓮藕、青蔥口感清脆，與軟糯的絞肉既對比又協調。琉璃瞬間好像回到了自己的童年——雖然珍珠丸子從來不是爸爸或媽媽的拿手菜，她也不知道為什麼，就是想起了一次和爸爸、媽媽一起去野餐的回憶。

那天爸爸難得不用工作，被媽媽硬拖出去走走，沒想到才剛鋪好野餐墊，他們倆卻又吵架了。琉璃看著很緊張，自己拿出了紅格子布包著的便當盒，瞧著裡面工工整整裝著三明治，趕忙就拿了一個狼吞虎嚥地幾口吞下，不小心嗆到，爸媽才停止吵架，媽媽拍拍她的背，遞給了她一個粉紅色的保溫杯。

「好吃麼？」徐爺爺問。

琉璃不斷點頭。

「這可是大家的家鄉味啊。」徐爺爺自豪地笑了。「小揚也來！」

承揚板著臉，向前走了幾步，拿了一顆珍珠丸子，囫圇吞下，不小心嗆到了，徐爺爺輕輕拍著承揚的背，旋開保溫杯的杯蓋，遞給他。

承揚嗆得臉紅脖子粗，眼淚這次倒是放心掉了下來。他胡亂喝幾口茶，小小聲地說：「爺爺走了，誰來圍爐呢？」

徐爺爺低下頭，輕聲說：「圍爐不難的，我剛開始下廚幫大家做年菜，難吃得緊，好在我們撤退時都在吃白稀飯，這點小苦，大家還吞得下去。你就記得，珍珠丸子是一定要準備的，然後是水餃，總要有水餃才像過年。其他就是每個人的家鄉味，問一下便知。閩南人的年糕是用蒸的，甜甜的，甚是好吃。我們那兒的上海老鄉特別愛吃雪菜炒年糕，加點肉絲……眷村的過年就是這樣，媽媽們都互相學彼此的菜色，最後一桌年菜就是一個小中國！」

承揚邊聽邊搖頭，臉抬得高高的，眼淚在眼眶裡打轉。

徐爺爺扶著承揚的肩膀，抱歉地說：「我不想讓小揚難過，才想悄悄地走。」

「為什麼？為什麼要走？」

「我再怎麼等，都等不到我想要的，我早就該走啦。」徐爺爺說。「大陸的房子在文革被拆啦，我家裡老爹只不過讀過點書，就被說是走資派、反革命，當初我在雜貨店被軍人抓去當兵，老爹連贖我的錢都籌不出來，還要我跟他說不用、不用，餵飽家裡的人重要多了。」

徐爺爺的語氣很平靜，好像在說別人的故事，但琉璃卻感受得到他身上濃到化不開的痛苦，於是她又往前了一點，好像這樣就能分擔一點他的痛苦。徐爺爺注意到了，對她微微一笑，一隻手還扶在承揚肩上，另一隻手挽著琉璃。

「老爹死啦，老媽媽也被氣死啦，我的月霞改嫁給農夫，餬口飯吃，可是我那個黏人的胖娃娃還是餓死了。她可是在防空洞出生的孩子，日本人的炸彈都嚇不了她，卻還是死了。」

「我再見到月霞的時候，她好生內疚，覺得對不起我，她明明也過得不好。」徐爺爺遠眺著見不到盡頭的大海，好像可以看到另一端一樣。「沒有國就沒有家，『中華民國』這幾個字，我們守下了，可是卻是用家換的。」

「我當初只是……只是想幫我媳婦兒買鹽罷了。」徐爺爺輕笑。

和子在旁邊突然輕聲哼起了歌，三人都轉過頭去看她。琉璃可以聽得出來她在唱日文歌，是一首很溫柔、很甜美的歌，像是搖籃曲一般。琉璃凝神細聽，竟發現自己聽得懂，歌曲是這樣開頭的：「追逐兔子的那座山，釣小鯽魚的那條河……」

徐爺爺聽到和子清脆的歌聲，彷彿回到了一家團圓的過去，僵硬的臉部肌肉放鬆了一點。

「北投也是爺爺的家……」承揚低聲說。

徐爺爺看著他，輕聲說：「過來真的不容易，跟我同隊的，只有我剛好被擠上了船，其他人都像下水餃一樣，撲通掉到海裡去了。」

「那為什麼？」承揚追問。

徐爺爺沒有回答，輕輕地放下琉璃的手，緩緩往海的方向走了幾步。

「到北投之前，我在基隆國軍醫院找到份差事，有次被派到和平島來，這裡的海真美，我第一次這樣覺得……可是才在讚歎，突然有人朝我吼叫，我聽不懂是什麼意思，但我知道，他們不歡迎我，他們……他們對我有怨恨。」

承揚憤怒地說：「他們憑什麼……」

「他們的家人，被我們的士兵殺了啊。」

「那又不是爺爺做的。」

徐爺爺淡淡一笑：「他們找不到人來生氣啊，中國人對日本人那麼恨，我老爹、我老媽媽死了，我也是好怨那些紅衛兵，這些是不會消失的。」

承揚別開了臉，用力地踢了欄杆一腳。琉璃在旁邊看著他，卻也不知道能做什麼。

和子依然悠悠歌唱：「父母親現在過得怎樣呢？朋友們都無恙吧？即使被風吹雨淋，也會懷念起我那故鄉……」琉璃不自覺地照著拍子，用一手輕拍欄杆，和子看到她這樣做，開心地笑，也跟著拍著手。

徐爺爺彷彿從她們的動作裡得到了能量，他走回承揚身邊，兩手放在他的肩上，蹲下來仰頭看著他。

「小揚，人很複雜，大家都在分你的人呀、我的人呀。但我們可以不要這樣分。」徐爺爺見承揚正想開口，他伸手示意承揚等一下。「你的人，我的人，都是人，我們管不著別人怎麼對我們，可是我們可以對其他人好。」

「我不要。」承揚堅決地說：「如果別人對我不好，我幹嘛要對他好？」

徐爺爺輕輕笑了：「你第一次見到我，也是這樣說。」

承揚倔強地別過臉。

徐爺爺向和子伸出手，她唱著歌，踮著腳尖，像是在跳舞一樣轉著圈圈到了徐爺爺身邊，握住他的手。「你知道小和為什麼留在這裡嗎？」

承揚搖頭。

「小和出生在北投，可是她是日本人，日本人戰敗，就被逼著回去。」徐爺爺溫柔地說：「小和跟我一樣，都好喜歡北投的山坡，喜歡在小路繞來繞去，不管怎麼迷路，最後都會繞回家。我沒想過我可以喜歡日本人，可是我喜歡小和，她跟我喜歡一樣的東西。」

承揚皺著眉，好像不是很理解。

徐爺爺還想再說什麼，但他注意到和子停下了歌唱，扯了扯他的袖子，伸手指向天空。這時，其他幾人才注意到天色已經亮了，而且海平面上有著一絲金光隱隱閃耀，快日出了。

「我們該走了。」徐爺爺起身，牽著和子往前踏了一步，回頭向琉璃和承揚說：「要好好照顧自己啊。」

「爺爺！爺爺！」承揚不斷搖頭，他踉蹌地往前了一點點，想要伸手抓住徐爺爺。

「不要再跟你老爹吵架了！」徐爺爺笑說。

承揚想抗議，但看到徐爺爺祥和的表情，他默默放下了手。琉璃忽然意識到自己臉頰上已經有兩行淚水，她甚至不知道自己是為了什麼而哭。

和子笑著向兩人揮揮手，把手中的布球高高拋起，正好穿越從海平面露出了半邊臉的太陽，整片天空從乳白色轉為盛開的橘、紅和金，海面也成了被撒滿了金粉的畫紙。布球向上飛、向上飛、向上飛，承揚和琉璃也仰起了頭，看著布球一路飛到最高點，然後倏然墜落。

而布球沒有落地。

活下去的本體有些看起來和一般人別無二致，也有些人會因為失去了一部分的自己，成為破碎的人，常聽說的精神疾病大多源自於此，不過也不一定都是如此，有些人割捨了心中的良善與真實，反而成為了社會上所謂的成功人士。

6

琉璃脫掉鞋子，讓雙腳浸入海水中，水溫很低，讓她稍微打了個哆嗦，但她沒有把腳收回來。

她回過頭，看了抱膝坐在石階上的承揚一眼。

他們倆在一個被石牆圈住的海水泳池旁，泳池的一邊是水泥的堤岸，泳池的另一邊是不見邊際的海洋，泳池彷彿正好是個中介點，連接陸地的世界與海洋的世界。

他們都沒有說話，走過來的時候也沒有說話，只是一前一後隨意地沿著步道往前走。天氣十分舒適，太陽還沒太過熾熱，空氣也不會太過冰涼，道路旁的小草在微風中輕輕搖盪，步道靠海的一邊是形狀奇異的礁岩，平板的岩層上長著一顆一顆突起物，有些像是一叢叢巨大的菇類，琉璃看著看著，忽然覺得更像蠟燭。

琉璃拿出紙筆，輕輕寫下：「你還好嗎？」

承揚瞥了一眼她舉起來的筆記本，沒好氣地說：「問別人『你還好嗎？』不就是知道別人不好嗎？」

琉璃碰了個軟釘子，但她想了一下，還是繼續寫：「爺爺跟你很好。」

承揚別過臉。「他對誰都那樣，我如果沒有過來，他就會自己偷偷走掉。」

琉璃低頭寫道：「我也喜歡爺爺。」

承揚看了這句話，喉頭一哽，但他沒有顯露出來，只是說：「妳真的不能講話嗎？這樣好麻煩。」

琉璃手指輕輕放在喉嚨上，張嘴想要發出聲音，但卻還是發不出聲。

「算了，算了。」承揚看她這樣，反而覺得不好意思。「也沒那麼麻煩啦。」

「你像吉娃娃一樣。」琉璃寫道，秀給承揚看的時候，還瞇起了雙眼，擺出不愉快的樣子。

「明明只是一隻小羊。」

「蛤？妳在說什……」

琉璃下筆飛快。「兇。」

「我沒有。」承揚立刻否認。

「我跟你不是朋友，你不用勉強跟我說話。」琉璃舉起筆記本的時候，瞪了他一眼。

「妳自己還不是……」承揚聲音越來越低，句尾帶著懷疑。

「你讓加代哭了。」

承揚見到琉璃筆記本的這句話，閉上了嘴。

琉璃不管他，逕自輕輕踢著水，看底下的魚在水底快速游動。突然，承揚盤腿坐到她旁邊，拿起了她的筆記本，嚇了她一跳。她正不高興，要搶回來，卻注意到他在寫字。

「抱歉。」他寫道。

琉璃盯著這兩個字，正想搖頭表示沒關係，但腦袋一轉，露出一個小小的微笑，一手抽回筆記本，一手用力一推，把承揚推到水裡。

承揚絲毫沒防備，一個不留神就滑落水中，砰的一聲，他整個人都埋到海裡，鹹鹹的海水灌入他的嘴巴和鼻子，他兩手划水，奮力把頭露出水面，大力咳嗽。「靠北在衝三小啦？」

琉璃大笑，不料承揚快速游到岸邊，伸手也把她拉了下來，她驚呼——竟然發出了聲音——然後跌入水中。

她慌張地划手跟踢腿，好不容易才探出頭來，就被承揚潑了一臉水。她整個鼻子跟嘴巴都是鹹水，酸酸澀澀地讓她臉皺成一團，承揚大笑，收手要去扶她。沒想到琉璃一見到有破綻，掬了一把水就往他臉上潑。

兩人互相攻擊、大笑，在柔柔的晨光下，彷彿是朋友在嬉戲一般。

「你們！你們怎麼在這裡？」一個驚愕的聲音從他們頭上響起，他們停下動作，只見一個穿著保安衣服的人，一臉難以置信。

慘了，琉璃想。

□

思哲衝進警局時，面朝地跌了個狗吃屎，像是在演默劇一樣，他兩手在空中瘋狂畫圈圈，但還是找不到平衡，砰的一聲，眼鏡在地上滑行了一公尺餘，一路到了琉璃腳邊。

琉璃瞪大了眼，不知該做何反應。思哲抬起頭，不好意思地婉拒了身邊警察的幫忙，一跛一跛地站了起來。琉璃撿起眼鏡，畏縮地遞出，沒料到思哲連眼鏡都沒拿，就只是緊緊抱住了她，她的臉壓在思哲的胸口上，什麼都看不到。

她有些喘不過氣，輕輕掙扎，思哲才意識到自己有多用力，趕忙鬆開了她。他一手還是扶在琉璃的後腦勺，琉璃這才看清楚思哲的樣子，他看起來一夜都沒睡，黑眼圈深得像熊貓，頭髮像是被搔抓過幾百次一樣混亂，身上穿的就是前一天上班的那套衣服。琉璃的內疚立刻滿了出來，她低下頭。

「我們回家好嗎？」思哲問。

琉璃點點頭，依然不敢看思哲。

思哲到旁邊向警察道謝時，一對男女走了進來，男人看起來已經五十幾歲，方正的臉沒有絲毫圓融，五官線條像是繃緊的弦，他走路的樣子像軍人，整條脊椎都是筆直的。

女人似乎比男人年輕不少，她身材豐腴而勻稱，膚色偏深，臂膀粗而有力，頭髮綁成了公主頭，髮根處有一圈黑色，底下則是咖啡色。琉璃好奇地打量著她，她的五官和膚色讓琉璃想起了看護阿美。

女人一見到承揚，立刻跑去摟住他，承揚微微顯露不自在，他的眼睛盯著那個男人。那男人冷冷地看了承揚一眼，他什麼都沒有表示，但光是被他的眼光掃過，就足以讓人打寒顫。那男人轉過身，向員警點頭示意。

承揚的表情有些失落，他注意到琉璃盯著他看，立刻別開了臉。

「不好意思，我跟我太太管教不夠嚴格，這小子從小就只會惹事，給您添麻煩了。」承揚爸爸用所有人都聽得到的音量對思哲說話，承揚聽到時臉色一沉，琉璃皺眉。

「別這樣說。」思哲說：「兩個孩子都沒事就好。」

「不好意思。」思哲走近琉璃的時候，承揚媽媽小聲地跟他說。

思哲堅定地重複：「兩個孩子都沒事就好。」

琉璃向承揚媽媽半鞠躬，希望一點點也好，想要表示一點歉意。承揚媽媽愣了一下，伸手輕輕拍了拍琉璃的肩膀，她溫柔微笑，用不是很標準的中文說：「累了？回家休息。」

思哲向琉璃伸出手，好像她仍是小小孩，她遲疑了一秒，但馬上依循直覺牽起了他的手。她走了幾步，回頭看向承揚。他聳聳肩，甚至還逼出一個微笑，笑容裡充滿無奈。

□

「和子是灣生，聽過這個詞嗎？」美玲用長長的木筷攪拌著鍋裡的年糕、冬筍和雪菜，另一手拿起了剛剛炒過的肉絲撒下去。

見他們兩人搖頭，美玲繼續說：「灣生就是在台灣出生的日本孩子，第二次世界大戰結束後，日本打輸了，中華民國的政府接收台灣，日本人就被趕了回去。」

美玲拌炒了下年糕和配菜，伸長手拿了香油，在上頭優雅地畫了個小小的圈，整個咖啡館瞬間瀰漫著香味。

琉璃看了一眼在角落睡覺的箱子，她總覺得箱子的身邊少了和子之後，好像有些孤單。

「灣生回去日本，生活很不習慣，還因為講話有台灣口音而被嘲笑。」美玲關了火，一邊撒胡椒，一邊悠悠說道：「其實她跟徐爺爺挺像的，徐爺爺後來好幾年都有寄錢給他前妻，覺得自己欠她太多。同樣都是回不了家的人，一起走也很好，有個伴。」

琉璃認真地聽著，還不斷點頭，承揚的眼睛卻緊盯著年糕，似乎很餓。

「原來妳還會做雪菜炒年糕。」他說。

「沒禮貌！」美玲瞪了他一眼：「你不是被禁足了嗎？怎麼還在這裡閒晃。」

「沒有人關得住我。」承揚露齒一笑。

美玲不理他，拿了一個大盤子，把黏稠稠的炒年糕滑到盤子上，綠綠的醃漬芥蘭菜配上白白的年糕，好像冬天雪地裡長出的小草，香油的香味散去後，留下的是雪菜的鮮。「要吃的自己舀，犒賞你們的辛苦。」

「那不應該用更好的東西嗎？」承揚口頭上不饒人，手卻忙著用大湯匙舀年糕，美玲瞪了他一眼。

琉璃低頭寫了些字，然後秀給美玲看。「掉到地熱谷也會消失？」

「啊，好像有這樣的說法，但我沒親眼見過。」美玲沉思。「我見過的都是自己選擇離開，你們應該也有注意到，目前還在北投生活的，最多也就是一、兩百年前的人，加代跟雪子好像是四〇年代畢業的時候留下的，郭醫師是來台幾年後，林先生是……我不太確定他留下來的時間，應該是戰後吧？總而言之，很少有一直、一直留下來的人，畢竟再強的執念，也會在反覆的日常裡褪去，至少我是這樣想的。」

「美玲會離開嗎？」琉璃又寫道。

「我啊？」美玲笑了。「我嘛，可能不會這麼快。我還在等一個人，我答應他開一間咖啡館，等他來做客人。」

「等誰？」承揚奮力吞下嘴裡滿滿的年糕，問道。

「是我的，青，梅，竹，馬，喔！」美玲笑盈盈、神祕兮兮地答。

「彰化人？」琉璃寫。

「不是。」美玲說：「是北投人，你們應該沒聽過『巡米缸』吧？」

兩人搖頭。

「北投在我那時候經濟特別好……都是我們小姐撐起來的！」美玲講起來有些得意。「小姐服務好，就有更多客人來，商店就跟著賺錢，為了搶生意，米店、瓦斯店都會派兒子去巡米缸，我們白天在睡覺，他們就來看看米啊、瓦斯啊用完了沒，一看沒有了就趕快送來！」

「青梅竹馬是來巡米缸的人？」承揚問。

「好聰明。」美玲伸手要捏承揚的臉，他一個迅速後退，不讓她得逞。

美玲瞇著眼瞪了他一眼，順手幫認真聽的琉璃裝了一碗年糕。「冷掉就不好吃了。」

琉璃接過溫熱的碗，挾起了一塊圓圓扁扁的年糕放進嘴裡。所有美味瞬間爆發出來，雪菜吃起來一點都不澀，反而帶著清甜的香，肉絲則讓湯汁更加濃厚，年糕有嚼勁，咬下去時牙齒會稍稍感覺到阻力，但也不會太硬。

美玲見琉璃吃得香甜，忍不住微笑，糗了糗承揚：「如果小揚也跟琉璃一樣坦率就好了。」

「不要再叫我小揚了。」

琉璃放下筷子，在旁邊舉起筆記本：「小羊！」

「兩個神經病。」承揚嘀咕。

「總之呢，他後來就不見了。」美玲說，看到兩人聽了一臉困惑，她補充：「他爸爸在北投經營米店和瓦斯店，我剛來的時候就認識了他，那時候我還沒有常客，閒得很，白天會被叫去打掃，就認識了他。他有時會陪我偷懶、陪我玩，最後兩個人都被罵得好慘。後來忙了起來，就很少見到他，下一次見到他，他已經要考大學了，還考上了台大！又高、又帥、又會唸書，而且最重要的是，還很老實！」

「喵嗚。」大家被箱子突然的叫聲嚇到，都看向牠，只見箱子輕巧地躍上吧台，輕輕蹭著美玲的手，美玲伸手搔搔箱子的下巴，繼續用溫柔的聲音說故事。

「後來我們就談戀愛啦，應該算是談戀愛吧？他喜歡我，我喜歡他，他說有一天他要賺錢贖我，要跟我結婚。他喜歡咖啡館，所以我們有閒錢就會去，去久了，我就說，不然我以後來開間咖啡館，讓他來當客人！」

美玲講到最後，雙頰泛起了紅暈，像是個青春年華的少女。可是她繼續說時，溫柔的聲音抹上一層憂傷：「後來他突然就不見了，我跟好幾個人打聽，才知道是一畢業就被家人送到美國唸書，之後他就再也沒有回來了。」

「他搞不好只是反悔了。」承揚皺眉。「他現在可能早就忘得乾乾淨淨，結婚生小孩，根本都沒想到妳……噢！幹嘛？」

琉璃用力揍了承揚的手臂。

「我只是說實話。」

美玲笑了笑。「是啊，搞不好是這樣，我後來也結婚了，政府後來不讓小姐繼續做侍應生，我年紀也不小了，恰巧有客人想娶我當細姨，於是真正的美玲就嫁人去了，而我留在這裡，繼續等他。」

「結婚了他就算回來也沒用了吧？就像徐爺爺的老婆一樣。」

琉璃再次想附擊承揚，但他早有防備，輕鬆躲開。

「是啊，的確是如此，我大概只是不甘心。不過……也是呢，認真想想，他可是好人家的寶貝長子，怎麼可能和我共組家庭呢？」美玲突然想起什麼似地，問道：「三姐還在開那輛青鳥的車嗎？」

「青鳥？」

琉璃忽然想起在車上看到的字，趕忙提筆寫道：「Blue bird？」

「沒錯。她到現在都還是開那輛車啊！」美玲感嘆。「你們聽過青鳥的故事嗎？青鳥可是代表了幸福，那時候裕隆推出這款車，好多好多家庭都去買，大家都想要抓住幸福……三姐其實……也只是很平凡的人。」

琉璃感受到美玲聲音裡隱隱的悲傷，又想起了三姐濃妝底下的皺紋，忍不住有些難過。

美玲伸手，輕輕推開她的眉心，換上輕鬆的語氣說：「總而言之，我也不知道我為什麼要等他，等到他也沒什麼意義，而且我也可能永遠都等不到他，但我相信他會回來，所以我偏要在這裡等。」

承揚正想再說什麼不中聽的話，可是看到琉璃的眼神，只能乖乖閉上嘴。琉璃寫道：「他叫什麼？」

「李金城，金色的金，城市的城。」美玲咬字清晰地唸出這三個字，儘管只是三個字，但每個字背後好像都帶著思念。「名字很俗吧，不過別看他名字這麼俗，他可是唸哲學的！講話總是頭頭是道，我聽久了，說話跟聽話也都變厲害了。」

「他就算回來找妳，妳也看不到、認不出他吧？」承揚插嘴，無視在旁邊瞪他的琉璃。

美玲沒有說話，她挾起一塊年糕放到嘴裡，偏頭想著。

「你有什麼毛病？？？」琉璃在紙上用力地寫，然後塞到承揚面前。

美玲看著窗外的樹林，悠悠地說：「也許是吧。不過我一直相信，一般人看不見是因為他們不想看見，如果想看見，一定看得見。」

□

承揚和琉璃走在下山的路上，琉璃忽然拽著他往旁邊走。

「幹嘛？」

琉璃拿出手機，指了指他的口袋，叫他也拿出手機看訊息。

「我們來找李金城。」

「蛤？」承揚也用訊息回覆她。

「搞不好他有臉書或 IG。」

「他如果還活著都幾歲了？怎麼可能？」

琉璃不管他，逕自開始尋找，承揚抱怨歸抱怨，不過也開始搜尋。兩人盤腿坐在路旁找了一陣子，最後一無所獲，找到的「李金城」不是年紀不對，就是經歷不對。

「就找不到啦。」承揚用訊息發話。

「我們可以在網路上尋人！」

「第一，一定沒用。第二，我們都沒朋友，發文沒人看。」

「我有朋友！！！」

「幾個？妳不要把我算進去喔。」

「我們是朋友嗎？」

「幾個？」

琉璃答不出來，她收起手機，站起身就往前走。承揚忍不住笑了，他追上她，繼續打字。

「我們再想想辦法～」

琉璃看到手機上的這行字，露出難以置信的表情。承揚歪頭回看她。

「你變好人了！！！」琉璃按下送出。

「我要回家了。」

琉璃大笑，小跑步追上快速往下坡走的承揚，她好像很久沒有這樣大笑了。

7

每個生命體對自己分裂的原因瞭解程度不一，有些人目標非常明確，但也有些人丈二金剛摸不著頭腦。就像一般人的生活一樣，有意識也罷，糊裡糊塗也罷，日子一樣會一天天過去。

「假如你是一棵樹，你是什麼樣的樹呢？」

在台上講話的，是一個很高的女性，穿著寬鬆的麻布衫，帆布鞋整齊地放在講台旁，她赤著腳在教室中心來回走動，模樣看起來好像剛睡醒的孩子。

「是到秋天就會換新衣服的楓樹？」她播放著投影片上的照片。「還是會長出好吃蘋果的樹？還是操場旁邊的老榕樹？還是你想當花樹，開一大堆花？還是，你是現實中不存在的樹？」

投影片結束，她對著台下坐成一個大圓圈的學生們說：「我等一下會發下圖畫紙，每一組都有一盒色鉛筆，給大家十分鐘畫出最像自己的樹。」

一沒有了講者的聲音，台下便開始嗡嗡作響。有些學生認真畫圖，有些人則是隨便畫一畫就趴下來睡覺，還有人趁四處巡視的溫老師沒注意，偷偷拿出藏起來的手機玩遊戲。

「大家都畫好了嗎？」講者拍了拍手，吸引大家的注意力。「有人自願分享嗎？沒有的話我就點人囉？」

講者四處張望了一下，然後拿起點名表。

「沈伊寧？」

一個長髮披肩、長相秀麗的女孩怯生生地舉起圖畫說：「我想變成台灣欒樹，我回家的路上會看到，它一年四季顏色都不一樣，好漂亮。」

「很棒的觀察，我也很喜歡台灣欒樹！下一位，廖明宇？」

「我是水筆仔，因為它一根一根，又粗又大。」明宇嬉皮笑臉地說。同學隱隱偷笑。講者也笑著回應：「聽起來明宇對自己很有信心。」又是一陣笑聲。

「許文翰？」

高高壯壯、頂著一頭新潮髮型的同學站了起來，他的圖畫上是一棵筆畫潦草的巨樹。「我也不知道這是什麼樹，反正就是長這樣。」

「是跟文翰一樣，又高又壯的樹呢！潘彥姍？」

彥姍說：「我想當柚子樹，我們鄰居家就有一棵，我每次都好羨慕。柚子可以吃，皮還可以用來除臭。」

「彥姍很注重實用性！張琉璃？」

大家的視線轉向琉璃。她怯生生地舉起自己的畫，整片的藍裡頭，有一棵只有枝幹的樹，四周還有魚、海豚在游動。

「海底哪有樹？」明宇嗤之以鼻。

彥姍用力巴了他的頭。「老師本來就說不用是真的樹！」

琉璃把紙翻到背面，上面寫道：「我想當海底的樹，海底很安靜，不用講話。」

「海底的樹很美呢！不過跟大家講一個小祕密，其實海底很吵鬧喔。」講者笑盈盈地說：「人類會覺得海底安靜，是因為我們耳朵聽不到小魚啊、鯨豚啊的溝通聲音，其實海裡就跟菜市場一樣，大家都在講話呢！人也一樣，大家的動作、表情，都是溝通的方法，不一定要講出來，別人才能懂。」

講者說話時，都會配上生動的肢體動作和表情，學生們不自覺就想盯著她看。

又點了幾個人後，講者說：「我們的暖身結束了，下一個討論的問題是，樹不會講話，那你有沒有什麼時候也會不想講話呢？還沒還沒，大家先別動作，第二個問題是，如果你都不會不想講話，那你有沒有什麼不想或是不能做的事？如果有人逼你做這件事，你會有什麼樣的感覺呢？」

琉璃心跳開始加速，低下頭，默默不語，也不敢偷看身邊的人。

□

上週，溫老師私下找來了她。

「琉璃，老師有一個大學的朋友，她是專門幫助大家溝通的專家，她叫艾瑪，平常都在美國，接下來一個月剛好會在台灣，我想問妳，妳願不願意讓她來跟大家聊聊妳的狀況？」

琉璃愣住了，不知道該如何反應。

「老師知道這會有點可怕，」溫老師趕忙說：「不過艾瑪她很常在美國的學校做類似的事，她能讓大家在舒服的環境講心裡話。如果妳想要，她也可以先跟妳聊一聊，妳覺得沒問題，我們再來試試看。」

琉璃覺得頭有點暈，好像懸在半空中，但就像第一次見面時一樣，她想要信任溫老師，於是她點了點頭，寫道：「好。」

她又想了想，補上一句：「可是我英文很爛。」

溫老師看到這句話，忍不住笑了出來。

幾天後，琉璃見到了艾瑪，她萬萬沒想到，原來艾瑪不是金髮碧眼白膚，而是長得跟台灣人沒什麼差別，米黃色的皮膚，黑色的短髮，看起來十分清爽。

兩人走進學校輔導室，一坐定，艾瑪立刻用輕輕柔柔的聲音說：「一個人面對這麼多事情，很孤單，很辛苦吧？」

艾瑪的中文帶著奇妙的腔調，有些過度捲舌，抑揚頓挫特別明顯。

琉璃沒想到自己聽到那句話情緒會那麼強烈，她立刻有了想哭的感覺，她縮在沙發裡，手上緊緊抱著抱枕。

「妳很勇敢，也很堅強。」艾瑪溫柔地說。「我還不知道可以怎麼幫妳，不過我們可以一起討論看看，好嗎？」

於是，他們決定在班會時間舉辦這場工作坊。琉璃很不安，前一晚都沒睡，不過她很努力、很努力地想相信艾瑪。

□

「哈囉大家好，我是艾瑪！」

「愛馬仕！」台下有人說。

「哇，現在小孩很厲害欸，我太窮了，以前都沒有聽過愛馬仕啊。後來聽說了，還想說，欸，是他們學我吧？」

「屁啦！」有人大喊。

溫老師正蹙眉，艾瑪先笑著說：「你們小心點啊，你們老師都在聽喔。」

艾瑪爽朗的模樣讓班上氣氛和樂融融，從畫樹開始，就這樣一路來到了切中核心的問句。

琉璃可以感覺到有人在看她，底下的竊竊私語她聽不清楚，但卻大聲到讓她覺得頭暈目眩。

彥姍率先舉手，動作大到好像產生了一道氣流，連身邊低頭的琉璃都感覺到了。

「我心情不好就不想講話。」她大聲說。「如果有人逼我，我會覺得很討厭，更不想講話。」

慢慢地，有更多聲音接續出現。

「我每次打 boss，我媽就會來吵我，等一下再講是不行嗎？」

「我不能喝牛奶，喝了會拉肚子，可是就有智障大人會叫我喝。」

「不是啊，我不想來學校，可是我還不是來了？啊我們本來就會被逼做不想做的事！」

「我暈車的時候不能講話，一講話就會吐，可是以前去校外教學卻被同學以為是在發脾氣，故意不理他們。」

神奇地，琉璃的頭不再低著，而是仔細聽著每個人的分享，不知道是因為自己心情轉變，還是因為真的改變了，其他人似乎也不再盯著她看。

琉璃在紙上寫了一串話，猶豫了一下，輕輕戳了彥姍。

彥姍拿到字條，心領神會地點點頭，然後她舉手。

「彥姍？」

「琉璃寫了這張字條，我來唸。」她唸道：「我不能講話，想講話的時候，會吸不到空氣，喉嚨像要裂開，我找不到我的聲音，我知道我曾經擁有過，它好像也還在，可是我不知道在哪裡，就像在房間裡找不到手機，又打不通手機號碼。我很怕有人叫我說話，我不知道我該怎麼辦，只能難過、害怕、生氣，還有假裝我不在乎，因為不在乎好像就不會那麼可怕了。」

唸完後，教室一片沉默。琉璃偷偷瞄了大家一圈。有些人露出了事不關己的樣子，甚至還有人癟了癟嘴，一臉不屑，不過在她的眼角餘光裡，明宇低下了頭。

□

「謝謝大家的分享，大家剛剛提到了討厭、煩躁、生氣、委屈，還有好多的情緒，大家其實都知道，有時候我們沒辦法或是不想要做一些事，這時候如果有人來問你：『咦，你怎麼不這樣做呢？』甚至直接跟你說：『你就該這樣做才對！』都很討厭吧？」艾瑪輕柔地說，她站在教室中間，每講幾句，就會稍稍轉身，輪流看向不同的同學。

「今天時間差不多了，所以我要先在這裡做一個小結。」艾瑪說。「大家可以再想一想，樹跟動物都沒辦法跟人說話，可是有沒有什麼時候，你會感覺到他們在跟我們說話呢？」

「其實人跟人會吵架，常常都是沒有接收到彼此『沒有講出來的訊息』，所以下次如果對誰生氣，可以試試看先『停、看、聽』……就跟過馬路一樣！你先後退一步，深呼吸，看一看對方的樣子，聽一聽對方的想法，這樣，就可以不用每次都吵架囉。以上！謝謝大家今天的參與！」

「謝謝艾瑪，請大家給艾瑪一點掌聲。」溫老師在旁邊說，帶著大大的笑容。「大家有沒有什麼想問艾瑪的問題？」

彥姍舉手問：「艾瑪平常都在做這樣的事嗎？」

「哇！通常這種時候都沒人會說話。」彥姍臉紅，艾瑪繼續說：「對喔，這就是我的工作。我在一個組織工作，當有壞事發生的時候，只要雙方 say yes，我們就會讓他們坐下來，說說自己的想法，也聽聽別人的想法。這種做法可以用在很多地方，現在連動物的虐待有時候也會這樣做，讓欺負動物的人理解動物的痛苦。」

彥姍問：「為什麼要做這個？」

艾瑪似乎對彥姍的求知慾感到很開心，她微微一笑說：「大家知道『白色恐怖』嗎？」

有些同學點頭，有些則是一臉疑惑。

溫老師瞇著眼說：「大家考完試都忘了嗎？」

「正常啦、正常。我以前也都考完試就忘了。」艾瑪笑道。

「沒關係，我們下下週有校外教學，要去看鄭南榕基金會的民主運動攝影展！」溫老師見同學一聽到校外教學就開始交頭接耳，笑著說：「沒錯，我們要去校外教學了！等出發之前，我再跟大家講一次他的故事……免得你們又忘記。」

「太好了。」艾瑪說：「那我也跟大家分享我爸爸的故事。他是台灣人，也是北投人，年紀很輕就飛到美國，認識我媽媽，我媽媽是從小移民美國的華人。我爸是一個……很怪的人，他在學校是教授，要講課，可是他在家卻不喜歡講話，只會叫我晚上不要出門，他也不喜歡我帶朋友回家。」

「我一直都不理解我爸，直到有一次我媽跟我爸大吵了一架，我偷偷去跟我媽問，才知道我爸當初是因為『白色恐怖』才來美國，我查了之後，就看到『海外黑名單』這個詞。」

艾瑪走到教室的講台上，在黑板上寫下「海外黑名單」五個字。

「那時候政府有很多不合理的規定，沒有講話的自由，有一群人因為講太多話，很害怕被政府抓於是，他們就逃到了國外，政府很不高興，就把他們列在黑名單，再也不准他們回來。我不知道我爸爸是不是在名單上，可是他很長、很長一段時間都不願意回台灣，連我大學想到台灣，他都反對……但我還是來了，所以才會認識你們老師。」

艾瑪看向溫老師，溫老師微微一笑。艾瑪接著打開了投影片，回到一開始幾棵樹的投影片，停在開著紫色小花的灌木。

「這是我爸爸最喜歡的植物，我家後院就有一棵，他每天都很認真幫它澆水、修剪，花在那棵樹上的時間，比跟我說話的時間還多。我來台灣唸書的時候，才發現這裡有很多這樣的植物。」艾瑪指著投影片。

「我一直想要跟我爸爸好好聊一聊，想要知道他的故事，想知道他為什麼只要有人來我們家，都要把櫃子都鎖起來。我想知道他到底在害怕什麼？所以我才想做這份工作，希望有一天他會願意跟我說。」

台下的學生似懂非懂，但艾瑪嚴肅而溫柔的語氣倒是讓大家非常專注，教室安靜得好像連風的聲音都聽得見。

□

「周媽媽對大家都很好，家裡兩個小孩都唸台大，一個當醫生，一個開公司當老闆，真正的周媽媽還活著，政府開始要大家遷村、改建這裡之後，真正的她就跟著家人一起搬走了。」承揚指著一棟綠色鐵皮屋頂的矮房，仔細地說明。

「阿猴哥……妳還記得嗎？上次穿花襯衫的那個人。他的家以前住那裡，他們的房子是他爸爸來台灣後自己蓋的。原本只有一個房間，浴室還要去跟別人共用，不過後來他自己找材料、找工匠、動手蓋，最後就變成現在這樣。眷村裡大家都住得很近，所以有人打小孩、罵小孩都會被全村的人發現，阿猴哥當初就是……」

他隨即發現琉璃心不在焉，他皺了皺眉，伸手彈了一下琉璃的額頭。

琉璃張開嘴，發出無聲的抗議。

「是妳說要來眷村，我們才偷偷進來，然後妳又沒在聽。」

琉璃自知理虧，有點不好意思，拿出手機打字說：「我今天有點累。」

承揚問：「怎麼了？」

琉璃長話短說地解釋了今天做了什麼，承揚默默讀著，沒有打斷，但臉上卻有把情緒展現出來：緊張、擔心、嘆息，聽到艾瑪爸爸的故事時，他臉上露出難受的表情，但突然轉為驚喜。

「艾瑪！」

琉璃困惑地歪頭看他。

「他們家都住在美國，我們可以請她幫忙找？」

琉璃恍然大悟，忽然懊惱自己太過遲鈍，但又立刻開始擔心：「可是我們要說什麼？」

「就說郭盼璋在找他啊。」

琉璃瞪大眼，手指打字速度飛快：「我們又不知道真正的郭盼璋在哪裡。」

「又沒關係，反正也不一定找得到，找到了再說。」承揚聳聳肩。「而且不是說要相信他看得到嗎？」

琉璃皺眉想了許久，才點頭打字道：「我明天去問溫老師。」

「小揚！」像是菜市場吆喝一樣響亮的聲音從他們背後傳來，他們回頭一看，一個身材圓潤的中年婦女向他們走來，她有著Q彈的小鬈髮，穿著花上衣、墨綠的過膝長裙，腳上卻穿了雙藍白拖。

「周媽媽！」承揚站了起來。

「怎麼還是這麼瘦？」周媽媽抓著承揚的手，還捏了捏他的腰，承揚忙著躲開，周媽媽追問一句：「女朋友？」

琉璃猛搖頭，承揚則是立刻回了一句：「才不是！」

「青春真好啊。」周媽媽笑道。「妳叫琉璃？」

琉璃點頭，周媽媽空下來的手摟住了琉璃。「妳怎麼也這麼瘦啊？現在的小孩到底怎麼了……」

在周媽媽結實的臂膀裡，琉璃有些不自在，但也有一種莫名的安全感。

「啊我有事要跟你們說。」周媽媽說：「最近又開始有靈魂不見了。」

「嗯？」承揚疑惑。

「大概跟徐爺爺、小妹妹他們差不多啦。可是郭院長就在那邊操心，所以還是要我跟你們講，請美玲小姐告訴高橋先生一聲。」

承揚皺起了眉。「誰不見了？」

「陳爺爺、張伯伯，還有一個是警備總部的大哥，他們都比較少和大家一起圍爐啦，你應該沒什麼印象。」

承揚陷入沉思，不過周媽媽颯爽地拍了拍他的肩膀。「沒事、沒事！我們這些老人本來就該走，你不要想太多。我跟張媽媽等一下要去唱卡拉ＯＫ，你們慢慢逛。」

周媽媽一邊離開，還一邊哼唱著：「盡情揮灑自己的色彩，年輕不要留白，走出戶外，放開你的胸懷……」

琉璃有點擔心地看著承揚，他注意到，聳聳肩說：「我跟他們不熟，我只知道張伯伯他們有個棋友會，特別喜歡下棋。」

「以前到底發生什麼事？」琉璃傳訊息。

「我也只是聽說，好像很久以前，日本人跟眷村的人吵起來，結果大家就推來推去，有台灣人勸架到一半，跌到地熱谷裡，就消失了……」

琉璃一臉驚駭，承揚面露無奈繼續說：「我也不知道詳細，但之後郭院長跟高橋先生就出面，劃定了界線，要求兩邊不要越界。」

「高橋先生？」

「以前公學校的老師，聽說他是很厲害的人，日本人，可是他自願要去公學校教書，不去日本人讀的學校。」

琉璃點點頭，想了一下，繼續打字：「你國小開始看到？」

「上次明明講過。」

琉璃又打了三個字，但停了下來。承揚發現到她的遲疑，順手把琉璃的手機拉了過來，上面寫著「是因為」。

「妳想問原因嗎？」他直接用說的。

琉璃拉回了手機，有些不好意思地看著地上。

「我當初……」承揚吐出這三個字，然後忽然嘆氣：「打字好像容易多了。」

琉璃一臉茫然，承揚拉著她坐在路邊的台階上，低頭開始打字。

「妳上次有看到我媽。」

琉璃點頭。

「她是菲律賓人，我爸去菲律賓開工廠，認識我媽，談戀愛，結婚，回台灣，生了我。」

承揚頓了一下，偷瞄一下琉璃的表情，她除了困惑之外沒有別的表情。

「我小二有一個很好的朋友。」承揚話鋒一轉，開始飛快打字。「我那時候國語學得不好，一直忘記字怎麼寫，他都會教我。後來有一天，我聽到他跟別人說：『我媽說我們要跟陸承揚當朋友，他媽媽是菲律賓人。』」

承揚停頓，琉璃歪著頭，看著他，沒有理解。

「我就揍了他……」

琉璃揮動兩隻手打斷他。她搖頭，開始打字：「為什麼？」

承揚嘆了一口氣，放下手機，直接用說的：「我媽是菲律賓人又怎樣？」

琉璃打字：「他搞不好只是隨口……」

「我以為他是我朋友，因為想當朋友才變成朋友，我不需要人可憐。」

琉璃似懂非懂地皺著眉，點點頭。

承揚轉過了身，他繼續打字：「我爸叫我道歉，可是，」他停住了，臉上帶著慍色，彷彿當初的憤怒重新跑了出來。琉璃不知所措，猶疑地伸出手，笨拙地拍了拍他的肩膀。承揚稍微往旁邊移，想要閃開，但卻停了下來，接受了琉璃的觸碰，他深呼吸一口氣。

「我逃家了，躲在沒人住的房子，我爸吼到整個村子都知道我死定了。」承揚頓了一下，才寫道：「後來我就遇到徐爺爺。」

「還好你遇到了徐爺爺。」

承揚眼眶微微濕潤，喉頭也有些哽咽，但他只是站了起來，伸著懶腰，環顧著四周。

「我們來想要怎麼跟艾瑪說。」他提議。

8

我們基本上可以觸碰、使用本體世界的所有物品，但多數一般人——包含本體——都看不到我們、也碰不到我們，據說，當看到我們使用過的物品、被我們移動過的家具時，他們不是視若無睹，就是潛意識會把畫面扭曲成他們相信的模樣，也有些人就把這些事件定義為「鬧鬼」。

「琉璃妳今天要去圖書館嗎？」彥姍問。

琉璃搖搖頭，在筆記本上寫：「我找溫老師，妳先走。」

彥姍突然用下巴示意琉璃往後看，她滿頭問號地回頭，發現是明宇在看她，兩人四目相交，他才收回視線，假裝忙碌地整理背包。

「他最近常常這樣看我。」琉璃潦草地寫，滿臉困擾。「他到底想幹嘛？」

「搞不好他想跟妳道歉。」

「怎麼可能？」琉璃一笑置之。上次的對話後，欺負她的行為真的有減少，彥姍跟琉璃走在一起的時候，也開始有人主動來找她們聊天。雖然還是有人在說琉璃的壞話，說她跟老師告狀，不過因為琉璃身邊的人多了，這些人也就只是私下說說閒話，沒有再來打擾。

道別彥姍後，琉璃一個人往老師辦公室走去。

她正想打開門，便聽到裡面溫老師提高了聲音的質問。

「政治宣傳？」

琉璃嚇了一跳，趕忙收手，她從來沒聽過溫老師用這樣的語氣說話。她不知道該不該開門，於是側耳傾聽。

「溫老師妳不要激動。」琉璃知道這聲音是教務主任的，她在升旗時聽過主任的聲音。

「艾瑪是來講『修復式正義』，這不是教育部方針嗎？」

「工作坊的部分當然沒問題，重點是最後……」

「那是她爸爸的生命經驗。」

「有家長投訴宣傳政治理念，妳怎麼想都不關我們的事，但在學校就不該……」

「白色恐怖、海外黑名單，這些都是歷史課本來就會教到的，有什麼問題？」

「溫老師妳冷靜一點，我沒有說妳錯，我只是說這些事情比較敏感，國中生思辨能力還不足，等他們上高中再……」

「如果每個老師都這樣想，他們就永遠都不會學到了！」

「溫老師！」主任的語氣終於變強硬。「妳這樣讓我們很困擾，因為妳無謂的堅持，我們要面對家長的抗議，他還說再一次就要找民意代表來，到時候妳來扛嗎？」

「我……」

「妳敢扛，我們還不敢讓妳出去。」主任語氣中意有所指。

「什麼意思？」

「溫老師，我們當初聘妳，已經冒了很大的風險。有些家長如果知道，可能會不放心把小孩給妳帶。妳也知道，社會還很保守。」

「主任，你知道你現在這樣說是歧視嗎？」溫老師儘管語氣平靜，卻掩飾不了微微的顫抖。

「溫老師，我沒有這個意思，我只是跟妳講事實。妳也知道這會是一個問題，所以妳當初才主動跟我們說，不是嗎？我們尊重妳，妳是一個好老師，我們也知道妳很辛苦，所以我們都沒有刁難妳。我們現在也只是想要妳尊重同學的家長，可以嗎？」

裡頭一陣沉默。

「我理解學校的想法。」溫老師低聲說。

主任走出辦公室時，琉璃剛來得及躲到樓梯間，她見主任走遠，偷偷地踮起腳尖，想看看溫老師。只見溫老師好像什麼事都沒發生過一樣，面色如常地改作業。

琉璃躊躇了一下，還是在門上敲了敲，推開門。

溫老師抬頭，看見是琉璃，露出一如往常的溫和笑容。

「有事找我嗎？」

□

「所以妳拿到艾瑪的信箱了？」

琉璃點點頭。

「可是妳不敢跟溫老師問剛才的事？」

琉璃點點頭，這次表情充滿難受。

承揚沉默了一下，才說：「不過，只有講一方的故事是不是本來就不好？」

琉璃瞪大了眼睛，難以置信地盯著承揚。

他聳了聳肩說：「從小聽我爸跟其他叔叔講話，他們都覺得非常時期難免要有非常做法，如果政府管不了台灣，共匪打過來，那只會更糟。」

琉璃拿起筆，正要寫字。

承揚打斷了她：「我沒有說他們這樣是對的，殺人是錯的，亂抓人也不可以，只是叔叔他們覺得能有現在的生活，都是政府的功勞吧。他們還說一直拿這些事出來打，是政客的伎倆。」

「不同角度看到的世界真的不一樣。」美玲說，一邊關了爐火。她今天穿的是無肩帶的綠色短洋裝，披著一條白色的披肩，用藍寶石別針固定住。她為兩人各端上了一盤香氣撲鼻的清炒蝦仁義大利麵，上面還點綴著青翠的蘆筍，紅紅綠綠的看起來相當可口。

承揚立刻分心了，拿起叉子，捲起一口麵，塞進嘴裡。琉璃沒有食慾，盯著義大利麵，卻沒有動作。

「吃飽才會有力氣想事情。」美玲微笑說。「這蝦仁可是我親手剝的，先用洋蔥跟蒜頭煸過。醬汁是用蝦頭煨的，很香喔！」

琉璃勉強笑了笑，拿起叉子，挑起幾根麵放到嘴裡。甘甜的蝦味立刻在她嘴裡四溢，她忍不住再捲一球，大口放進嘴裡。

「心情再差，好吃的食物還是好吃。」美玲輕笑。「我好奇一下，溫老師的名字是溫……」

突然間，箱子的聲音在外面響起，伴隨著的還有細碎的腳步聲。美玲面露訝異，她匆促又小聲地對琉璃和承揚說：「到後面的房間，快點，現在！拿著你們的麵進去。」

兩人一臉莫名其妙地被趕了進去，裡頭是一間很可愛的單人房，看樣子是美玲住的地方。房間介在整齊與不整齊之間，帶著濃濃的生活感，幾件禮服掛在椅背上，墨水瓶放在桌上卻忘記闔，脂粉罐有的倒下、有的站著，不過整體來看卻也不會覺得凌亂。

房間裡頭的配色依然是以木頭色調為基底，搭配著各種復古又亮眼的家具和寢具，靠近門的櫃子上，有舊式的轉盤電話，看起來便是之前打給站長時用的。

「芳芳！好久不見了。」

兩人聽到美玲在外面用又驚又喜的聲音說道。

「真的好久不見，我都比妳還老了。」

聽到回話人的聲音，琉璃瞬間愣住了，因為那竟是溫老師。

「怎麼會跟我比呢？真要算，我早就是老奶奶了。」

「妳是青春永駐的三十歲。」

「三十歲也不青春啊！難怪芳芳不能教國文。」

溫老師輕笑，然後說：「我想喝會讓人有罪惡感的飲料，最好有酒，不過我也想喝咖啡。」

「沒問題。」

一陣碰撞的聲音，聽起來美玲應該是在櫃子裡翻找東西。然後是開火的聲音、金屬棒在鍋子裡攪拌畫圈的聲音、把液體倒入杯中的聲音、金屬刀具擦過杯口的磨擦聲。

「一百分。」溫老師笑道。

「愛爾蘭咖啡。」美玲說：「咖啡、黑糖、威士忌，然後還有鮮奶油，滿滿的咖啡因、酒精、糖分和脂肪，人生的貪婪都放進來了，夠罪惡嗎？」

短暫靜默後，是玻璃杯輕撞桌面的聲響。

「啊，啊！」溫老師暢快地感歎。「活過來了！」

「太好了。」

「妳不打算問我發生什麼事嗎？」

「妳還沒付錢啊。」美玲笑說：「妳要分享哪一個回憶，都可以。」

「妳還記得我跟妳出櫃的時候嗎？」

「怎麼會不記得？妳那時候剛考上高中，理小平頭，非常不適合妳。」

溫老師失控爆笑，似乎已經有點醉了。「我那時候好緊張，都把頭皮摳到流血了，還打破了妳兩個玻璃杯，我想說，妳下一個杯子總不敢給我玻璃杯了吧？結果妳真的沒給我玻璃的，卻給了我陶瓷的馬克杯！」

「我想給妳喝熱的飲料啊。」美玲溫柔地說。

「那是我第一次出櫃……後來我出櫃無數次，一直在吵架。我是長子，還是長孫！我爸媽曾經有多愛我，就對我有多失望……我可是要去垃圾場……垃圾場喔！去撿被我爸丟掉的洋裝。」

美玲沒有出聲，門後的琉璃和承揚也動都不敢動，連心跳聲都怕會太大聲。

「我後來受不了了！受不了了！我就走了！我要做手術，可是當老師賺的錢就那樣，又不想非法兼職，只能省吃儉用，房子連攤平行李箱的空間都沒有。我都把學生剩下來的營養午餐打包，說要餵狗……我覺得好辛苦，好辛苦啊……終於我走到這裡了，以為沒事了……可是……」

溫老師似乎哭了。「為什麼聘我搞得像恩賜一樣？我要對他們說謝主隆恩嗎？我就只是個普通的老師，我就只是個普通的老師而已。」

房間內，承揚偷看了琉璃一眼，他看到她默默流下了眼淚。

「為什麼？」溫老師似乎又喝了一口，卻嗆到，用力咳嗽後，用更大的音量質問不在場的對象：「為什麼我私人的歷史要被人指指點點，卻有人可以不聽真正的歷史？你他媽……他媽……你他爸的只是在課堂上提一下下，就這樣一下下，一下下就受不了！小孩不會想？到底誰才不會想？」

「如果已經過去了，講又會怎麼樣？明明就是發生過的事情啊……」溫老師聲音漸弱，慢慢消失在空氣之中。

美玲輕輕敲了門，嚇了裡面認真聆聽的兩人一跳，他們從門後探出頭，只見溫老師趴在桌上呼呼大睡，背上披著美玲的披肩。

「你們先走吧。」美玲悄悄地說。見到琉璃擔心的神色，她微笑說：「我讓她睡一下，晚點再叫她。」

琉璃和承揚無語地走著下坡的路，突然琉璃停下了腳步，承揚回頭看她，只見她眉頭深鎖，張嘴無聲地說著什麼，憤怒地、用力地、飛快地——但他突然發現，好像不是完全的無聲，有一個細細碎碎的聲音，很沙啞，但是有聲音。

他聽不出來她在講什麼，也讀不太出唇語，不過他默默地看著，默默地「聽」著，什麼都沒說，什麼都沒問，似乎不需要聽到，就可以理解。

9

有些一般人看得見我們，這是一種非常有趣的狀態，為什麼明明沒有分裂的人，卻能看見我們？這有很多種說法，一派認為，唯有接近分裂狀態的人，才看得見我們；另一派則說，如果和我們未完成的心願有關，就有機會看見。也有人會從看得見變成看不見，大部分看得見我們的都是孩子，長大以後，就看不到了，他們會把這段記憶當作祕密，或是一場夢，放在心底。

琉璃一整夜沒睡好，上課的時候一直打瞌睡。午餐時間到了，她的眼睛還是閉著的，頭向前點一下、點一下，停不下來。彥姍拍了拍她，她驚醒，腳忍不住往前踢，失去平衡，差點整個人跌倒。

「還好嗎？」彥姍皺眉問。

琉璃茫茫然地點點頭。伸手要去拿便當盒，卻從背包拿了一本國文課本出來，瞥了一眼，歪頭想了一下，又放回去，然後才拿到便當盒。

彥姍在一旁看得摸不著頭緒。「妳真的沒事嗎？」

琉璃思考了一下自己該不該跟彥姍說，不過她頭腦好像快爆炸，好需要跟誰講一講這件事，於是她寫道：「等等跟妳說。」

她們倆拎著便當到了樓梯間，彥姍打開便當盒的瞬間，再次讓琉璃折服。今天彥姍便當的主菜是炸蝦球，白飯上躺著一顆又一顆裹著金黃色麵衣的肥美蝦仁，上面淋著美乃滋，旁邊則是綠花椰、玉米筍、章魚小香腸和……

琉璃皺眉，她見到對半切的櫻桃番茄躺在便當盒一角。

彥姍看到琉璃的表情，有點好笑地問：「妳真的這麼討厭番茄？」

琉璃不答，只是收回了視線，默默打開了自己的便當。

一顆蝦球塞到了她的視線裡，琉璃抬頭，只見彥姍理所當然地把蝦球挾到她的便當裡，然後一臉期待地等待評價。琉璃猶豫了一下，也不好意思不吃，於是她閉上眼，不看彥姍便當盒的番茄，把蝦球連同一大口白飯塞進嘴裡。咬下去的瞬間，酸酸甜甜的美乃滋與蝦肉的甘甜在她嘴裡爆發。

琉璃張開眼，向彥姍拚命點頭，但隨即她想起了前一晚的義大利麵也有蝦仁，接著就聯想到了溫老師，不禁神色黯然。

「妳臉色看起來很糟。」彥姍用手摸她的額頭，像是媽媽一樣想測她有沒有發燒。

琉璃拿起紙筆，開始寫簡單的提要，她沒有說出老師曾經是男的——這感覺是老師的祕密，於是她只有提到艾瑪講課被抗議的部分。

「這有什麼好抗議的？」彥姍不可思議地說。「不就是上課而已嗎？」

「我也不懂。」琉璃寫著，她猶豫了一下，寫說：「主任說這是敏感的事情，我們還沒有思考能力。」

「太誇張了。」彥姍怒道。「我們又不是小孩子。」

琉璃緩緩寫道：「不知道可以做什麼……」

彥姍歪頭苦思，一時之間也不知道能做什麼。兩人默默吃著便當，看著前方密布烏雲的灰白天空。秋天到了，樹葉變成黃褐色，一陣寒風吹了過來，兩人和葉子都在顫抖。

然而在教室等待她們的，是更糟的消息。在她們倆的座位上，躺著之前給家長簽好名的校外教學同意書。

「老師剛剛讓歷史小老師拿回來，校外教學取消了，老師說上課再解釋。」伊寧神祕兮兮地告訴他們：「不過我有聽說喔，好像是廖明宇的爸爸跟學校抗議！」

「你怎麼會知道？」彥姍疑惑。

「阿雅媽媽跟廖明宇的爸爸都有參加家長會，她偷偷跟阿雅說的。」

「這樣也太尷尬了吧，這樣讓大家知道好嗎？」彥姍皺了皺鼻子。

「不知道。」伊寧攤手。「不過來不及了，大家都知道了。」

琉璃看向明宇，他不像平常一樣跟其他人打鬧，而是一個人安靜地坐在座位上，平常會出現在他身邊的朋友也不見蹤影。

上課鐘響，溫老師像往常一樣輕盈地走了進來，幾乎看不出前一晚才剛崩潰過，不過任誰都可以發現，她的眼睛有一些浮腫。

「我要跟大家說聲抱歉，這次的校外教學因為老師的課調不開，所以要先取消。」溫老師非常歉疚地告訴大家。

她不知道，很多人已經知道發生了什麼事，琉璃心想。

「老師覺得很可惜，這是很有意義的校外教學。鄭南榕……他為了言論自由，犧牲了自己的生命，我們現在能夠講想講的話、做想做的事，不用擔心警察會來敲門，是很多人幫我們爭取來的。他們有些人被關了十幾年，有些人逃亡海外，再也回不來，還有些人被槍斃了，根本來不及享受現在的自由。老師希望大家記得這段過去，所以才想帶大家去校外教學。」

溫老師語氣一轉，堅定地說：「不過老師想提醒大家，學習不是只在課堂上而已，大家如果想知道更多，可以自己查資料，自己去博物館。學習就是生活，生活就是學習，有一天大家會離開學校，你會發現有很多人告訴你這是對的、這是錯的，但每個人說的都不一樣，這時候，我們只能自己判斷。」

外頭颳來一陣強烈的風，窗戶都在嘎嘎震動，琉璃看向窗外，一片金色葉子從枝頭上脫落，在風中轉呀轉，沒有墜落，反而順著風飛向了遠方。

「大家要記得喔，如果停止學習、停止思考，覺得『啊，這樣就夠了』，那你就永遠都不會前進了。」

□

琉璃帶著複雜的情緒緩緩爬坡向上，她只要想到咖啡館，就會想到溫老師醉倒在吧台的樣子，她還無法理解，為什麼溫老師才剛哭完，隔天就可以在台上這樣跟大家說話？她甚至說不出自己在想什麼，也不知道自己在想什麼。

離咖啡館尚有一段距離，琉璃隱隱約約聽到了前方的喧鬧，她心裡有一股不好的預感，於是開始小跑步上階梯。穿越樹叢，迎面的竟然是一大群人圍著咖啡館，手上拿著長短不一的棍棒及槍枝。琉璃大驚，她注意到承揚攀在樹上看著，他也看到了琉璃，向她搖搖頭，不知道是叫她不要上前，還是自己也還一頭霧水。

上次衝突時站在第一線的軍裝壯漢——黃正雄——用槍托敲著咖啡館的門，吆喝：「妖婦出來！不然我們要進去了！」

琉璃擔心美玲，開始往前擠，不過有一隻手卻抓住了她的後領，把她向後拖，她完全失去重心，兩腳踩不到地板，像直角三角形的弦一樣。

「抓到妖婦跟班了！」另一個穿著軍裝的人說。

承揚迅速而敏捷地跳了下來，一個肘擊引開對方注意力，另一隻手把琉璃輕輕扯開。

「好啊！」黃正雄大喊：「小揚也被洗腦了！」

「你們瘋了嗎？」承揚喝道：「郭院長會說什麼？」

「郭院長不見了！」有人喊道。

承揚一愣，不知該如何是好。這時門呀地一聲打開了，美玲穿著簡單的居家洋裝，一臉凝重，旁邊還站著林先生、雪子、加代，還有一個陌生的面孔，那是一個約莫三、四十歲的男性，他身材高大，身穿藏青色和服，腰間繫著棕色的腰帶。

「高橋先生。」承揚喃喃自語，驚魂未定的琉璃看了他一眼，承揚也是滿臉不知所措。

黃正雄就要衝上前，高橋先生側過身，技巧性地擋住，黃正雄倒也有被威嚇到，不敢貿然動手。

「妳他媽的幹了什麼好事？」黃正雄在幾步距離外，舉起槍口指向美玲。「陳叔、張伯、李兄、阿猴都不見了！」

林先生伸手把美玲拉開，高橋先生則是赤手按下槍口，說道：「黃先生，有話好好說。」

黃正雄奪回槍，嘶吼道：「他們……他們每一個人都來過這什麼鬼咖啡館！不要以為我們都不知道！阿猴常常跑過來！妳要他們付什麼記憶，根本就是偷走他們的靈魂！」

「我什麼都沒做，記憶只是分享，不會減少。」美玲向前幾步，沉著臉說：「他們突然消失，我也很難過。」

「沒有人信這一套！」黃正雄吼道。「上次郭院長就是相信妳，讓妳跟兩個小鬼去找徐叔，最後就這樣沒憑沒據地說他自願消失！鬼才相信！妳還幫那個嫌疑犯小鬼說話，郭院長一定也是被妳……」

「黃大哥你不相信我嗎？」承揚厲聲問。

「不相信！你這陣子都不見蹤影，都泡在這妖婦的溫柔鄉，對，就是溫柔鄉，你小小年紀就被女人玩在股掌間，這麼容易就被洗腦……」

承揚氣得說不出話，正要衝上去，卻被琉璃拉住。

「我們這邊的人也有好幾個失蹤。」高橋先生面色嚴肅地說。「黃先生，這是很嚴重的問題，武力沒辦法解決。」

「問題根源消失，問題就消失了！」底下有人喊道。

黃正雄也跟著說：「把妖婦丟到地熱谷，把這破地方拆了，就沒事了。」

「不要鬧了！」加代受不了，怒吼道。「幾歲的人了跟三歲小孩一樣！」

「妳這女娃子敢說我……」黃正雄掄拳，作勢要打。

雪子一把把加代拉到身後，凜然而立，揚著頭傲視他，這讓黃正雄更加憤怒，正要上前一步，卻見到高橋先生的雙眼帶著一絲冷峻地看著他，他不自覺地後退了幾步，緩緩放下了拳頭。

「現在最重要的，是尋找失蹤的人，我們要趕快找到郭院長。」高橋先生朗聲道。「三天，三天就好。你們找你們的人，我們找我們的人，三天後到地熱谷上方的平台集合——這裡不是一個中立的地點。」

黃正雄厲聲道：「為什麼要聽你們的？我怎麼知道是不是在騙我們？三天就把所有人變不見？」

「我這三天都不開店、也不出門。」美玲平靜地說。「這樣可以嗎？」

「誰知道妳在玩什麼把戲？腿會為錢張開的女人都不可信！」

幾個人舉起武器跟著鼓譟，琉璃注意到樹林裡躲著幾個穿和服的人，他們手上似乎也拿著棍棒。

林先生對黃正雄冷笑道：「誰知道是不是你們那個院長搞的鬼？不然他為什麼消失？」

「你……」黃正雄氣得抓起林先生的衣領就要打。

「夠了！」一個細弱、粗啞但是卻堅定的聲音響起，沒有太多人聽到，但承揚聽到了，美玲也聽到了，他們瞪大眼睛，看向琉璃。黃正雄和其他人順著他們的視線往這個面紅耳赤、看起來使出渾身力氣的瘦小女孩看去。

「你怎麼可以這樣說？」琉璃走上前，昂著頭，嘶啞地說：「你又不認識美玲姊姊，她幾歲來北投、為什麼來北投、她喜歡什麼、討厭什麼，你什麼都不知道，為什麼可以這樣亂說？」

黃正雄嗤之以鼻地一哼，抓緊了林先生的衣領，正要一拳掄下去，琉璃抓住了他的手，他揮開了琉璃的手，怒斥：「滾開。」

他轉頭瞥了琉璃一眼，他的眼睛和琉璃對上的瞬間，他忽然愣住了。他目光不自覺放低，耳中像耳鳴一樣，迴盪著某個女人的尖叫聲。他心跳忽然瘋狂加速、加速、加速，快到他難以呼吸，他不自覺地用手摀住胸口，他沒一會便回過神，趕忙放下手，大口呼吸。

他看向人群，在他眼中，所有眼睛都充了血，漠然地凝視著他，他們像殭屍，像地獄的判官，慢慢往前。黃正雄一驚，掉頭就走，擠過錯愕的重重人群。

黃正雄一走，眾人開始交頭接耳，沒有人知道發生了什麼事。高橋先生摸不著頭緒，但見來者群龍無首，一時也不知何去何從，他便趁機抓住從頭到尾都只是在旁邊觀察的周媽媽，低聲說：「這邊就拜託妳了，好嗎？」

周媽媽用審視的表情看著高橋先生，嚴肅地問：「真的和你們沒關係嗎？」

「我們的人也不見了，最早失蹤的，應該是佐藤先生，妳還記得嗎？」

「開飛機去撞人的那個？」

「我們以為他只是到其他地方走走，我們這邊不像你們，大家都是各過各的。可是越來越多人不見，我們又在地熱谷上方的平台找到這個。」高橋先生從懷中掏出一塊日本國旗臂章、飛行員眼鏡，以及一束帶葉的紫花。琉璃看到那紫花時，忽然瞪大了眼，那是之前在艾瑪投影片上看過的花。

周媽媽拿起那束花，驚愕地抬頭說：「陳伯伯家也有放這種花，張伯伯我不確定，我沒有進過他家。」

高橋先生壓低嗓音：「有人在暗中搞鬼，我們吵架正順了他的意。讓你們的人去找郭院長，我會找人跟遠娘小姐、巴賽族頭目他們聯絡。」

周媽媽終於同意了，她拉開嗓門喊：「眷村的大哥大姊，歐巴桑我有話說……」

高橋先生趁這時間把琉璃、承揚等人拉進咖啡館裡，把門關了起來。

琉璃恍惚地看著吧台，好像在作夢一樣。美玲揪住她的手臂，擔心地問：「沒受傷吧？」

琉璃正要搖頭，突然她覺得天旋地轉，稍微站不穩，美玲忙用手扶住她。琉璃試著站穩的時候，才意識到自己身體有多僵硬，突然她摸向喉嚨——好痛。她開始猛地咳嗽。美玲趕忙叫加代拿溫水，承揚則是拉了一張椅子過來。箱子好奇地在旁邊晃來晃去，抬頭看著琉璃。

琉璃坐下後，緊閉雙眼，等著耳邊的嗡嗡聲和眼前旋轉的白光消失，才張開眼睛，看到前面是擔憂的加代、美玲，就連站在一旁的承揚看起來都有那麼一點擔心。她微笑，搖搖頭。「我沒事。」

她的聲音弱到幾乎聽不見，但確確實實傳了出來。

美玲蹲在琉璃前面，用力地抱住了她。琉璃受寵若驚，只能笨拙地拍著美玲的背。

「謝謝妳。」美玲悶著頭說。

琉璃只能一直搖頭。

美玲放開了琉璃，她帶著大大的微笑說：「我來幫大家泡茶！」然後她撈起琉璃腳邊的箱子，放到琉璃腿上，自己則是跑回了吧台後。

氣氛彷彿緩和了不少，坐在吧台的林先生已經開始和雪子說笑，加代則是蹦蹦跳跳地在他們旁邊打岔。

琉璃看了在一旁的承揚一眼，他只說：「反應也太慢了吧。」

琉璃才準備要謝謝他，但聽到這句話，她難以置信地翻了個白眼。

「我就叫妳不要過去，還過去？」

「誰看得懂……」琉璃一講話，喉嚨又是撕扯般的疼痛，只能閉嘴，一口一口吞下溫水。

承揚用下巴指了指高橋先生，示意琉璃。她看了過去，才發現高橋先生旁邊還有兩個穿和服的男性，他們正低聲說話。琉璃豎起耳朵傾聽。

「高橋先生……我們真的可以相信這種女……這個女人嗎？佐藤大哥以前最常去的地方就是這裡……就像那些粗魯的人說的，這裡大家都會講祕密……」

「會留下標記，這背後一定有更大的陰謀，美玲小姐沒有動機。」

「可是……」

「你們去聯絡整個台北的日本族群，確認消失的人是不是還在。還有人力的話，也去找郭院長，我們需要雙方的領導者。」

兩個男性雖然不甚願意，但還是點點頭，從咖啡店的側門離開了。

「來！剛泡好的金桔檸檬茶，對喉嚨好。」美玲已經拿著托盤，分送小茶杯給在場的人。

「不好意思。」高橋先生對她說。

「沒事、沒事，一直都是這樣。」美玲豁達地笑道：「大家都知道有貓仔，也有很多人靠我們賺錢，表面上說尊重我們，但私底下都鄙視我們。只要有壞事，第一個遭殃的也一定是我們。」

「就像另一個美玲小姐。」林先生說。

「沒錯，林先生記性真好。那時候你在北投了吧？」

「當然。」

琉璃看著林先生從西裝內袋拿出了他的筆記本，翻到了某一頁說：「一九六七年？」

「什麼叫另一個美玲？」承揚一邊把茶遞給坐著的琉璃，一邊問。

美玲說：「北投這裡很多姊妹花名都叫美玲，其中有一個美玲陪美國大兵洗澡，被美國雜誌拍到正臉的照片。雜誌還特別點名說，北投的溫泉旅館是買春好去處，老蔣……也就是那時候的總統，他覺得太丟臉了，於是就把小姐抓起來。」

「蛤？」加代感到不可思議。

「北投廢娼也是這個原因。」林先生看著美玲說：「他們想要北投變『乾淨』，政府也好，居民也罷，大家都只想著自己的利益。」

「沒辦法啊，聽說當初北投的女性外出，都不敢說自己是北投來的，怕被誤會。廢娼後有些妹妹還年輕，去了礁溪，也有人去了基隆、西門町，還有妹妹留在北投偷偷做，被罰了好多錢。」美玲聳肩笑了笑。「上面的人怎麼說，下面的人只能『全力配合國家政策』嘛。」

「台灣人真的很悲哀呢。」林先生喟嘆。

「我們現在也要面對『全力配合國家政策』而殘留百年的問題。」高橋先生苦笑，然後向加代說：「我也需要加代幫忙。」

他接著看向琉璃和承揚，起身鞠躬：「雖然兩位只是局外人，實是不情之請，但我有事相求。」

10

看得見我們的人通常比其他人更細膩、心胸更開闊，大多對未知都不會特別抗拒，相反地，因為他們已經很厭惡世界，反而敢於擁抱未知。也有成年人還看得見，他們大多是分裂過的本體，或是因為創傷重新被觸發，再次回到分裂的臨界點。

受高橋先生委託的三人來到了女巫家前，正是上次琉璃和加代撲空的地方。琉璃注意到木門掛著的樹葉看起來依舊新鮮，沒有枯黃，亦沒有黑斑。加代敲了敲門，承揚則是饒富興味地觀察門上由不規則形狀拼成的花邊。

「你來過嗎？」琉璃用氣音問承揚。

「沒有，郭院長有。」

「加代來過！」加代踮著腳尖，想看石牆後面有沒有人出來：「女巫姊姊人很好，我們受傷生病、想問問題都可以找她，她會唸咒語，還會看鳥、樹葉或石頭來判斷事情！」

「聽起來好像什麼邪教。」承揚哼了一聲。

「這麼像邪教真是不好意思了。」悅耳的女聲從後頭傳來，他們三人回頭，一個俏麗的女子赤足站在月光下，手上抱著一捆柴，頭上裹著黑布巾，上頭裝飾著貝殼和羽毛，兩邊的耳朵上都掛著數十個耳環，脖子、手腕和腳踝也都帶著瑪瑙珠、琉璃珠、金屬片的飾品。她的四肢有著精練的肌肉線條，五官輪廓很深，雙眸晶亮無比——竟然是一黑一藍的異色瞳。她俏然挺立時，像一隻獵豹。

承揚尚自震驚，一時講不出話來。加代拉了女巫的手，親暱地說：「女巫姊姊，高橋先生有事請教。」

女巫牽起加代的手，無視承揚，對琉璃說：「進來吧。」

穿越木門，眼前是座小小的森林，庭院比琉璃想像中還大，種滿了各式各樣植栽，看似毫無規劃，卻是錯落有致。在庭院的一角，還有一棵大樹，火紅的樹葉大而圓，地下也散落著殷紅的樹葉。

見琉璃駐足欣賞，女巫臉上第一次有了笑容，她低下身，小聲唸了一句話，摘下一片葉子，說道：「這些大部分是藥草，也有一些食用的香料，像這是台灣野薄荷。」

琉璃接過了那片葉子，女巫吩咐：「揉一揉，再聞聞看。」

琉璃照著做，一股清香撲鼻而來，她原來有些昏沉的腦袋似乎清明了些。她看著女巫，女巫微微一笑。

順著石頭小徑，女巫引琉璃進屋。那是一棟典雅的木屋，屋頂上鋪著稻草。屋身不高，就連琉璃也得稍微歪頭才能進門，如果是一般成人，恐怕要屈身才能進去。屋內沒有任何家具，只有草蓆和編織地毯，角落有一座像是紡織用的工具。

木頭地板中間有個凹槽，是泥土地面，生著一小堆火，畢剝作響，上面有個淺陶鍋，裡面看起來正在烹煮混雜著米飯、地瓜與青菜的粥，鍋子的邊緣冒著泡泡。

「我的名字是潘遠娘，大家平常就叫我巫。」女巫——遠娘——放下乾柴，拍了拍手上的泥土，拉了兩個坐墊給琉璃和加代，她瞥了一眼承揚，然後只拉了一張舊草蓆給他。

琉璃正張口要自我介紹，遠娘舉手示意她沒關係。「我知道你們的名字，也知道你們來是為了什麼，我沒辦法給你們想要的，但我想跟你們聊聊。」

他們三人不解地看著遠娘。

「郭醫師沒有消失，還沒有。」遠娘平靜地說：「可是，即便他沒有選擇離開，也不一定會回來。」

「他在哪裡？」承揚問。「我們需要他。」

遠娘橫了他一眼，沒好氣地說：「多麼自私的發言，郭醫師的去留是他的自由。」

「為什麼離開？」琉璃用細微的聲音問道。

遠娘審視著她，語氣和緩了許多：「妳知道郭醫師，或者郭院長，以前負責的醫院是做什麼的嗎？」

琉璃搖頭。

「三軍總醫院北投分院，是第一個有精神科的軍醫院。」遠娘輕聲道：「郭醫師看得太多了，在前線看到太多血肉的、回不了家的、因為禁婚令失去摯愛的……一個人能承受的痛苦是有限的，即便那是他人的，所以他的靈被留了下來。那土地呢？我們這些痛苦的碎片留在這片土地，不會超過負荷嗎？過去的傷痕、懊悔、苦惱，與現代人糾纏在一起，真的沒問題嗎？」

「有什麼關係？」承揚說。「一般人又看不到。」

遠娘說：「看不到，不代表不存在、沒有影響。事情已經都過去了，是不是放下比較好？這是郭醫師的想法，雖然他也承認要放下太難。我沒資格說什麼，我也是放不下的人。」

遠娘拿了木湯匙，輕輕攪著鍋裡的食物，不再說話。

琉璃環顧房子，牆壁上掛著一些掛毯，上面繡著不明植物的圖樣，角落的毯子上，放了一個大甕，還有許多小物件，不顧承揚反對的眼神，她站了起來，走去蹲下來看。

「這是口琴嗎？」琉璃指著一個竹片，竹片上面有數個長形的洞，兩邊串著棉線。

「琉璃見過嗎？」

「溫老師給我們看過……影片。」琉璃說，她的喉嚨又開始痛了，但她努力維持表情。

「妳很幸運，有個好老師。」遠娘說：「很多人連那是什麼都不知道了——包含我的族人。我出生那時，已經沒有人說巴賽語、過巴賽的生活了。他們說漢人的風俗比較文明優雅。」

她嫌惡地看了承揚一眼：「外來的人搶走了一切，我們卻被認為是邪教。」

「那這些……」琉璃疑惑地環顧四周。

「你們所看到的一切，口琴、衣服、耳環、擺設，都只是我從爺爺口中聽來，仿製出來的贗品而已，祖靈認可我做這件事。」

「怎麼知……」

「我聽得到祖靈的聲音。」遠娘說：「信不信由你們，我從小就聽得見，祖靈教會我鳥的飛行占卜、夢境的解析、大自然的咒語。」

琉璃半信半疑，她在看得到美玲等人之後，早就對世界任何奇怪的事情都不意外了。

承揚一臉不信的樣子，不過他把質疑吞下肚子，問了別的問題：「凱達格蘭跟巴賽到底有什麼差別？」

「你看得見我們多少年、在北投住了多少年，連這個都不知道？」

承揚數次吃癟，非常不滿，但遠娘氣場太強，又才剛得罪她，便不敢造次。他看到琉璃在旁邊偷笑，狠狠地瞪了她一眼。

「凱達格蘭族是一個總稱，支系包含巴賽、雷朗，還有哆囉美遠，北投社是巴賽。不過也有人說，凱達格蘭族只是萬華一個社的自稱，陰錯陽差才被當作我們全部族人的代稱。我不知道到底是怎樣，不過我知道我就是巴賽。」遠娘拿起陶瓷淺碟，幫自己盛了一碗濃稠的粥。「你們要來一些嗎？」

「加代要！」原本在一旁聽到快睡著的加代立刻說。

遠娘原先表情凝重，看到加代時立刻舒展開來，她幫加代盛了一碗，又盛了一碗給琉璃。

琉璃接過了淺碟和木匙，她吹了吹氣，嚐了一口，味道相當簡單，只有一點鹹味，卻意外地美味，米飯好好吸收了蔬菜的精華。

「這是我少數沒有按照傳統的地方，以前會放鹿肉，後來受漢人影響，會放雞肉。」遠娘說：「不過大屯山開發得早，動物剩太少了，於是我現在只有很少數的時候才會狩獵——或是要到很遠的地方才行。」

「我一直想問，我們吃的和你們……」

「是不是屬於同一個世界？」遠娘沉吟半晌，才答道：「我也不知道，我想是一樣的，但也是分開的，我們和你們，生與死，個體與靈魂，加在一起才是完整的世界。」

琉璃聽不太懂，遠娘笑了笑：「妳該聽美玲講，不該問我，她比較會講，我也是聽她說的，只是覺得有道理，就記下來了。」

遠娘寵溺地看著吃得很香的琉璃和加代，然後瞥了一眼在旁邊不知所措但又裝作不在乎的承揚，嘆了口氣，也盛了一碗給他。

「謝謝。」他咕噥。

幾個人吃完，加代昏昏入睡，另外三人則到院子，用遠娘汲來的山泉水清潔盤子。

「高橋先生希望的事，絕對不可能。」遠娘告訴他們。「他要我去說服兩個頭目家族，我沒辦法，我跟他們早就已經分開了，他們承載太多的憤怒與怨恨。我可以理解，但他們會影響祖靈和我的關係，我自己也不想成為負面情緒的載體。」

琉璃正想說話，遠娘繼續說：「你們想要找他們，可以到北投長老教會，但我的族人應該不會歡迎你們。」

她拿來了幾個大貝殼，在裡頭盛了一些山泉水，遞給他們。

「你們都不能喝酒，就用這個代替我的祝福吧。」

三人面面相覷，但隨即各自一飲而盡。琉璃感覺到冰涼的山泉水像是有生命一樣，流過她的喉嚨時，不只舒緩了她聲帶的不適，也注入了大地的力量。

□

準備離開遠娘家時，琉璃突然想起什麼似地，趕忙拿出手機，把一張圖片拿給遠娘看。「妳認得這是什麼植物嗎？」

承揚湊過頭去，加代則是踮起腳尖，兩人都想看圖片。

螢幕上，正是和飛行員佐藤遺物放在一起的紫花。

「這是金露花，應該滿常見的，路上的樹籬笆很多都是。」遠娘警覺地問：「這就是凶手留下來的花？」

見琉璃點頭，遠娘臉色變得凝重。「這次事件糾纏得太多，身為現代人的你們會是關鍵，但也可能因此讓你們受傷，你們要自己斟酌。」

告別遠娘後，加代走到一半就說要去找雪子，一溜煙便不見人影。留下承揚和琉璃，他們沉默地走了一陣，琉璃忽然意識到，這是自她可以說話後，他們第一次獨處。

「那個……」「我……」

他們倆同時說話，又同時停頓。

「妳……」「要不……」

這一次他們都笑了。

「打字還比較容易。」承揚說。

琉璃打趣地說：「還比較不會講錯話。」

她的意有所指讓承揚瞇起雙眼，瞪著她。

「你一看到遠娘姊姊，都看呆了。」

「我才沒有！」

「明明就有！」

「我要說的是，」承揚用力地說：「妳是不是還沒寄信？」

「啊。」

「『啊』什麼？可以講話了，就講有用的話。」

「我忘了，我都在想老師的事。」琉璃承認，但她補了一句：「不過你這是在轉移話題。」

「我只是把對話轉回正……」

「啊。」琉璃打斷了他。「我看過那個花，在艾瑪的簡報上。」

承揚的注意力這次真的被轉移了，好奇地問道：「為什麼會有？」

「那是她爸爸最喜歡的植物……」

聽到這句話，承揚皺起眉。

「然後？」

「她爸爸是因為白色恐怖所以才去美國……很久沒回台灣……他在後院種樹……」琉璃努力回想。

「妳講話跟不講話根本一樣。」

琉璃難以置信地轉頭看他，卻看到他在笑。她翻了個白眼，用手肘重重地撞向他的手臂，他敏捷地躲開，還炫技般抓住了頭上的粗樹枝，一個翻身就爬了上去。

「到底，有，什，麼，毛病？」琉璃在底下怒視著他。

承揚在上頭大笑，然後輕巧地跳了下來，像一隻貓，像他們第一次見面一樣。琉璃原本還有點惱怒，不過看到這一幕，忍不住就想到當初，嘴角不禁上揚。

「幫我一個忙。」承揚起身時說。「幫我問一下，艾瑪的爸爸在不在台灣。」

「為什麼？」琉璃疑惑。

承揚歪頭想了一下，說：「我想知道他為什麼喜歡金露花。」

□

琉璃到家已經快九點半，一進家門，就見到在沙發上打盹的思哲。琉璃躡手躡腳地進屋，屋子的擺設像是凍結在十幾二十年前，綠色的蛇紋岩大理石地板、貼著紅色「囍」字的矮櫃、大理石長木椅上放著涼蓆。整個家相當乾淨，但卻缺少了生活的氣息。

思哲睡在大理石椅上。琉璃正在思考要叫醒思哲、無視他，還是像電視劇一樣拿一條毯子蓋到他身上時，思哲就醒了。他睡眼惺忪地張望，見到琉璃，微笑問：「從圖書館回來嗎？」

琉璃頓了頓，然後含糊地笑笑。

「作業寫完了就早點睡。」思哲伸了個懶腰，正要起身，卻發現琉璃盯著他看，他疑惑地問：「怎麼了？」

琉璃正在思考自己能不能說話，她剛剛說了，但那一切對她來說都太不像日常，回到家裡，她有辦法說話嗎？或許更重要的問題是，她想說話嗎？

她最後放棄了思考，直接指了指電腦，表示自己要用。

家用電腦螢幕旁邊還放著思哲的電腦，以及亂七八糟、寫滿筆記的白紙。「啊，等我一下。」思哲連忙走到電腦旁邊，開始整理。「喔天啊，我放太多東西了，琉璃妳等我一下……」

思哲用手撥開散到額前的頭髮，琉璃才想到思哲已經很久沒有剪頭髮了，好像從她回來之後，就沒有看到他去剪過。

思哲整理到一半，忽然說：「琉璃妳週五是不是要校外教學？有沒有要買什麼？我明天下班買。」

琉璃搖搖頭。她伸手拿起一張紙，寫道：「沒有校外教學。」

「咦？」思哲詫異地問：「為什麼？不是才剛簽過家長同意書嗎？」

琉璃想到要寫很多字就覺得煩，但也不想試自己能不能說話，於是她坐到電腦前，打開桌機的螢幕，點下記事本，簡單說明事情經過。思哲好奇地扶著椅背，彎下腰看螢幕。

琉璃越打字越覺得難過，思哲越看，眉毛間的皺紋越深，他不可置信地說：「都什麼年代了？」

琉璃聳肩，表情卻十分難受。

思哲嘆了口氣，說道：「不過老師說的對，你們不用靠校外教學才能去，這個週末我們一起去？」

琉璃直接顯露在臉上的驚訝讓思哲感到內疚，他蹲了下來，仰頭望著琉璃的眼睛，坦承說：「之前一直在工作，對不起。爸爸還沒……還沒能面對媽媽的事情，爸爸覺得很對不起媽媽，我不該就這樣讓她走，不，應該說我不該讓她需要走，但爸爸更對不起的是琉璃，我一直不知道怎麼面對妳……不對，是我一直不敢面對妳，一直都在……逃避。」

琉璃沒想到會聽到這樣的話，她的直覺尖叫著要她趕快抽離，她還沒準備好，她也還不知道要怎麼面對思哲。但是不知道是不是剛剛山泉水給她的力量還在，她強迫自己坐著，繼續看著思哲濕潤的雙眼。

「那一天……那一天爸爸回到家，卻發現妳不見了，圖書館已經關了，我不知道妳會去哪裡。」思哲說，聲音微微顫抖。「我才突然慌了，曉雲已經走了，我不能……我不能……我沒辦法再……我明明知道妳才是最受傷的……」

思哲垂下頭，用力地撥著自己長長的頭髮，像是想扯下它們。

琉璃遲疑地伸出手，又收了回來。她深呼吸，最後還是伸出了手，放在思哲的手背上。思哲瞬間石化，緩緩抬頭。

「我可以……」琉璃小聲地說。「我可以說話了。」

思哲說不出話，他張開嘴巴，卻驚訝到無法發聲。琉璃咧嘴笑了，思哲才發出一聲長長的：「噢。」然後他跪下，一把抱住了琉璃，力道比在警察局那次還要強，他在哭，哭得很兇，眼淚染濕了琉璃的衣服，熱烘烘的，琉璃突然意識到，人的眼淚真的是熱的。

琉璃歪頭看著思哲的頭頂，像是摸小狗一樣，摸了摸思哲的頭，她見到思哲頭上已經有好幾根白頭髮。她還不能分清楚自己這個時刻有哪些情緒，太多、太複雜了，因此她還是稍微地抽離了，她不合時宜地想著，拔掉那些白頭髮，煩惱也會跟著消失嗎？

11

有些生命體認為我們與本體、一般人的世界合在一起，才是完整的，最接近的比喻是薛丁格的「疊加態」，當貓咪還在箱子裡，不知道是死還是活的時候，生與死兩種狀態同時存在，兩者加在一起，才是完整。

「我週末要跟我爸去鄭南榕紀念館，妳要一起去嗎？」琉璃神祕兮兮地把彥姍拉到離教室有一小段距離的走廊，小聲但清楚地說出這句話。

彥姍先是倒抽了一口氣，瞪大眼，張大嘴，停滯了兩秒，然後她兩手抓住了琉璃的手，開始瘋狂轉圈。

「琉璃！琉璃！琉璃！」她歡樂地吟唱著。

「彥，姍！」琉璃被轉得頭暈目眩，只能一個個字喊出來，她覺得自己快要被甩出去了。

「同學不要在走廊上嬉鬧！」一個嚴厲的聲音從遠處響起，高跟鞋踩在地板的喀喀喀聲音越來越近，下一個怒斥已經近在咫尺：「走廊上不可以做這麼危險的動作！」

彥姍緩緩減速，還不忘彎曲手肘，拉近琉璃，然後扶住她。她們兩人頭暈眼花，但都像嗑藥一樣傻傻地笑著。

「同學妳們知道這樣多危險嗎？」

她們才終於看向講話的人，正是琉璃上次看到、和溫老師說話的教務主任。

「對不起。」兩人挺起身子、裝作羞愧地說。等到主任走遠後，兩個人相互對視，然後開始大笑。

「太誇張了啦。」琉璃抱怨：「妳剛剛的表情好像那幅畫，美術課都會上到的那幅畫，頭像外星人的那個。」

彥姍立刻知道她在說什麼，於是故意兩手貼著臉頰，嘴巴和眼睛都張到最大，像極了孟克的《吶喊》。

「週末我可以啊。」演完、笑完之後，彥姍說。她想了想，提議說：「我們問問看班上有沒有人要一起去？搞不好其他人也想去。」

琉璃跟班上的人沒那麼要好，沒有特別喜歡這個主意，但既然彥姍提議了，她也沒有反對。回到班上，彥姍走到講台上，跟大家說了這個提議，同學們的反應意料之外地踴躍，紛紛走到了講台周圍，開始討論什麼時候去、怎麼約。

琉璃站在一邊，欽佩地看著彥姍，她只要到了教室，還是覺得壓力很大，不要說講話，連微笑都覺得有點辛苦，像是有鉛塊吊在她的嘴角上。她忽然注意到明宇在座位上坐立難安，於是她走了過去，明宇見她來，低下了頭。

「你要去嗎？」琉璃說。

明宇猛地抬頭，一方面驚訝她在說話，另一方面驚訝她說的話。

「不想就算了。」琉璃補上。

明宇搖搖頭，但又更用力地點了點頭，想了一下，又搖了搖頭。

琉璃反倒有點不知所措，尷尬地站著，然後用兩手食指比了比前面，說：「我們過去？」

琉璃不等明宇反應，趕緊掉頭往講台走。

「張琉璃。」

琉璃聽到明宇的呼喚，停下腳步，回頭看他。

明宇站了起來，扭扭捏捏的，像是想要說什麼，但又說不出來，十分難受的樣子。

琉璃隱約知道他想說什麼，於是說：「沒事啦。」

琉璃的釋然反而讓明宇更感內疚。「對不起！」他低頭說，然後再也受不了這個彆扭的感覺，頭也不回地往講台衝。

琉璃怔怔地看著他的背影，她早就不在意了，或是該說，身邊已有更重要的人事物存在了，所以其他好像早已不那麼要緊。但真正得到道歉的時候，她還是輕鬆多了，彷彿得到了某種救贖，心裡有個結終於鬆開了。

她試著揚起嘴角，而且她發現，沒有那麼困難了，於是她帶著笑容走到了講台前，站在明宇旁邊，一起聽彥姍統計大家有空的日期。

□

「你要來嗎？」

琉璃和承揚本想陪陪有點消沉、但依然強顏歡笑的美玲，可是他們才剛進去咖啡館，聊沒幾句，就被美玲催著離開，生怕他們會惹禍上身。

他們離開後，心裡覺得很沉重，於是決定四處走一走，琉璃講到班上決定一起去鄭南榕紀念館時，順口邀請了他。

承揚瞅著神采煥發的琉璃，露出半信半疑的表情。「這樣當然不錯啦，不過我還是要說，不要太信任人，尤其是傷害過別人的人……」

「你太不相信其他人了！」琉璃被潑了冷水，瞇起眼說：「你一開始對我還不是也很兇。」

承揚語塞，只好閉嘴。他們倆小小生著彼此的悶氣，一言不發地走著上坡和樓梯，兩人都有點喘，但都不甘示弱，假裝自己游刃有餘，反而都漲紅了臉。

砰！

剛走過地熱谷上方的平台沒多久，一個人忽然從旁邊樹叢摔了下來，承揚眼明手快，一手把在正下方的琉璃拉開，一手抓住摔下來的人，可是那個人比想像中重。他一個悶哼，知道自己肩膀拉到了，他皺起眉頭，但不作聲色。

琉璃嚇了一大跳，趕忙扶起摔下來的人，是一個穿著軍裝的青年，他有著一張瘦削的臉孔，眼珠微凸，幾乎像是個骷髏頭。他驚魂未定地張望四周。琉璃向承揚問：「你還好嗎？」

承揚忍著痛，維持面色如常，點點頭。

琉璃皺眉，但沒多說什麼，只是問軍裝青年說：「發生什麼事……」

簌簌幾聲，幾個人從斜坡滑了下來，一躍而下，他們是幾個穿著日式工作服的年輕人，好幾個人她之前曾在普濟寺看過，就是曾在那裡歡唱的日本鐵路工人們。

「你們在做什麼？高橋先生……」琉璃質問。

「高橋先生可沒看到這個！」一個高壯的日本工人大聲說，拉出了站在後面的一個青少年，那個青少年身上的和服已經破破爛爛，左頰上一片紅，已經有一部分稍微變成了紫色。

「你們袒護讓阿猴消失的賤人！」軍裝青年回嘴：「還是你們也是凶手？」

鐵路工人們見他氣勢甚高，更是氣惱，作勢就要上前打，琉璃擋在青年面前，不讓他們動手。其中一人想把琉璃推開，但又見承揚也站到了她旁邊，兩個孩子一起護著青年，讓一群大漢進退維谷。

「你們一群大人欺負小孩子，要不要臉？」一個新的聲音突然出現，琉璃和承揚不用回頭，就聽出那是林先生。他從路旁緩緩走了過來，和平常一樣，手裡抱著一疊書。

大漢臉上無光，彼此交換幾個眼色，最後那個高壯的日本工人指著青年，悻悻然道：「再讓我看到你對我們的人動手，你就準備去地獄找你那個娘炮。」

「不要用這個字！」琉璃忽然大聲說，所有人看向她，她立刻退縮了。

「事實還怕人家說嗎？」高壯的日本工人冷笑一聲，轉頭離去。

那群人走後，林先生對他們倆用比平常還要嚴肅的口吻說：「你們不要太常在這裡走動，很危險。」

承揚不理會他，試著想理解渾身顫抖的琉璃，但見她死都不看自己，承揚把注意力轉回了軍裝青年，說：「阿明哥，又還不確定阿猴哥怎麼了。」

阿明聽了面露哀傷，他拿出了一本包著塑膠書套的筆記本，邊角都已經裂開，他打開筆記本，裡面貼滿了看起來像是廣告的剪報，一個一個的方格像是一扇扇窗戶，琉璃定睛一瞧，發現那是徵友的廣告，上面寫著「男生」、「找同性好友」、「談心」，還有一張「同心橋」的表格，要寫上身高、體重，還要寫找對象的要求，上面青澀的字跡寫著「誠懇老實，喜歡二手書店」。

阿明哽咽地說：「這是阿猴最寶貝的東西，就連他結婚，也從來沒有丟掉，他如果還在，不會隨便在路邊拋下這個的……而且……」

阿明翻到最後一頁，竟赫然就夾著壓扁的金露花。承揚和琉璃都倒抽了一口氣。

「如果沒有變成這樣，我跟阿猴是無緣認識的，認識也沒用，他都結婚了，可是既然都……都走到這一步了，他不可能什麼都不說！不可能啊！一定是那個咖啡店的賤人害的，我跟阿猴一起去過，她一直讓人說祕密，看起來就很奇怪。」阿明抓住承揚的手，動到他拉傷的肩膀，承揚忍不住急促地吸了口氣，但他一見到琉璃敏銳地看了他一眼，立刻調整表情，裝作沒事。

「小揚你知道的啊！阿猴不會這樣不告而別。你為什麼要幫他們？為什麼？」

林先生蹲了下來，輕輕把阿明扯著承揚的手拉開，兩隻手放在阿明的肩上，柔聲說：「累了嗎？要不要回村子休息一下？」

承揚在旁邊，著急著說：「阿明哥，我們會找到那個拿花的廢物，也會找到阿猴哥，你相信我。」

「我是可以相信什麼？」阿明生氣地說。「我累啊！累！在這個王八世界多待一秒我都覺得累！」

承揚不知道該怎麼回答，阿明不再說話，跌坐在地，開始哭，承揚蹲下，笨拙地安慰阿明，阿明一把抱住承揚，哭得更加撕心裂肺。琉璃和承揚交換了一個眼神，兩人都非常無助。

□

阿明哭一哭之後，昏睡了過去。承揚用沒事的那隻手撐著他，琉璃撐著另一邊，氣喘吁吁地把阿明帶回了中心新村，林先生陪他們到了界線旁才道別。

「局勢不對，我還是小心一點。」林先生說。「你們也是。」

把阿明放到一個屋子的臥榻上後，承揚看著他，對站在門邊的琉璃說：「這邊其實不是阿明的家，他之前是醫院的精神科病患，聽說在戰場上看到一個同袍活活被剖成兩半，他就瘋了，朋友硬是把他拖上船，才來到台灣，到這邊後，一直時好時壞。」

承揚伸手抹掉阿明臉上的髒污，輕聲說：「阿明哥跟阿猴哥一直對我很好，徐爺爺之外，就是他們跟我最親近，可能因為年紀跟我比較近吧。阿明哥在圍爐時會一直幫我挾菜，阿猴哥每次想捉弄阿明哥，都會找我一起。」

承揚伸手抹掉額頭上的汗，還順便偷偷抹了有些濕潤的眼睛，對琉璃說：「我們回家吧。」

「等一下。」琉璃說：「你受傷了對不對？」

「我沒事。」

琉璃伸長手臂，輕輕碰了承揚拉傷的肩膀，他忍不住皺眉。

「周媽媽家就在旁邊，我們去拿個冰袋。」

「就說我沒事了。」

「變嚴重怎麼辦？」琉璃生氣地說：「又不是三歲小孩，逞強什麼？」

承揚見琉璃難得兇他，愣了一下，終於不再抗拒，默默跟琉璃到周媽媽家。周媽媽見到他們，非常親切地歡迎，看到承揚受傷，忙去拿冰袋和毛巾，又翻箱倒櫃找繃帶，承揚連連說不用，周媽媽也不理他。

琉璃看了看四周，巨大的神明桌旁是舊式的木椅架，上頭放著發黃的花坐墊，地板上還有幾張童趣的小塑膠椅。燈光有些昏暗，空間相當窄小，她很難想像這邊曾是四口之家，每一間房間的牆壁材質都不一樣，有木頭，有塑膠，像是不同時期建的。

找到彈性繃帶後，周媽媽叫承揚把上衣脫掉，要幫他固定，承揚瞄了琉璃一眼，琉璃瞬間臉紅，別過臉，面向牆壁，假裝在欣賞舊照片。

周媽媽一手扶住繃帶，一手開始纏繞，手法相當熟練。承揚可以感覺到周媽媽非常靠近自己，於是頭也不敢抬，覺得有點不好意思。固定好、小心地套上T恤之後，他才低聲說：「謝謝。」

周媽媽爽朗地笑了：「你們喝茶嗎？還是要果汁？」

「不用啦。」承揚說。

琉璃沒有回應，還在看照片，她看入迷了，裡頭有結婚時頭頂用米篩遮著的周媽媽，那時候她也是微胖的體型，留著時髦的鬈髮，笑容相當迷人；旁邊還有全家福，就在現在這棟房子外面，周媽媽、周先生和兩個相當英姿颯爽的兒子，他們都帶著生澀的笑容；再過去一點，還有兒子得到市長獎、丈夫被公司表揚、兒子和一群人站在工廠前等等的照片。

承揚走到她旁邊，琉璃才意識到他包紮完了，她悄悄瞄了他一眼，剛好他也在看她，他們倆一秒移開視線。剛好周媽媽端著果汁、茶壺、茶杯、沙琪瑪回來，琉璃連忙過去幫忙。

「所以，發生什麼事了？」周媽媽喝了一口茶之後問。

承揚扼要地講了剛才發生的事，周媽媽無奈長嘆：「我也是後來，變成靈魂了，跟阿猴認識了，才知道同性戀到底是什麼，當年阿猴爸一知道阿猴跟男人不乾不淨，就吼了一整夜，整個眷村從第一戶到最後一戶都聽到了。」

「阿猴自己跟他爸爸講的嗎？」承揚問。

「不是啦，他跟男朋友分手，對方氣不過，就印了一堆傳單來眷村貼，上面就是他們的照片。阿猴爸可是從軍校讀起的，從小就把阿猴當軍人在教，這一鬧，可真不得了……」

周媽媽講不下去，琉璃和承揚也默不作聲，三個人只能沉默地喝飲料、吃沙琪瑪。沙琪瑪鬆鬆軟軟，甜滋滋的，但這時候吃卻有點甜不起來。琉璃啜飲一口酸酸甜甜的柳橙汁，不自覺又想起了那個瘦弱的男孩，她前一個國中最好的朋友，一個陰柔的男孩。

不知道他現在怎麼樣了，琉璃尋思，但一想到他，她的心臟立刻被擰了一圈。

「我以前也不懂這些，我就只是普通的主婦。」周媽媽打破了沉默。「阿猴出事的時候，我也沒有去幫他。他之後就很普通地跟相親對象結婚，大家都以為沒事了……」

周媽媽頓了一下，才說：「阿猴圓滿了大家的和平。重新在這裡遇到他，我……我還真不知道該怎麼面對他……」

承揚和琉璃在旁邊靜靜聽著，琉璃搖著頭，她想告訴周媽媽，她沒有做錯什麼，但她又遲疑了，她不知道如果是自己聽到了阿猴的哭聲，她到底該怎麼做，做了也許會讓事情更糟糕，但不做……不做會像周媽媽一樣後悔嗎？

「周媽媽為什麼會留下來？」承揚輕聲問。

完全不相關的問題讓周媽媽瞪大了眼，然後她才說：「我不知道。」

這個答案讓琉璃和承揚都愣了一下，這是他們第一次遇到這個答案。

周媽媽看到他們的表情，不好意思地說：「我記性太差了，生活也沒什麼太大的問題，先生退休了，還有退休俸……我們是辛苦過，我先生會到醫院賣血賺錢。我也很幫他省錢，結婚後不去舞廳跳舞，時間拿來做手工藝賣錢，可是那時候大家都是這樣，我們也不是特別辛苦。兒子很乖、很優秀，媳婦也不壞，我……我好像沒什麼好不滿足的……」

周媽媽抬起頭笑了笑說：「這樣不行吧？這麼糊裡糊塗，很容易就會被凶手盯上吧？不過我消失了，好像也沒有什麼關係……」

琉璃忽然起身，給了周媽媽一個擁抱。周媽媽不知所措地攬住琉璃。

「怎麼啦？」

琉璃沒有回答，只是抱得更緊了一點。

周媽媽的表情微微抽動，她閉上眼，甩了甩頭，然後睜開眼笑道：「還想吃點沙琪瑪嗎？」

承揚在一旁看著，似乎下定了什麼決心。

和周媽媽道別後，兩人並肩走下山。

「我要去找北投社的頭目。」承揚突然說。

他們兩人離平地已經越來越近，身旁的人聲、車聲都越來越響亮。琉璃瞅著他，看了看手錶，七點四十五，她算準了圖書館還沒關門，爸爸不至於會擔心，於是說：「我也要去。」

承揚微微一笑，嘴上卻說：「不一定找得到他們，而且他們也不會歡迎我們，妳動作那麼慢，到時候可能會進不去或逃不走。」

琉璃沒好氣地說：「你現在是傷患欸，你擔心我？」

有生命體提出質疑，如果我們一直增加，是否會使用掉過多的食物、水、氧氣、木材，排擠本體及一般人能使用的資源？也有生命體理直氣壯地認為，生命體已經是世界的一部分。畢竟就算是一般人，也有很多人「對社會毫無用處」仍苟延殘喘，甚至有很多人樂於對人類、對世界造成更多傷害，但他們快樂地活著——比誰都還要快樂。

12

「你確定這是合理的嗎？」琉璃緊張地問。

「不然妳要怎麼進去？直接在路人面前踩機車坐墊翻牆嗎？我只有一隻手，然後妳動作慢得要死。」

琉璃長嘆了一口氣。

「不滿意？妳隨時可以退出喔。」

「沒有，我只是覺得跟你認識之後，我的生活越來越不正常。」

「妳本來好幾個月完全不說話耶。」承揚嗤之以鼻。「妳到底跟什麼比？」

他們倆站在一間已經打烊的店鋪前，仰頭打量立在眼前的鐵架子，架子上方有一根細細的水管，鐵架後面則是綠色的金屬圍籬。街道雖然因為路燈而明亮，但這個角落卻非常暗，很偶爾才有路人匆匆經過。

眼前的金屬圍籬後是一片施工預定地，另一端連著北投長老教會。方才他們兩人看過了長老教會深鎖的大門和阻斷視線的圍牆，覺得不太可能直接闖入，於是順著圍籬繞了一圈，才發現這個地點。

琉璃認命，開始抓著鐵架要往上爬。

「等一下。」承揚忽然拿出了周媽媽後來多塞給他的繃帶，在琉璃的手掌纏了幾圈。

「你有這麼貼心？」

「我開始想念妳不能講話的時候了。」

琉璃燦笑，承揚一時看呆了，不過她沒有發現，逕自轉身回去爬鐵架，她緩緩伸手向上探索，鐵架的骨幹搖搖晃晃，摸起來凹凸不平，琉璃有些後悔，但又已經無法後退。她慢慢地發現，重點不是手要出力，而是要找到穩定的落腳處再往上爬，承揚也在旁邊指點她哪裡好落腳。

不到一會，她就接近鐵皮圍籬的頂端，她先用手機手電筒照了一下另一邊地上，確定沒東西後，開始觀察圍籬，圍籬薄薄一層，特別難抓，好在是波浪狀，增加了一些落腳處。琉璃小心地跨上去，然後直接跳到另一邊。

她平衡沒有很好，不過這一跳也沒有很長的距離，於是順利地過去了。承揚跟在她後面，一溜煙便翻過牆來了，落地時還特別輕巧。

承揚得意地微笑，琉璃白了他一眼，接著開始用手機照亮周圍，眼前是一大片奇異空地，有些地方光禿禿的，有些地方則長著矮樹叢或是野草，看久了，會有種失去方向的感覺。

突然，琉璃注意到前方有火光，因為被擋住了，所以不太明顯，琉璃瞇起眼仔細看，竟發現擋住光的是人影。她拉著承揚蹲低，承揚一時還不懂她在做什麼，但見她緊張，就順著她目光看去，他凝神一看，才發現前方有人。

他們倆壓低身子，緩緩向前，接近北投長老教會，在教會旁邊有一小群人生著篝火，喝酒、談笑，火上有個淺鍋，似乎在煮著什麼。他們有的穿著襯衫和高腰長褲，像是幾十年前的流行，有些人則彷彿回到清代，女性穿著大襟衫和裙裝，男性則是穿著長衫，在最靠近教會的那一端，還有幾個人穿著開襟有袖的上衣，肩上披著方布衣，看起來相當民族風。

琉璃閉上眼，好像打開耳朵的開關，那些人的聲音在一片黑暗中大了好幾倍。

「聽說快打起來啦。」一個穿著舊式西裝、戴著圓禮帽的男性說。

「消失最好。」披著方布衣的壯漢大笑。「反正都是一幫搶匪。」

「這樣說不好吧？已經過那麼久了。」一個女孩聲音勸道，她被人群擋住，看不到長什麼樣子，不過琉璃忽然覺得那聲音有些熟悉。

「什麼那麼久？他們搶了我們的土地，蓋他們的房子、工廠，我們到現在都還沒討回來啊。」壯漢說。

「這次的事情我們不用理會，那是他們的衝突。」穿著長衫的男性說。

琉璃正自尋思該怎麼辦，卻感覺到身邊有一陣風，她睜開眼，只見承揚已經站了起來，直直向那群人走去。琉璃瞠目結舌，不知該如何是好，才發現承揚一隻手藏在身後，用手指畫了一個圈。

琉璃暗自咒罵，是要叫她趁機繞過去嗎？她不懂為什麼這個人老是要用一些不知所云的手勢，當她會讀心術嗎？但她也只能自立自強，順著承揚指的方向觀察，才發現教會建築那邊似乎有道暗門。

「你是誰？」圓禮帽男喝道。

琉璃開始移動，小心翼翼，避免踩到任何會發出聲音的植物或東西。

「你們是誰？為什麼穿這樣的衣服？」承揚的聲音聽起來既真誠又困惑。

「不要被小鬼騙了。」長衫男冷笑。「你是眷村的人吧？我見過你。」

「看來你挺關注我們。」承揚笑道。

「離開我們的土地。就算你是一般人，我們也不會饒恕。」壯漢粗聲道。

「你趕快回去吧。」剛才的女聲急促地說。

「你們知道我們出事了，卻袖手旁觀，打算當個漁翁，好聰明。」承揚嘴上不饒人。

一個瞬間篝火旁的人都站起身，琉璃有些擔心地看了承揚一眼，但只見他一臉輕鬆。

「眷村的人來這裡，有什麼目的？」圓禮帽男是少數還坐著的人。

「我想和你們頭目說話。」

「傲慢的小鬼！」長衫男暴躁地叫道。「我們頭目為什麼要見你？」

「你們怎麼敢確定你們一定沒事？」承揚說：「不然這樣，我和你們其中一個人賽跑，我跑贏的話，就讓我見你們頭目？」

「漢人的小娃兒想跟我們比跑步？」壯漢嘲諷。

「誰知道？你看起來就跑很慢。」

壯漢生氣地跺腳。「來啊！我們可是從小比到大，你算什麼？」

旁邊有人拉住壯漢，一臉不以為然，但壯漢卻不理他，只是說：「那你輸了怎麼樣？」

「要怎麼樣？」

圓禮帽男突然冷笑道：「要怎麼樣嘛，另一個小朋友也一起來討論吧。」

琉璃後領口被揪住，瞬間失去了平衡感與重心，腦袋一片空白，只知道身後有某個人抓住了她，還把她的手按在背後，押著她向火堆走去。她心下叫苦，看著承揚，她幾乎可以看到他腦袋正在高速運轉，思考該怎麼脫困。

「琉璃？」剛剛那個熟悉的女聲叫道，聲音相當詫異。

琉璃朝聲音看去，站在那裡、和她一樣穿著青綠色運動服的，竟是彥姍。

彥姍和琉璃都瞪大了眼，講不出話，兩人只能愣愣地看著彼此，同時間，周圍的人也都不知該作何反應，於是就看著她們倆。

最先恢復思考能力的是琉璃，她急促地說：「彥姍，我們想見頭目！」

「我不能……」彥姍還沒從驚嚇中恢復，緩慢地搜尋詞彙：「我不知道，琉璃，我沒辦法……」

「姍，妳認識這個人嗎？」圓禮帽男問。

「她是我的同學。」彥姍眨了眨眼，定下心神，向琉璃說：「你們見了頭目也沒有用，他們不會管這件事，這跟我們沒關係。」

「我們想和頭目說話。」琉璃懇求。「沒有用也沒關係，眷村的郭院長不見了，高橋先生希望可以跟頭目談一談。」

彥姍沒有回應，她一臉為難。

「小孩子講什麼大話？」壯漢暴躁地罵道，正要繼續說，卻被圓禮帽男伸手阻止。

「既然是姍認識的人，我們也不刁難，這次就算了，請你們之後不要再侵入我們的地盤。就像妳所知道的，我們擁有的已經不多了，不想再跟漢人或日本人打交道。」

他示意抓著琉璃的人放手，琉璃揉著手，還是堅持地繼續說：「你們怎麼可以好像什麼都沒發生，自己躲在這裡？」

「躲？」長衫男斥道：「是誰搶走了我們的土地、把我們趕到這個邊邊角角的地方？」圓禮帽男冷峻地看著琉璃，道：「我們為什麼要幫漢人？或是日本人？漢人用結婚、稱兄道弟矇騙我們，在合約上動手腳、搶我們土地。日本人為了要挖瓷土就叫我們遷村，族人不肯，就抓走頭目和反對的人，對他們嚴刑拷打，拿他們的手指去蓋印。」

圓禮帽男緩緩逼近琉璃，琉璃不自覺後退，她被震懾住了，她沒有聽過這些事情，也不知道該怎麼回應。

「我們的部落原來在頂社，後來被趕到中社，跟原本就在那裡的人爭地，日本人又說要蓋軍用跑馬場，再把我們趕去下社，說到頭，就是不要讓我們聚在一起，不讓我們講自己的話。國民黨來台灣後，」圓禮帽男看向承揚，「也沒有要把頂社還給我們，就繼續開採瓷土，賣去陶瓷廠，搞到土石流。族人呢？家呢？通通都沒有了。」

琉璃像雕像一樣站著，內心不斷攪動，裡頭有任意發言的內疚與不安，也有困惑，她有點想向他們說這和美玲、高橋先生、周媽媽無關，但這不就是承揚和眷村的人的感受嗎？覺得他們和軍人殺的人無關？她心裡也有一點點的憤怒，憤怒自己好像被指責了，憤怒自己什麼都不知道，憤怒自己為什麼不知道。情緒太多了，多到她不知該怎麼反應，甚至理不清自己在想什麼。

圓禮帽男冷冷一笑說：「已經沒什麼好說的，請兩位回去吧。」

「彥姍……」琉璃還整理不了自己的情緒，但也不想離開，只能無助地看著彥姍。

「你們先走啦。」彥姍見琉璃還想說什麼，更強硬地說：「琉璃妳這樣只會讓大家更生氣。」

承揚看著琉璃，她臉上明顯帶著受傷的表情，但仍倔強地站著。承揚走了過去，輕輕搭著她的肩，拉著她往回走，琉璃微微抗拒，但還是跟著他走。

承揚搬了工地的東西，讓兩人踩著爬出去。外頭人車嘈雜，但兩人都沒說話。

承揚正想說什麼，琉璃的手機突然響了，嚇了兩人一跳，琉璃往口袋掏電話，掏了半天才拿出來。

她一接電話，臉色立刻變了。

13

我對於「是世界的一部分」抱持遲疑，如果是世界的一部分，應該要遵循某種循環，有生有死，但我們似乎只要還不想離開，就可以永遠存在——只是永遠存在太無聊了，最終大多數都還是會選擇消失。就像人類會選擇自我毀滅一樣，這個世界並沒有美好到讓人想一直存在下去。可是這樣的系統也造成了一個問題——最終會一直留下來的，是不是都是自私、只想著自己的生命體？

琉璃打開了她未曾進去過的房間，撲鼻而來的是濃濃的霉味、尿騷味，和不知來自什麼的酸臭。她皺起臉，屏住呼吸，衝去打開窗戶，清涼的空氣竄入房間後，她才敢大大吸一口氣。她看著這間房間，堆滿了糖果餅乾的罐子，以及成堆的衣服，彷彿是垃圾場。她還記得阿嬤老是不停塞零食——剛買的、過期的——到她手裡，好像覺得她永遠都不會飽。

琉璃輕輕移開了梳妝台前座位上的衣服，坐下，看著鏡中的自己，滿布斑點的鏡子讓她看起來很像生了天花。琉璃發現桌上有一些相當典雅的小物，例如精緻的脂粉罐、銀項鍊、金戒指，上面都積著一層白灰色的粉塵。她一一把玩著，移開一條圍巾，發現桌上竟然擺著一個看起來很高級的虹吸咖啡壺，雖然從金屬的鏽蝕程度來看，應該已經很舊了，但上面卻沒有絲毫灰塵。

琉璃小心翼翼地轉著咖啡壺，日光透過窗戶進到房間，再透過咖啡壺，散成一片七彩的光輝，映照在琉璃疲倦的臉上。

她昨晚都沒睡。

「阿嬤……阿嬤可能撐不過今天了。」接到爸爸的電話後，她搭公車趕去醫院，和爸爸、看護阿美會合。醫生走出加護病房時，請他們要有心理準備，肺炎引發其他併發症，狀況很不樂觀。

思哲先讓阿美回家，但阿美卻不願意，堅持要跟他們一起等。於是他們三人在醫院的走廊坐著、站著、來回走著，一路等到快天亮，醫生告訴他們狀況已經暫時穩定下來，但更之後就難說了。醫生若有所指地告訴思哲，希望他想一想如果又發生一樣的事，要怎麼辦。

思哲看起來心力交瘁，不過還是有禮貌地感謝醫生，然後耙了耙凌亂的頭髮，對琉璃說：「我先送妳回家，妳早上睡一下，再看要不要去上下半天的課，我會打電話跟溫老師說。」

琉璃整晚都沒有什麼情緒，她覺得什麼都離她好遠，她覺得自己好像要有些感受——悲傷也好、憤怒也好，但她感覺不到絲毫情緒，阿美看起來還比她難過。在醫院的迴廊裡，琉璃好像又感受到了與世界失去連結的疏離感，阿美離她很遠，快要過世的阿嬤離她很遠，看起來疲憊萬分的思哲好像也離她很遠。

突然，琉璃的手機震動了。她回過神，才想起自己已經不在醫院。她看了通知，是艾瑪的回信，她點開，上面寫道：

哈囉琉璃：

謝謝來信，聽說妳可以講話，我開心到要跳起來了！一路走來真的很不容易，我為妳驕傲。關於李金城的事情，我已經在台灣人的群組轉發了，可是目前沒有收到回應。看到都過了那麼多年，郭盼璋小姐還是希望能找到曾經的情人，真的讓人感動又感慨。希望能找到！

我爸爸在台灣！沒想到竟然會有人想跟他請教金露花的事！不過他既然都不跟我說了，肯定也不會與你們分享，我不想讓你們經歷不舒服的對話。等哪天我問到了，再跟你們說吧！

謝謝妳的聯絡，可惜幫到的忙不多！

一切都好，

艾瑪

P.S. 我也問了我爸爸有關李金城的事，可惜他也不知道。

琉璃放下了手機，心不在焉地把玩著咖啡壺，她好像該覺得沮喪，畢竟什麼進展都沒有，也沒有得到什麼有用的資訊，但她卻沒有任何情緒。

要去學校嗎？琉璃有點不想見到彥姍。

但同時她又想要見到彥姍，想要弄清楚事情的經過，想要知道她何時開始能看到他們，想要跟她說聲抱歉。

□

琉璃到學校的時候正好是午餐時間，班上鬧哄哄的，她看了一圈，彥姍不在班上。黑板上幾個沒擦乾淨的字卻吸引了琉璃的注意力：「串聯」、「別班/校」、「活動」。

明宇剛好從旁邊走來，看起來要跟琉璃說話，不過什麼都還沒來得及說，就被琉璃追問：

「那是什麼？」

「哦，有人跟彥姍說別班也有人想去，所以彥姍就提議不然就做大一點，可以在網路上發起活動，讓這個變成大型校外教學。」

「蛤？」琉璃心頭燒起一把火，臉上直接顯露不悅。

「這樣不好嗎？」明宇眨了眨眼，困惑地問。

琉璃已經跑走，她直直跑向她們平常吃午餐的樓梯間，果然看到彥姍一個人在那邊吃飯。

她見到跑來的琉璃，先是有些不安，但隨即恢復鎮定，面色如常地微笑說：「琉璃，我們打算把校外教學辦更大！妳要不要請妳爸爸教我們開個網站？如果我們準備的很多、看起來很厲害，應該可以讓更多人來！妳爸爸是做這個的吧……」

「妳在幹嘛？」琉璃來勢洶洶，衝口而出的就是質問。

彥姍疑惑地看著她問：「什麼意思？」

「為什麼要把事情搞這麼大？」

「我以為妳會很高興……」彥姍更加不解。「如果只是我們自己去，學校什麼都不知道，那學校就不知道我們在想什麼……」

「妳有想過溫老師會因為我們這樣惹上麻煩嗎？」琉璃生氣地說：「學校叫老師不要帶我們去，我們現在要自己去，然後還要讓大家都知道，學校一定會覺得是溫老師的錯，是溫老師叫我們這樣做。」

「如果學校怪溫老師，那是學校的問題，不關我們的事吧？」彥姍努力維持語氣的平靜，但已經有些情緒在底下醞釀。

「溫老師她上次已經被學校說……」琉璃忽然想到彥姍不知道老師曾經是男生，只能又急又氣地改口：「妳這樣做，要是害老師沒工作怎麼辦？」

「怎麼可能？」彥姍聲音也漸漸提高。「我們只是辦活動，讓大家週末一起去校外教學，妳扯太遠了！」

「真的發生怎麼辦？」

「那我們就去跟學校抗議啊！」

「妳那麼多事幹嘛？」琉璃更生氣了。「那麼多人在妳眼前消失，妳都不在乎了，幹嘛還要管這個！」

「妳扯到那裡幹嘛？」彥姍也不高興了。「這明明就是兩件事！」

「都一樣！妳昨天才說我只會讓事情更糟，妳現在也在做一樣的事！對，你們被搶走很多東西，可是也不該這樣討厭所有的人啊！又不是所有人都是壞人……美玲姊姊什麼都沒做，加代什麼都沒做，高橋先生什麼都沒做，又不是所有……」

突然間，琉璃發現自己和承揚說了一樣的話，她想起那時承揚一臉倔強地說：「那又不是爺爺做的。」而徐爺爺只是微笑：「他們找不到人來生氣啊……」琉璃瞬間再也講不下去。

「我……」彥姍氣到說不出話，她喘了口氣，才說：「活動資訊已經放到網路上了，班上大家都同意，我也認為這是對的事情，我不覺得這有什麼問題！」

彥姍便當還沒吃完，但她把蓋子蓋上，起身離開。琉璃等到她離開，才發現自己渾身都在顫抖，臉頰好冰，但眼眶卻好熱，像是過度運轉的機器，嘎嘎作響，隨時都要裂成千萬碎片。

她再次意識到，當她可以說話，那就代表了她的話語可能會產生影響力，可能會傷害到別人，而她對此無比恐懼。

□

一放學，琉璃沒有理彥姍，也不想見美玲或承揚，她拿起背包，頭也不回就往回家的方向走。到家後，她衝進自己房間裡，書包甩到地上，門關上，就把臉埋到棉被裡，想要擋住一切，尤其是阿嬤那奇異而古怪的房間。

琉璃的房間跟她被媽媽帶走時一模一樣，看起來與其說是國中生的房間，不如說更像幼稚園，或是國小低年級學生的房間，書架上還放滿了給小朋友學注音、認國字的習作，童趣的繪本，以及一系列給小朋友看的科學漫畫。琉璃和媽媽搬走後，思哲曾經整理過房間，所以特別整齊——甚至像沒住人一樣整齊。

在角落，有一紙箱的東西，那是她搬回來時唯一的行李，她回來後，除了拿出衣服之類的必需品，就再也沒有打開過了。而媽媽留下來的所有東西，衣服、梳子、飾品、書……她都讓思哲處理，只留下她一直在用的粉紅色保溫杯——那個唯一裝有全家人回憶的物件。思哲問她還想留下什麼，她只是搖頭。

琉璃始終都覺得是她的錯。

「琉璃。」媽媽溫柔的叫聲依然在琉璃腦海中徘徊，日日夜夜，只要琉璃空下來、身邊沒有其他人在講話，她就會聽見媽媽的聲音。

如果做了不一樣的選擇，任何一個，在這個抽積木遊戲裡，如果改成抽掉另一塊積木，是不是就不會從地基一路垮到高樓？

14

我親眼目睹過幾個生命體的消失，自願離去的人，大抵來說有兩種，一個是因為心願已了，再不然就是認清事實，心願不可能圓滿，只能黯然離去。兩者雖然差異很大，但也只有一線之隔。

「琉璃！」琉璃感覺到媽媽——簡曉雲——用腳輕輕戳了戳她的腰，她張開眼，只見曉雲兩隻手都在努力把襯衫的釦子推過洞口，只能騰出一隻腳來叫她起床，單腳站立的她整個人搖搖晃晃的。

「起床了，起床了，快！」曉雲扣完釦子，開始用手去推她。

「再睡一下。」琉璃懶洋洋地拉著棉被，把自己裹在裡面。

「不行！再睡妳就要遲到了！今天是國中開學第一天！」

「好啦、好啦。」琉璃推開棉被。

琉璃對著鏡子，懶懶散散地拿牙刷在嘴裡繞一繞，她看到鏡子裡的曉雲瞪了她一眼，琉璃咧嘴一笑，張開了嘴巴，用力刷了幾下。洗臉、換制服，琉璃坐到餐桌旁，拿起一個曉雲做好的果醬三明治。

曉雲在化妝鏡前化妝，她一頭俐落短髮，眼睛邊有笑紋。母女倆住在一間有浴室的套房，沒有廚房，只有角落桌子上的一個電鍋、一個電磁爐、一個吐司機，旁邊再塞台小冰箱，上頭堆滿了麵包、餅乾、蘋果、橘子這些不用冰的食物。

整個房間很亂，但特別溫馨，小小的窗戶上貼著窗花，牆壁上還掛著母女出去玩、琉璃國小畢業、她們剛搬進這個家等等的合照，旁邊還有琉璃美勞課的蠟筆畫，雖然畫像中的人跟曉雲不像，眼睛太大，鼻子像「小於」的符號一樣尖，嘴巴只有一顆豆子的大小，不過琉璃沒忘記在旁邊大大寫上「我的媽媽」。

「今天要洗被單嗎？」琉璃看到曉雲從櫃子裡抽出了乾淨的被單。

「誰教妳老是沒洗澡就跑上床？」

「哪有老是！只有一次……兩次，啊，三次……」

曉雲白了她一眼，琉璃做了個鬼臉，但還是嚼著吐司，跑去幫忙把被單拆掉。

曉雲出門前不忘從冰箱拿出琉璃的便當——她每一天都會幫琉璃帶便當，大部分時候都是前一晚的剩菜，不過偶爾比較不忙、或是在特殊的日子，她都會特意早起，幫琉璃跟自己做兩個非常豐盛的便當。

讓琉璃覺得單親跟雙親沒有什麼差別，一直是曉雲的目標。

接著曉雲會騎機車載琉璃到國中，看著她進校門後，一催油門，往上班的地方去。從琉璃國小三年級開始，這就是她們每天的日常。

空間小，有時候特別容易吵架，琉璃也會覺得之前的房子好，她在以前的家才有自己的房間。不過看到媽媽整個人像是打了一層亮光漆，比之前開心許多，就讓琉璃覺得，這樣也好。

媽媽說，現在擠一下，先存錢，以後再來買屬於她們的房子，到時候琉璃就有自己的房間了。琉璃一直期待著這樣的未來。

琉璃在國中的新班級很快就有了朋友，他坐在她隔壁，姓葉，琉璃都叫他葉子。他是一個體貼善良的男孩，你才抽一下鼻子，他就又拿衛生紙給你，又遞熱水給你，細心到幾乎讓人覺得有點煩。

不過琉璃很喜歡葉子這個朋友，他們都喜歡可愛的東西，喜歡幻想故事，喜歡在操場樹下聊天，琉璃也喜歡跟葉子講心事，因為他就像是樹上的葉子，會進行光合作用，吸收二氧化碳，吐出生命所需的氧氣。

琉璃本來並不是很能適應新環境的人，可是認識了葉子之後，每一天都很期待去學校。她非常後來才想起，曉雲在她國中開學沒多久後，就沒穿西裝外套出門了。可能因為曉雲的笑容從來沒有打過折扣，所以琉璃根本沒注意到。

等琉璃發覺有點不對勁的時候，已經到了第二學期初。一開始是琉璃洗碗時，注意到已經很久沒洗到曉雲的便當盒了，她忍不住聯想到，最近便當菜的種類好像真的變少了。更有一次，她摺了衣服，要放進衣櫃裡時，不小心發現曉雲在衣服最底下藏了好幾種不同的藥丸，因為沒有包裝，所以看不出來是什麼。

琉璃不知道這些代表的是什麼，曉雲依舊像什麼事都沒發生一樣，在她面前總是笑口常開，所以她也問不出口。

直到一天晚上，琉璃才真的知道事情不太對勁。

那天，琉璃身體不舒服，很早就睡了，半夜醒來，卻聽到曉雲在講電話。

琉璃坐起身，正要去倒水喝，卻發現曉雲在哭，琉璃嚇了一跳，之前阿嬤再怎麼兇曉雲，也沒有見到她哭過。

琉璃縮回了棉被裡，閉上眼睛。

「就跟你說，禿子有一天！就把我叫過去！他說要開除我，說我工作能力不夠好，我明明業績不是最差……同事都說，我每天要回家陪小孩，不能加班，他們很困擾……」曉雲喝得爛醉，一邊講話還一邊打嗝。「還沒找到啊……他們一聽到我單親媽媽，又沒有人可以幫忙帶小孩，就不敢用我……做過幾個兼職，就在洗碗，不用大腦，都要退化變白痴……我還是想在公司上班……」

曉雲突然開始像小孩子一樣啜泣。

「我就沒有人可以幫我……沒爸沒媽，未婚生子的女人，真的這麼命賤？嫁給他，當初嫁給他，還要被他媽說我勒索他？她自己又多好？她以為我不知道，她不過是人家的小老婆……為了把她趕出去，他們才有那個房子……」

曉雲拿起一個半空的酒瓶，直接往嘴裡倒。

「女人啊，結過婚、生過小孩以後，連自己的姓氏都沒有了，大家只知道我是張媽媽……」

曉雲聲音越來越低，幾乎是呢喃，但琉璃還是聽到了。

「如果沒有帶著琉璃就好了……」

「妳媽媽只是累了，一定不是這樣的意思。」葉子跟琉璃說：「妳媽媽每天都幫妳準備早餐、晚餐，連午餐都幫妳帶便當，怎麼可能會不愛妳？」

琉璃跟葉子講話的時候，都會覺得自己好像個孩子，葉子是媽媽，成熟又穩重。

琉璃點點頭，笑了笑。

「我要去一下廁所。」葉子看了一下手錶說，他一站起來，突然一個人高馬大的同學阿宏擋住了他的去路，葉子要避開他，但阿宏立刻又擋到他面前。

「你有什麼毛病啊？」琉璃兇他，要推開阿宏。

阿宏讓開了路，嬉皮笑臉地說：「還要女人幫忙，你果然是同性戀吧？」

「是不是都關你屁事！」琉璃說，但她卻發現葉子畏縮了一下。

這一切開始於一週前，他們老師找來了一個講者，他很會說話，才講沒幾句話，就引得大家哄堂大笑好幾次。

「大家看看你們舉手的姿勢是什麼樣子？」講者縮著頭，把握拳的手放在臉頰旁邊。「是不是這樣？」

大家看看彼此，開始笑。

「光是一個動作就可以看出態度！」講者說：「你把手舉直，跟你把手舉一半，就完全不一樣，不是嗎？」

同學們不自覺地都在點頭。

他接下來要大家玩遊戲，便找了葉子跟另一個瘦瘦弱弱的男同學阿皓示範，吩咐他們手拉手，葉子和那個同學靠得近了點，講者就大笑說：「你們靠那麼近幹嘛啦？」然後指著葉子說：「你是不是偷偷喜歡人家？」

葉子臉上帶著尷尬，看起來恨不得趕快結束這一切。但噩夢還沒結束，講者後來又幾次故意點名葉子，甚至說：「你這樣太娘了啦！我來跟你說男生應該怎麼做！」

班上同學每大笑一次，葉子的臉色就更黯淡一點。

星火燎原，看似無傷大雅的玩笑，卻像野火一樣快速蔓延，停也停不下來。在那之後，班上的幾個同學開始捉弄葉子，為首的包含阿宏和幾個特別高壯的同學，後來連事件苦主之一的阿皓也加入了，跟著一起嘲弄葉子。他們什麼都可以嘲諷，葉子講話的方式、走路的模樣，到最後，連他爸媽的職業都被拿來開玩笑——葉子的爸爸是垃圾車駕駛，住附近的同學都看過。

琉璃幾次問葉子要不要跟老師說，葉子都堅持說不用，他們無聊了，就不會這樣做了。

但是事情並沒有結束，只是變得更糟。

「妳有想過張琉璃為什麼是張琉璃嗎？」

琉璃疑惑地看著葉子，一時分神，排球已經從她身邊飛過，她小跑步去撿球。

這堂是體育課，老師讓大家分組打排球，琉璃和葉子挑了操場的一個角落，離大家遠遠的，練習墊球。

琉璃回來後，走到葉子身邊，她注意到本來就像竹竿一樣的葉子更消瘦了，然而他的招牌笑容依然溫厚。

「我的意思是，怎樣的張琉璃才是真正的張琉璃？」葉子繼續問。

「你到底在問什麼？」琉璃不解，反問：「那怎樣的葉子才是真正的葉子？」

「我也不知道。」葉子仰頭看向天空。「有時候啊，我覺得，已經不重要了。」

葉子眼中閃過一絲徬徨，但隨即他再次用笑容掩蓋，伸手拿過球，後退幾步，把球拋向琉璃，而她還來不及想清楚這句話是什麼意思，球就已經撲面而來，她只能微微蹲低，伸出手，擺好姿勢，把球推出。

幾次來回，琉璃忍不住說：「葉子！」

「嗯？」葉子把球送了回來。

「我們還是去跟老師……」琉璃停頓了一下。

「我說過不用了。」

琉璃被嚴厲的語氣嚇得縮了回去，她閉上嘴，葉子很用力地把球打了過來，琉璃漏接。

「太用力了啦。」琉璃抱怨，一邊跑去撿球。回過頭時，她看到葉子蹲坐在地上，雙臂緊緊抱著自己。

後來的這一天，是琉璃人生至今最漫長的一天，不過張開眼睛時，她並沒有這樣的預感。

早晨非常美好，非常久違地，曉雲早起做了兩人份的便當，還把整個家打掃了一圈，甚至還做了炒蛋和沙拉當早餐，琉璃很高興再次吃到不是吐司的早餐，不過她心裡隱隱覺得有哪裡不對。

「媽。」琉璃小聲地說。

「嗯？」曉雲微笑。

「妳今天為什……」琉璃問到一半就打住了。

「什麼？」曉雲心不在焉地說：「趕快吃，上課要遲到了。」

應該是自己想多了，琉璃想，而且，今天她還有更重要的事要做，她一想到，就感覺腸胃在翻攪，她兩手握拳。

到了學校以後，她沒有去教室，而是直直走向導師辦公室，她已經下定決心了。看著葉子日益憔悴，阿宏等人卻笑得越來越開懷，她堅信，這絕對是錯的。

和導師談完後，一個早上都風平浪靜，沒有什麼不一樣。

中午，她又被老師找了過去，琉璃不疑有他地前往辦公室，到了那裡，她才知道事情和自己想的完全不一樣——葉子否認了所有事。

「從來沒有。」葉子堅決地表示。

「可是明明……」被找來對質的琉璃錯愕無語。

「從來沒有。」葉子再一次說。

導師知道事情棘手，暫時不想再追究，就打發他們兩人回教室。原本事情應該會這樣結束，但壞事就像被推倒的骨牌一樣，一個串著一個。琉璃告狀的事情被傳了出去，午休時間還沒結束，就傳到了阿宏的媽媽耳中。她也是學校的老師，一知道自己兒子被「誣告」，氣急敗壞地要求琉璃的導師處理這件事，下午的課都還沒結束，就把曉雲給找了過來。

曉雲一到場，一直鞠躬道歉，頭能壓多低就壓多低。

琉璃在旁邊站著，她全身都在發抖，她的腦袋很燙，但手卻很冰。她不懂，明明沒有錯，為什麼要道歉？

阿宏媽媽好不容易罵得過癮了，開恩似地說：「我也知道張媽媽很辛苦，一個人要管小孩，又要工作，不然就先這樣好了，明天琉璃跟我們被冤枉的小孩道歉，事情就這樣結束吧。」

曉雲連連稱是，然後抓著琉璃就往外走。門剛關上，她們還沒離開，就聽到導師和阿宏媽媽在裡面說話。

「單親媽媽果然帶不好小孩啊！」

「頭髮短成那樣，穿得像男生，搞不好是那個。」

「所以才離婚嗎？小孩其實也滿可憐的啦。」

琉璃仰頭看著曉雲，她看到曉雲面無表情，但那或許比全世界的任何表情都還來得可怕。

兩人一言不發地回到家，曉雲坐到電腦前，頭也不回，也不理會琉璃。

琉璃站到她後面，怯弱但堅定地說：「那是真的。」

曉雲置若罔聞，什麼反應都沒有。

「我沒有說謊！」琉璃更大聲地說。

曉雲回過頭看她，琉璃才意識到她瘦了好多，凹陷的雙頰讓她看起來像電影裡的木乃伊。

「他們每天都在欺負葉子，絆倒他，把他鎖在廁所，好幾個壓住他，騎他背上，說要從後面來！」

曉雲依然沒有說話。

「為什麼不相信我？妳是不是早就不想要我了？」

曉雲抬頭，臉上微顯詫異。

琉璃大吼：「我都聽到了！妳說妳很後悔！妳根本不想要帶著我！」

曉雲一震，臉色更加慘淡，但她什麼都沒說，轉過頭，繼續看向電腦螢幕。琉璃氣得臉色發青，頭也不回地跑出了家門。

琉璃在街上漫步，不知道要去哪裡，便打電話給葉子，但葉子不接，於是她直接跑到他的補習班找他。

眼見琉璃堵在補習班的門口，葉子先是想躲開她，但她死纏不放，最後葉子受不了。

「我就說不用了！」

琉璃從來沒有見過這麼生氣的葉子。

「妳跟老師講對誰都沒有好處，很麻煩！妳以為妳在幫我，可是妳只是弄出更多麻煩，我覺得很麻煩！」

「麻煩」連環炮發完，葉子掉頭就走，留下滿臉受傷的琉璃。

琉璃不知該何去何從，只能繼續四處閒晃，走在人聲喧鬧的街道上，她好像什麼都沒聽到，只是一直走、一直走，走到半夜累了，她才拖著疲憊的身子回到家裡。

她打開門後，卻發現整間房子是暗的，電腦沒有關，螢幕保護程式的微光是唯一的光源。她伸手在牆壁上摸索，尋找開關。打開燈，房裡什麼都沒有。

她四處張望，以為媽媽出門了，她報復似地直接躺到床上，連鞋子都沒脫，她知道媽媽一定會很生氣。

「妳為什麼沒洗澡就躺到床上？」媽媽一定會這樣說。

但她就是不想按照媽媽說的做，誰教她相信老師，不相信自己。

琉璃在矇矓的視線中，看到牆壁上的圖畫跟照片好像掉到了地上，但她好累，她沒有力氣去思考，闔上眼，沉沉睡去，陷入宛如深海的黑暗。

叫醒她的是曉雲留在桌上的手機，琉璃無視手機鈴聲許久，直到吵得受不了，她才揉著眼睛，緩緩坐了起來。陽光好刺眼，看起來一點都不像清晨，琉璃看到來電顯示是學校導師，她嚇了一跳，不自覺按了掛斷。

她看了房間，同樣一個人都沒有。琉璃皺眉，不理解媽媽可以去哪裡，一個晚上都沒回來。琉璃拖著腳，往浴室走去。

她一推開門，就看到一水盆的猩紅，以及倒在旁邊，臉上隱隱有著詭異斑點的曉雲。

琉璃關上門，她不太理解眼前看到了什麼。她的腦袋很緩慢地運轉，齒輪沒有對上。

琉璃坐到餐桌前，她的手在抖，她看向又開始響的手機，看向日光過度耀眼的窗戶，看向掉在地上的照片和圖畫。齒輪依舊沒有對上。

她站了起來，又走到浴室，她的手放在門把上，她的手在抖，齒輪正在一個一個咬合，她的心跳開始加速，大聲到她什麼都聽不到。

她按不下門把。

她扭頭跑出了門，第一個遇到的鄰居一見到她，立刻閃身進屋。琉璃繼續跑，迎面撞上了一個剛買完菜的鄰居阿姨，她手上掛著一袋番茄。琉璃抓著鄰居阿姨的手，什麼都說不出來，但卻又死命捏著。

「怎麼了？」鄰居阿姨疑惑地問。

琉璃還是講不出話，只是抓得更用力。

鄰居阿姨皺著眉，她拍著琉璃的肩，把琉璃推往回家的路。琉璃抗拒，但這只讓鄰居阿姨更擔心，她用力地扳開琉璃的手，拍打琉璃家的門。

之後的事，琉璃記不太清楚了。鄰居阿姨的驚叫，掉到地上的番茄。琉璃記得來來去去的人影，但她不記得他們的臉，她只是縮在角落，兩隻手掌緊緊捏住自己的手臂，看著地上被踩爛的番茄，很是鮮紅，就像那盆水一樣。

她以為這只是一場夢，她多希望這只是一場夢。

有人用蠻力把她的手拉開，但她的手臂已經留下了指甲嵌入的痕跡，那是鮮紅的月牙。

那天之後，琉璃就不再講話了。

後來的日子裡，琉璃始終不願意開口，無論在輔導室、晤談室或精神科，她都沒有說話，連畫畫、寫字都不想。思哲接了琉璃回家，讓她在家裡待了一個學期，他找了家教老師陪她，可是她也不理他們，空氣每次都在沉默中凝結，最後老師們一個個辭職。阿嬤想要跟琉璃講話，卻也不斷吃閉門羹，琉璃看著她的眼神充滿了怨懟，她恨不了阿嬤，因為阿嬤對她太好，但她也忘不了阿嬤是如何對媽媽。

琉璃也不想理會思哲，是他，讓這一切發生，卻什麼都沒做。思哲似乎也發現了這點，回家時間越來越晚。

琉璃也恨自己，恨自己為什麼要多管閒事，為什麼要跑出門，為什麼沒有早點發現。

她斬斷了和這個世界的任何連結，她討厭自己，也討厭一切。

思哲最後是聽了朋友的建議，才決定把琉璃送到溫老師的班上，他聽說那是個懂得照顧特殊孩童的老師。

琉璃一點也不想去，但她也沒有反對，只是消極地接受所有安排。她沒有想過她能遇到美玲和記憶咖啡館，也沒有想過自己在那之後還能交到朋友，也沒想過自己還能夠再次跟別人一起歡笑——她不想要，也不敢要，這樣好像背叛了媽媽。

但她認識了新朋友，笑了，還笑得很開心，不知不覺中，她好像恢復成了以前的自己。偏偏，這正是她現在這麼難受的原因，是被詛咒了吧？她把頭埋到棉被的更深處，好像這樣她就再也不用面對任何的事情。

她的手機在響，響了好幾次，有些是訊息的提示音，有些是電話的鈴響。但她都沒有聽到，沒有移動，只是任由自己飄到更深、更遠、更不見盡頭的黑暗裡。

15

可能會有人好奇，生命體可以被殺死嗎？殺死生命體只有一種做法，我會在後面詳細說明。這種做法之外，你再怎麼凌遲生命體，都只會造成他們痛苦，不會死亡——我們的復元能力非比尋常地快速，這點真是相當諷刺。至於生命體可以傷害人類嗎？從我的觀察，我們無法對看不見我們的人做出實質上的傷害，對他們來說，我們及我們持有的物件就只是空氣，但如果我們想要，我們可以影響他們的精神狀態，例如在他們耳邊一直說話，讓他們一整天都心浮氣躁。但如果是看得見我們的人，就有可能會受傷了，我曾看過那樣的人被生命體手持的玻璃劃傷。

琉璃睜開眼，她環顧房間，失去時間感的她不太知道現在是幾點，只從窗外的亮度判斷是白天。手機再次震動，有人打來，她突然想到在加護病房的阿嬤，跳了起來，衝去拿手機，連是誰打來都沒看清楚就接起電話。

「阿嬤！」

「什麼阿嬤？」另一頭的語氣聽起來又好氣又笑。「妳看一下打來的人是誰好嗎？」

琉璃愣了一下，看了一下，才發現是承揚。「是你喔？」

「什麼態度？」

「你等一下。」

「喂，妳……」

琉璃掛斷了電話，緊張地看了所有未接來電跟訊息，有班上群組的訊息，承揚也有傳訊息，問她有沒有空，後來又打了兩通電話，一通在晚上六點，一通在六點半。而思哲則是今天早上傳了訊息。她兩手顫抖地點開了那通訊息。

阿嬤回一般病房了，妳好好休息，冰箱有燒餅，可以自己烤，有事再聯絡。

琉璃鬆了口氣，重新打給承揚。

「妳真的想做什麼就做什麼欸。」承揚接起來，劈頭就是這句。

「啊，抱歉，我阿嬤在醫院……」

「妳該不會昨天六點一路睡到現在吧？」

「呃……」琉璃不想回答這個問題。

「太扯了。」

「你到底要幹嘛？」

「妳早上有事嗎？」

「沒有，怎麼了？」

「好，半小時後新北投捷運站見！」

「所以到底要……」

這次換琉璃被掛電話，她一頭霧水地盯著電話，嘆了口氣，還是乖乖地起來去換衣服。

□

「我可以問我們到底要去哪裡嗎？」

「妳猜啊。」

琉璃不可置信地瞪著承揚。他們坐在空蕩蕩的捷運上，週六早晨，城市的居民尚在沉睡。

「誰教妳昨天不接電話。」

「我昨天……」琉璃正要替自己解釋，但一想到昨天發生的事，又默默閉上了嘴，兩手不自覺地環抱胸前。

承揚注意到琉璃垂下的嘴角，沒有說什麼，只是靜靜坐在旁邊陪著。

到了圓山站，承揚站了起來，示意琉璃下車。琉璃沉默地走在他背後，不知道他到底葫蘆裡賣什麼藥，刷卡走出捷運站，忽然一陣風迎面而來，吹起琉璃的頭髮。

她用手捉回跳舞的頭髮時，順著風的源頭看去，右邊是一大片廣場，左邊是綠油油的公園，廣場一邊有個「ㄇ」字形的巨大建築物，構成了一個舒適的陰涼處。

承揚站在前方不遠處，回過頭，喊道：「妳在幹嘛？」

「好啦。」琉璃加緊腳步，跟在他旁邊走著，眼睛忍不住追逐起身邊所有聲音，有街頭藝人在唱著某首歡愉的英文歌，有小孩開著迷你汽車、興奮大笑，有兩隻被飼主牽著的吉娃娃狹路相逢，大聲互嗆。

再往前走一陣子，到了遮蔭建築底下，聲音更多了。琉璃放慢腳步，所有刺激湧進她的感官：帥氣又有節奏感的歌曲，是一群看起來像高中生的舞者們；銀髮的爺爺奶奶們跳著太極，放著有點中國風的旋律；有人把扯鈴拋得好高，扯鈴往下墜，那人準備好接住，卻失之交臂，扯鈴落地，琉璃正要驚呼，卻發現那人若無其事地把扯鈴撿了起來，重新開始。

再遠一點，還有幾個人舞著鮮艷的彩帶，一圈又一圈，在空中飛舞。

承揚找了一個地方，席地而坐，琉璃一邊欣賞不同人群，一邊慢慢坐到他身旁。

「不覺得這裡很棒嗎？」

琉璃張開嘴，想回答，卻什麼都說不出來，她感受到了「活著」的感覺，但又想起了昨天的事情，於是抱著膝蓋，縮成了一顆球，把頭靠在膝蓋上。

「妳吃早餐了嗎？」

琉璃頭還是埋在膝蓋裡，但她搖了搖頭。她聽到承揚那邊發出了打開塑膠盒的聲音，手裡立刻被塞了一個被紙巾包著的東西，她困惑地抬起頭。

那食物形狀看起來像水餃，但大了許多，而且是用麵包做的。

「這個叫 empanada，中文好像是餡餃？我媽偶爾會做給我們吃，麵團也是自己擀的，她說她小時候，我外婆早上都會做這個當早餐。」

琉璃盯著餡餃，這東西看起來像是炸過的大水餃，她好難想像那是什麼味道，不過她從昨晚開始就沒吃東西，剛剛早就覺得有點餓了，奶和蛋的香味竄入鼻子裡時，肚子更是咕嚕作響。

「沒有番茄啦。」承揚見她還沒動作，白了她一眼。

「我又不是在想那個！」琉璃抗議。

她拿起餡餃，咬了一口，酥脆的外皮、鬆軟的麵包，裡面的餡料是絞肉和一些鬆軟的馬鈴薯，吃起來很有飽足感。她認真嚼了一下，覺得應該是豬肉。嚥下一口又一口食物，她感覺渾身都恢復了動力。

承揚看著她一口接著一口吃，放心地微笑，不過他故意裝作什麼都沒看到，也拿了一個餡餃啃。

琉璃吃完後，總算覺得自己活了過來，她深呼吸，然後吐氣。

「艾瑪沒有找到李金城。」

「嗯。」

「艾瑪說她爸爸在台灣，可是她沒有要讓我們見他。」

承揚瞇起眼，問：「他什麼時候來的？」

「不知道，跟艾瑪差不多時間？艾瑪是這一個月才來的。」

承揚低頭沉思，卻什麼都沒說。

「我們什麼進展都沒有……」琉璃沮喪地說。

「誰說沒有進展了？」

「嗯？」琉璃狐疑地盯著志得意滿的承揚。

「妳以為我們來這裡只是吃早餐嗎？」

琉璃歪頭想了一下。

「這還要想嗎？」

琉璃看到承揚得意洋洋又神祕兮兮的樣子，忍不住伸手把他往旁邊用力一推。

承揚笑了，指了指圓山捷運站相反的方向：「我昨天在那邊的東南亞超市看到郭院長。」

「咦？」

「不過因為我是陪我媽買東西，等我甩掉我媽，院長就不見了。」他伸出一隻手指頭說：

「所以，今天早上的任務就是尋找郭院長！」

□

東南亞超市裡有很多琉璃沒看過的東西，她以前常常跟曉雲一起去超市，早就對琳瑯滿目的商品習以為常，不過這裡卻有太多好玩的商品，很多東西都是她自以為知道是什麼，但仔細一看，卻有些不一樣：放了金桔的炒麵、鋁箔碗裝的芋泥甜點、玻璃罐裝的水果片，每個包裝上都寫著英文字母，有些是英文，而其他琉璃分不出來是她不會的單字，還是是其他語言。

她走著走著，都忘記自己來這裡是要幹嘛，她瞥到一罐紅色透明液體，忙收回視線，但卻突然發現裡面泡著辣椒、大蒜和洋蔥，她的好奇心勝過了恐懼，把玻璃罐拿起來端詳許久。又走到另一條走道，她被一整面的罐頭牆吸引住——罐頭五顏六色，都是巴掌大小，一個十幾二十塊就可以買到。

「好像不在這……」承揚走過來說，看到琉璃完全沒有在聽，他伸手敲了一下她的頭。

「噢！」琉璃抱怨。

「走了啦！」

琉璃跟著承揚沿著中山北路三段往前走，一路到一間商場門口，褪色的紅色招牌上寫著「金萬萬名店城」，門口兩邊掛著寫著「福」的裝飾用鞭炮串，旁邊牆壁貼的全都是色彩繽紛的廣告，琉璃站在門口，心裡稍微猶豫了一下，她感覺到裡面有一種陌生感。

承揚倒是沒停頓，直接走了進去，於是琉璃硬著頭皮也跟著進去。

「你跟媽媽都會來這裡？」跟著承揚爬樓梯到二樓時，琉璃問。

「以前比較常。」承揚想了一下說：「剛剛不是有一個教堂，我媽週日都會去那裡，去完之後會到旁邊公園跟她的菲律賓朋友聊天，或是來這裡吃飯，我以前也會一起，可是我爸不是天主教，不喜歡我媽老是帶我去，後來就沒有了。」

「你覺得有差嗎？媽媽是菲律賓人。」琉璃遲疑地提出放在她心中很久的問題。「除了，呃……」

「嗯……」承揚思考著。

「哇！」

琉璃還沒等到答案，先被眼前景象弄得目瞪口呆，承揚有些得意地笑了。琉璃像觀光客一樣四處張望，她彷彿置身在另一個國家，招牌不是英文就是她認不出來的語言，耳中聽見的也都不是中文，店裡的老闆、員工、經過她身邊的逛街人群，好像都不是台灣人——若不是身旁有伴，她肯定會扭頭就逃。

跟著承揚稍微繞了一圈，她看到了美髮店、餐廳，還有網咖、服飾店，有些服飾店前還會擺放小吃販售，相當奇妙。整個空間應有盡有，好像一個五臟俱全的小生活圈。

琉璃原先還對這裡有點害怕，但慢慢地，卻被這裡的朝氣感染了。雖然聽不太懂身邊的對話，不過卻可以感受到一種慵懶而歡愉的氛圍，當琉璃跟可愛的菲律賓大姊對上眼時，大姊還誇張地微笑，向她揮了揮手。琉璃連忙收回視線，但又抬起頭，害羞地揮揮手回應。

「這邊是菲律賓人假日最常來的地方。」承揚說。「今天人算很少。」

「今天不是禮拜六嗎？」

「他們很多都是工作六天，休息一天，明天才是他們的休息日。」一個熟悉的聲音在他們背後響起，他們兩人嚇了一跳。

郭醫師精神矍鑠地站在他們背後，甚至舉起了拐杖向他們揮了揮。因為太過突然、也有點太荒唐，所以兩人傻愣愣地盯著郭醫師看，反應不過來。

他發現兩人的沉默，淡淡微笑。「我知道你們會來找我，昨天我也有看到承揚。我想跟你們聊聊，想告訴你們⋯⋯」

「等一下。」承揚恢復了腦袋的清醒，打斷郭醫師，見他訝異地盯著自己，承揚反而躊躇了一下，但他還是試探性地提議。

「那個，大家⋯⋯餓了嗎？」

16

我所居住的地方——北投，是一個奇妙的地方，生命體的組成相當複雜，早在郁永河採硫以前，就已經有原住民族居住在此，後來有西方傳教士傳教，最有名的便是馬偕。其後漢人陸續來此地開墾，日本人接著開發溫泉產業、蓋醫院，戰後國民政府接手醫院和其附屬建築，改成眷村和國軍醫院。層層疊疊的歷史，正是悲劇的開端。

三人走出了金萬萬名店城，跟著承揚在巷弄拐了幾拐，走到了一間在地下室的餐廳，裡頭坐滿了人，料理像自助餐一樣擺了兩排，遠遠看，食物清一色是褐與紅色調。側耳傾聽，說的幾乎都是異國語言，偶爾才混雜一點中文。

「你也知道蕾娜？」郭醫師訝異。

承揚聳聳肩。

他們倆熟門熟路地走到自助餐檯，琉璃在一旁探頭探腦，只見幾道菜都很陌生。

老闆娘蕾娜原本在自助餐吧台後面休息，見到承揚，熱情地走了出來。她看起來大概是三、四十歲，有著一頭烏黑的長髮，淡色的皮膚，笑起來時眼睛瞇成了新月，眼角邊的痣像是月亮邊的星星。她雙臂一張，給了承揚一個大大的擁抱。

「我已經不是小朋……」他小聲抗議。

「哎呦，沒關係啦。」蕾娜大笑，看見郭醫師，她又是眼睛一亮。「這週第三次呢！」

「這幾天都在這附近，這裡料理好吃。」

「歡迎、歡迎。」她粲然一笑，然後終於注意到琉璃，於是送上溫熱的微笑說：「也歡迎新朋友，第一次來？」

琉璃不知所措地點點頭。

「這裡的味道是我從家鄉帶來的！都沒有改變過，歡迎妳試試看！」

承揚先點了鹹綠豆苦瓜和烤豬肉串，郭醫師則是點了像是蔬菜豬肉咖哩，但顏色與稠度又微妙地不太一樣的東西。琉璃看著琳瑯滿目的選項，最後在老闆娘的推薦下選了羅望子燉豬肉，清澈的湯裡面還放滿了白蘿蔔和芋頭。

到座位上，琉璃迫不及待地喝了一口湯，一股酸味瞬間從舌尖酸到後腦勺，讓她忍不住瞇起了眼睛，她聽到另外兩人都在笑。

「要不要試試看？」郭醫師把他那碗料理稍微往前推。

她試了試，立刻嚇了一跳，看起來像是咖哩的東西，竟然是花生醬。

「通常他們會加這個，蝦醬。」郭醫師又推給她一個裝著紫紅色醬料的小碟子。

琉璃聞了一下，一股撲鼻的海鮮味竄入鼻中，加在剛剛的菜裡頭，變得非常鹹，是非常奇妙的組合。

三人靜靜吃了一陣子，穿插幾段閒聊，但都沒有觸碰正題。

琉璃覺得非常奇妙，今天一整天都很特別，她去了未曾去過的地方，吃到沒吃過的料理，這些東西對她來說如此陌生，但實際上又離得那麼近，只要搭個捷運，就會到了。

終於正餐吃完了，蕾娜送來了招待的「halo halo」，玻璃杯裡裝著碎冰、煉乳和好多種顏色的配料，最上面放著一球芋泥，光用看的就知道是甜蜜的滋味。

「『halo halo』的意思就是要你拌在一起吃。」蕾娜親切地說明。

琉璃小心地攪著，碎冰和湯匙敲擊在杯子上，發出清脆的叮噹聲，讓琉璃不自覺想起在咖啡館的記憶——或許承揚也是這樣想，所以他開口了。

「眷村的人認為，院長和其他人會消失是美玲幹的，他們都跑去砸店，高橋先生跟他們約定三天後再見面，就是今天。」

郭醫師長嘆一口氣。

「院長……」承揚握拳，又放開。「院長也要……像徐爺爺一樣嗎？」

郭醫師看著染上各種顏色的碎冰，緩緩地說：「我自己以前呀，做的是精神科醫生，你們也知道吧？」

兩個孩子點點頭。

「我一直在想，如果說，我們是一般人因為太痛苦了，才會被拋棄，那我們是不是本來就該消失？或者說，消失了，是不是比較好？」

「可是……」承揚拿出手機，秀出佐藤先生留下的飛行眼鏡、阿猴的筆記本等照片，說：「和子，就是跟爺爺一起消失的妹妹，她當初有一顆紅色的球，那顆球跟她一起消失了，可是這些東西沒有消失。會不會這就代表他們其實還不該消失？或是他們還不想消失？」

承揚頓了一下，聲音有點顫抖，但他繼續說下去：「如果他們是自己想走……我……我也沒關係，可是逼他們走……不管是誰做的，這都不好吧？而且……」

「而且？」

承揚看了琉璃一眼，別過頭，低聲說：「我發現有一個人，喜歡金露花的人，在一個月左右前回來台灣……就在開始有消失事件的時候……」

琉璃很快地領會他的意思，不開心地說：「你在說什麼？艾瑪爸爸怎麼可能會是凶手？」

「妳怎麼知道？妳又沒看過他……」

「艾瑪人那麼好！她爸爸怎麼可能做這種事？」

「他不是很久都回不了家嗎？他可能很恨……」

「他跟北投的日本人又無關！」

「他搞不好就因為某些原因，一樣討厭他們啊！」

「我們不該隨便懷疑別人。」郭醫師堅定而沉著地打斷了承揚和琉璃的爭執。「任何人在證據確鑿前，都是無罪的——我想，我們已經從歷史中學到這個教訓。」

承揚轉過了頭，明顯在生氣。琉璃也暗自不開心承揚完全沒跟她提過，所以什麼都不說。

郭醫師見兩人賭氣，微微一笑，輕聲說：「你們知道為什麼我來這裡嗎？」

這轉移了兩人的注意力，他們搖搖頭，郭醫師繼續說：「我一直很好奇，這座島嶼揹負著我們這麼多的重量，到底會長成什麼樣子？是不是會被我們給拖垮，是不是會烏煙瘴氣……」

「我始終都待在北投，這次四處漫遊，我才突然發現這地方已經變了這麼多！新的故事，舊的人，紮根……有些人在這裡待了很久，有些人才剛落地生根，有些人像浮萍一樣來來去去，還是有很多惡……可是哪個時代沒有？」

「而我也真沒想過，自己會在其他異鄉人身上找到答案。」郭醫師輕笑。

「什麼答案？」承揚追問。

「有光明就總是會有陰影。」郭醫師道：「有些人會寧可不要有我們……我不覺得那是錯的，就像我們分裂了出來，原來的我們才活得下去。可是即使我們選擇留下，現在的一般人也沒問題的，可以繼續好好生活。」

承揚看著郭醫師，說不出話。琉璃細細思考自己遇過的一切，包含溫老師和教務主任的爭吵、周媽媽的茫然、遠娘堅持過最傳統的生活，到底什麼才是對的？她還是不知道，可是好像也沒有什麼一定是對的。

郭醫師輕笑：「而且，我還沒準備好啊，說我自私也罷，我還想要在這裡待久一點，還有太多我不知道的事了。」

承揚盯著郭醫師，終究還是不自覺地露出高興的表情，剛才的小爭執好像都不重要了。琉璃吸了一口「halo halo」，牙齒間細細碎碎的米、果粒、蒟蒻、芋泥在跳舞，碎冰稀釋了煉乳的甜，現在的甜度剛剛好。

因為混合在一起，所以才那麼好吃吧，琉璃想。

「菲律賓也是多元文化的國家喔。」道別前，蕾娜跟琉璃小聊了幾句，聽到琉璃提到台灣有很多不一樣的人，她爽朗地說：「我們有菲律賓的文化，被殖民之後，也有美國人的文化、西班牙人的文化，語言很多，文化也很多，很容易吵架，但通通加在一起，才是菲律賓！」

「我可以問一個問題嗎？」琉璃小心翼翼地問。

「什麼？」

「這邊的客人都不是一般人……嗎？那妳是……？」

蕾娜迸出了一串清亮的笑聲，然後她裝作一臉神祕，小聲地說：「祕密！」

蕾娜轉去跟郭醫師說話，琉璃走出店門，陽光正強，即便已經十一月了，還是熱得像夏天，剛出餐廳她就冒了一整頭的汗。

承揚見她走過來，舉起他的手機螢幕給她看，問道：「這你們弄的嗎？」

琉璃好奇地湊上前，但陽光太強了，她實在看不清楚，用手遮在手機上之後才看得出是什麼東西。

是彥姍說的跨校校外教學，短短的一天多，竟然上了新聞。

「是彥姍弄的。」

「在教會那邊看到的那個人？」

「對。」

承揚聽到這個簡短的回答，心知其中必有問題，探問說：「所以，妳們後來怎麼了？」

「沒有怎樣。」

「哦？」

琉璃見他一臉不信，嘆了一大口氣，重點摘要地講完她們吵架的經過，好像恨不得早點結束這個話題。

「哦哦，網路上的確有人在罵老師……欸！」承揚邊滑手機邊說，琉璃一聽到前半句，立刻搶了過來。

她嫌用手遮陽麻煩，找了個樹蔭，開始認真讀新聞底下的留言。

承揚默默跟了過去，只聽她義憤填膺地說：「什麼被大人操弄？傀儡？這明明就是彥姍他們自己想做的！老師哪有教壞我們？然後這個職業學生又是在說什麼？」

「雖然不是妳的主意，他們被攻擊，妳還是很不爽呢。」

「我……」琉璃被氣到都累了，懶得理他的風涼話。

承揚觀察了一下琉璃，用正經的語氣問：「所以妳打算怎樣？」

琉璃不答，過了一陣子，才問：「能夠看到的人，是不是都經歷過很糟糕的事？」

承揚沒有說話。

「我一直讓彥姍幫我，可是我卻根本不瞭解她。」

「大家都這樣吧。」承揚聳聳肩。

琉璃有點鼻酸，她一直避免去想彥姍與自己的爭執，因為不知道該怎麼辦，想了好像也沒有用，但現在，這個瞬間，她才意識到自己有多想念對方。

17

讓北投最為特別的一點，是地熱谷。地熱谷是一個特別的存在，從地心衝上來的能量，似乎在北投創造出一個生與死的間隙，因此即便是無心離開的人，若是意外墜落，也會消失。這非常奇特，沒有人能找到合理解釋，然而因為有過實際的案例——正是我所提到的悲劇，所以真實性是無庸置疑的。

琉璃一個人去了咖啡館。

承揚和郭醫師出了捷運站，直接去眷村。琉璃則決定先去咖啡館找美玲。她忽然覺得很陌生，明明是之前常去的地方，但只要有一天沒去，就好像隔了非常、非常久一樣。

雖然外頭很熱，林子裡依然清涼，即便有陽光，背光處也仍透著寒氣。箱子在門口打盹，虎斑的毛在陽光下閃閃發光，好像抹了油。琉璃一走近，箱子就醒了過來，機警地張望四周。

「吵醒你了，對不起喔。」琉璃好似得到了個延遲進門的藉口，坐在門口階梯上，用一隻手輕輕搔著箱子下巴兩側的肉。箱子舒服地瞇起眼，忽然站起身，大搖大擺地跨到琉璃的大腿上，一屁股坐下，兩隻小手縮進胸前，又開始打盹。

「你這樣對嗎？」琉璃戳了戳箱子的額頭，箱子慵懶地喵了一聲以示抗議。

背後風鈴傳來了叮叮噹噹的聲音，琉璃知道背後的門打開了，她沒有回頭，不知道會看到怎樣的美玲。

「原來琉璃是會跟貓說話的那種人。」

琉璃大驚，那不是美玲的聲音。她回過頭，笑盈盈的溫老師站在門口。

「為什麼要一臉做壞事被抓到的表情啦？」溫老師輕鬆地說，調整了下墨綠色的長裙，坐到她旁邊。

「老師為什麼……老師知道我……」

「嗯，上次我睡一睡醒來，聽到妳跟美玲在講話，我就知道了。」

「天啊。」琉璃掩面。

「這句話留給我說吧。」溫老師打趣地說。「被學生看到這麼不像樣的老師，我才覺得我的天啊。」

琉璃用力搖頭。

溫老師嘆道：「我真的是很糟糕的老師啊……」

「我覺得……我覺得很厲害。」琉璃不斷搖頭，卻也不知道該如何描述。「就是很厲害。」

她再次掩面，為自己的詞窮感到無奈。

溫老師莞爾一笑，輕輕地說：「沒什麼厲害，我也只是想著，要活下去！我要活下去！就只是這樣，回頭一看，幾十年就過去了。」

琉璃忽然想起網路上對跨校校外教學的謾罵，滿臉罪惡感地囁嚅：「老師有看到……新聞嗎？」

溫老師見她畏縮，反而笑了起來。「妳說跨校校外教學嗎？」

「我不想要讓老師被罵……可是彥……同學說，對的事情就該做。」琉璃滿臉困惑地問：「到底要怎樣呢？」

溫老師笑了笑說：「我覺得沒關係，我是老師，你們有學到東西，有遵照自己的心，做對的事，對我來說才是最重要的。」

琉璃用顫抖的聲音問：「那如果，只是如果，有人發生了什麼事，妳想要幫他，以為自己在做對的事，可是他卻覺得很討厭……這樣呢？」

溫老師看見琉璃心裡的動搖，她認真思考了下，然後說：「如果可以，先跟對方聊聊可能會比較好。如果沒辦法，那……出發點既然是善意，妳也相信那是對的，那只好去做了？」

溫老師看著沒被說服的琉璃，微笑著繼續道：「不要因為害怕犯錯，所以就什麼都不做了。當然，這不是說傷害別人沒關係，如果別人覺得受傷，那我們就跟他們好好問清楚，理解自己做錯了什麼，然後好好地道歉吧！」

「如果是道歉不了的人呢？」

溫老師蹙眉，話題逐漸邁入連她也覺得棘手的方向，但在琉璃轉來的那一天，她就有預感將來會有這樣的對話。

「妳在說媽媽，是嗎？」她溫柔地問。

琉璃退縮，低頭不語。

「老師是局外人，不知道到底發生了什麼事，妳想要跟我說嗎？」

「媽媽說，早知道就不帶我走了。她不想被我聽到，可是我聽到了。」

溫老師起身，蹲到琉璃面前，直視她的臉：「琉璃真的覺得媽媽不想要妳嗎？妳有感覺過媽媽不愛妳嗎？」

「都是因為我……」琉璃不斷搖頭，眼淚像玻璃珠一滴一滴掉了下來，原本睡得正舒服的箱子被震動吵醒，牠抬頭，看著哭泣的琉璃，綠色的眼珠透著好奇。

「琉璃，」溫老師握住了琉璃的手，「不是這樣的。雖然老師不是琉璃媽媽，不能確定她是怎麼想，但我覺得是因為她很愛妳，所以才想要帶妳一起走、一起生活，這些，都是琉璃媽媽的選擇，就算是離開……也是她的選擇。」

琉璃一直搖頭、搖頭、搖頭，一直盯著她看的箱子低下頭，默默地舔了舔她的手，琉璃也伸出手，輕輕挽著箱子，箱子下巴靠在琉璃手上，送來了溫暖的體溫。

「琉璃，琉璃，妳看老師。」溫老師堅定地等到琉璃抬起頭，和她四目相視，然後她用輕柔但令人安定的聲音說：「妳有想過嗎？如果媽媽知道妳認為是自己的錯，在這裡哭得這麼難過，她會怎麼想？她也不想看到……」

「我不知道她會怎麼想。」琉璃還是在哭，還是搖頭。

溫老師也束手無策了，面對巨大的罪惡感和悲傷，她只能坐回琉璃旁邊，伸手擁抱著她，陪著她一起哭。

□

琉璃醒來時，天色已經暗了，她揉了揉眼睛，自己正睡在咖啡館的沙發椅上，身上還披著一件披肩。她心裡一慌，趕忙看手機，還好沒有爸爸的訊息。

「我讓芳芳先走了，我想，妳需要一點空間。」美玲走上前，托盤上放著一碗湯。「妳要不要喝一點湯？我剛剛煮了香菇雞湯。」

琉璃右手拿起了湯匙，可是卻不住顫抖，她用左手扶著右手，艱辛地舀起一口湯，放到嘴裡，香菇的清香讓人如此安心，她每一次吃到香菇雞湯，就會有回家的感覺。

「媽媽很常煮香菇雞湯。」琉璃說。

「這大概是全台灣人的家常菜吧。」美玲笑說。

琉璃邊想邊吃，美玲坐在她旁邊，拎起箱子放在自己腿上，輕輕地幫箱子梳毛。

等她吃得差不多，美玲才開始說：「小揚剛剛有回來一趟，他說在溫泉博物館，高橋先生、郭醫師召開了會議，這是有分界之後的第一次聯合會議。快要開始了，妳如果想去的話，得加緊腳步。」

琉璃立刻站起身，但隨即又躊躇了下，默默坐了下來。

「妳也要去嗎？」

「不知道，琉璃覺得呢？」

「我……萬一，我不知道，如果我講了什麼，別人不高興……」

「琉璃是很體貼的人。」

「嗯？」

「只有擔心其他人感受的人，才會擔心自己說錯話。琉璃也許還不知道，這世界多得是不在乎其他人感受的人。」

琉璃低頭沉思。

「我還是去好了。」美玲把箱子放到椅子上，站了起來。「小孩在苦惱的時候，大人怎麼可以猶豫呢？」

琉璃仰頭看著美玲，她好像突然變高了二十公分，像是一個強壯的巨人。

「那我也要去。」琉璃下定了決心。

美玲微笑，她拿起剛剛琉璃蓋著的披肩，披在琉璃肩上。

「不會冷啦。」琉璃咕噥。

「琉璃要懂得照顧自己，大家都很關心妳喔。」美玲輕笑道：「剛剛小揚來，也很擔心妳，別看這小子平常一臉死樣子，表情還是會出賣他。」

「為什麼……」

「妳也關心我們啊，那妳為什麼要關心我們？」

18

見到悲劇的發生，也等於知道了自我毀滅的方法，我開始多次質問自己，我為何還在？我的心願是什麼？如果不能完成，我難道要永遠留在這裡？即便認同自己是世界的一部分，但我們的存在對這片土地真的不會增加負擔嗎？我們是本體的恨、是本體的痛，這些沉重，真的該留在這塊土地嗎？

從一般人的視角，溫泉博物館下午五點以後就閉館了，裡頭一片漆黑。美玲帶著琉璃穿越建築背面的一道暗門，往樓上走，在爬樓梯時，就可以聽見激辯的聲音透過牆壁傳了過來，不一會兒，她們來到了一間很大的和室。

方方正正的和室裡，三個群體分坐三邊，一邊是以高橋先生為首的日本人，一邊是以郭醫師為首的眷村人、軍警，琉璃注意到，黃正雄與阿明都沒有出席。

最後一邊則是混雜著各種不同的人——例如加代、林先生，甚至連女巫遠娘都來了，她見到琉璃和美玲，微笑地揮了揮手。而很有趣的是，也有穿和服或是軍警制服的人坐到了這一區。

美玲走到遠娘旁邊，親暱地擁抱、問了聲好。琉璃跟在她身後，她看到承揚坐在郭醫師的旁邊，正望向她，四目相接，他立刻撇過了頭。琉璃突然想到自己才剛大哭過，不知道看起來是什麼模樣，尷尬地揉了揉酸澀的眼睛。

「有界線可以有效避免衝突，不然三天兩頭吵架，中國人也許不怕，我們可不喜歡這套。」

「誰愛跟小日本人吵？明明都是你們來挑釁！皮笑肉不笑……」

「我們禮貌、有教養，哪像你們，說話跟穿著都有點……」

「你他媽有點什麼？男子漢大丈夫講話就講清楚！」

「請不要進行人身攻擊。」高橋先生對方才講話的日本人說。

「我們在會議開始前，已經獲得大家的同意，這會議是給大家討論的，不是用來吵架。」郭醫師說。

「為什麼要在這裡？我們又不是日本人，誰像他們一樣喜歡坐地板？」

「這已經是目前地理位置上最中立、空間最充足的地方了。」郭醫師說：「我們也可以去美玲的咖啡館，只是，眼下仍有很多人對那裡抱有遲疑吧？」

「加代回以前的學校過，你們升旗訓話，不也都教小孩盤腿坐地上？小孩可以，大人不行嗎？」加代說。

底下一片嗡嗡交談聲，但沒再有人對此提出抗議。

「讓我們重新回到是否要有分界的問題……」高橋先生繼續說。

琉璃向遠娘低聲問：「怎麼會討論這個？消失的事呢？」

「在高橋先生和郭醫師的斡旋下，大家願意一同討論未來策略。高橋先生剛剛提到，這次的凶手似乎刻意挑撥族群衝突，想讓雙邊自取滅亡，突然就有人提出分界的問題。」遠娘說著，忽然掩嘴笑了。「不過，比起開會談什麼，讓我覺得有趣的，倒是臭小鬼的另一面。」

「咦？」

「講話很惹人厭的臭小鬼。」遠娘指了指承揚。「一開始大家要分兩邊坐，他就問說：『我們只分兩邊嗎？』大家想了想，也覺得這樣太絕對，於是就有了第三邊。」

琉璃很意外，她還記得一開始，最執著於界線、分類的，就是承揚，甚至還因此讓加代哭了。

討論還在持續進行。

「我覺得界線可以有，但不應該加在本島人身上，內地人當初也沒真把我們當日本人。」

「本省人不是討厭外省人嗎？討厭就不要來啊！」

「分界其實一點意義都沒有，很多人私底下都沒在管。」

「對啊對啊，就算有界線，很多人還是會跑到日本人的餐館吃飯，也有日本人會來咱們的酒家喝酒。」

「欸！我有個好主意，不如我們保留界線，但不要限制行動，只要限制居住的地方？」

「美玲妳覺得呢？」郭醫師突然問。

被點名的美玲一時有些慌亂，她環顧了四周或有敵意、或沒敵意的一雙雙眼睛，不知該如何是好。琉璃輕輕握住了美玲的手臂，她一愣，隨即微微笑了。

美玲靜下心思考，緩緩說：「我懂的沒有很多，不過我對北投的酒店熟，也懂一點吃。北投的酒店以前是日本人的旅館，日本人喝酒愛配下酒菜，配樂手唱歌，後來變民國年，好多東西都變了，但這兩件事都跟旅館一起留了下來，變成了酒家菜跟那卡西。酒家菜有佛跳牆、有魷魚螺肉蒜、有菜脯蛋，也有生魚片。那卡西會唱鄧麗君的《甜蜜蜜》，也會唱日本演歌《長崎蝴蝶姑娘》，唱台語歌《心事誰人知》。不同的年代、不同的事物一層、一層疊加起來，才是完整的北投。」

琉璃聽著美玲緩緩道來，忽然想起遠娘曾經說的：「生與死，個體與靈魂，加在一起才是完整的世界。」

底下許多人似乎被觸動了，默默低下頭，郭醫師微笑，正要說話，卻聽到一個嘲諷的聲音說道：「這樣聽起來，我們可真沒有地位啊！」

所有人朝聲音來向看去，琉璃與承揚都是一愣，竟然是之前看過的圓禮帽巴賽族人，身旁還跟了方布衣壯漢及長衫男。

琉璃迫切地張望，發現彥姍不在，才失落地垂下頭。

「我們何德何能，竟然能讓三位大駕光臨？」郭醫師顫抖著要起身，承揚趕緊攙扶他。

「你們沒禮貌的小孩亂闖進我們的聚會，搞得大家很不愉快……不過我們的年輕族人——很明顯優秀許多——說服了幾位頭目。」圓禮帽男刻意看了琉璃一眼，她低下頭，知道他在講彥姍。「她說，如果我們沒有人代表出席，只會讓我們更沒有地位，因為不會有人幫我們說話——這說得可真對，一來就驗證了。」

「你們能來真的太好了，日本人的所作所為，我區區一人無力改變，也無法代表任何人，但我希望以個人的身分，對各位致上歉意。」高橋先生鞠躬，然後他有禮貌地詢問：「敢問三位大名？」

圓禮帽男眉毛微挑，但最後只是淡淡地說：「我沒有名字，族語在我出世時已經幾乎消失，我亦不認同我的漢人名或日本名，叫我無名氏便了。」

「陳清正。」長衫男說。

「我是Hoton，意思是猴子。」方布衣的壯漢說。「雖然身材可一點都不像猴子。」

一聽到「猴」字，眷村數人面露哀戚之色，其他人神情也都變得有些沉重。琉璃現在才注意到，阿明沒有來。

「怎麼了嗎？聽到我不像猴子大家很失望嗎？」Hoton問無名氏。

「不瞞幾位，我們剛失去了一位很重要的夥伴，他的綽號便是『阿猴』。」郭醫師說。

「關於這件事，」無名氏說：「林頭目要我轉告，這次的事件他不清楚原委，但能讓人消失，一定是觸碰到了那人的弱點。若要避免，你們可以先跟自己人溝通。內心強壯者，不會輕易被動搖——雖然這點對我們來說太難了，如果足夠強壯，大概就不會有我們的誕生。」

「從自己的內心下手，而不是尋找凶手，是嗎？」高橋先生沉吟。

「凶手要找，但自己人要先保護。」陳清正說。「就像我們永遠都不會忘記，你們對我們做了什麼。」

「我們才沒有對你們做……」人群中才有人要發作，就被旁邊的人擋了下來。

「巫。」無名氏轉向遠娘，輕聲說：「潘頭目要我跟妳說，我們永遠都歡迎妳，族人生活型態也許變了、回不去了，但北投社依然是北投社，只要我們還在一起，還認同自己是巴賽，巴賽就不會消失。」

遠娘從他們三人到來後，一直緊緊注視著他們，又是驚喜他們的到來，又是怕他們來勢洶洶，將引起衝突。這時忽然聽見溫和言語，她心中一揪，不過表面上沒有表現出來，只是淺笑道：「太好了，請代我向他們問好。」

會議又進行了兩個小時，除了界線，還討論了凶手可能的做法、挑起族群紛爭的用意，雖然都沒有結論，但大家看起來好像輕鬆許多，氣氛也活絡了起來。

界線的事情尚無定論，有人提議讓有意願的人分組，組內包含各個族群，然後再提出可行方案。這個做法得到大家的贊同，於是就決議有意願者向美玲進行登記，預計在咖啡館再開一次會。

從頭到尾，三個巴賽人都在場，沒有離開，成為方形房間的第四邊。

「妳沒有要過去他們那邊嗎？」琉璃悄聲問遠娘。

遠娘搖搖頭，笑道：「如果這一塊是不知道自己是誰，或是覺得自己就只是『台灣人』，那我在這裡也沒有錯，以前我可能會過去，但現在我有了不一樣的想法。」

「什麼想法？」

「我屬於這塊土地，不管我用什麼方法過生活，我都是這塊土地的人。」

琉璃聽了，也開始思考自己為什麼毫不猶豫地走向這裡，是因為美玲走到這裡嗎？還是因為她不想要屬於任何一方？

「我們該回去了，圖書館閉館時間已經過了。」承揚走到琉璃身旁，輕聲說。

「你們爸媽都不會懷疑嗎？」遠娘問他們，特別看著承揚。「你看起來非常不像是會待圖書館的人。」

「偏見，我在學校可是閱讀小尖兵。」

遠娘挑起一邊細眉。

「老人可能不會知道那是什麼啦，可是……」

遠娘伸手要拍承揚的頭，卻停了下來，承揚趁機躲過了她的手，正自得意，才留意到無名氏走了過來。

「你們這兩個小孩真的很多事，哪裡都陰魂不散……」無名氏沒好氣地說。

琉璃打斷了他：「對不起，上次……」

無名氏看著琉璃，聳聳肩、揮了揮手道：「姍要我跟你們說，明天早上，北投長老教會的禮拜，頭目想見你們。」

「什麼？」兩人異口同聲。

「沒錯，不可思議，為什麼要見你們這種無知的小孩？不過既然頭目都這樣說了，我也沒什麼好說的。」無名氏頓了一下，然後說：「無知不是罪，真正的錯誤是發現自己無知，卻不願向他人學習……這樣說你們懂嗎？」

19

有些人認為，有我們的重量，人類才不會重蹈覆轍，因此我們有存在的價值，生命體超脫了真實世界的束縛，是最中立、理性的存在——我曾經這樣想過，然而我卻越來越無法苟同。即便是生命體，也有善惡之分。

思哲終於回家休息的時候，已經是早上了，琉璃正在烤燒餅當早餐，見思哲回來，她想說點什麼，卻又不知道可以說什麼，最後只問：「要再烤一個嗎？」

思哲微笑，點了點頭。他的黑眼圈很重，眼睛滿是紅絲，好像很久沒睡了。

「我回來洗個澡，換個衣服，等等再過去。」

「叔叔他們都沒有去嗎？」琉璃依稀記得，思哲有兩個弟弟、一個妹妹，在她很小時見過。

思哲愣了一下，躊躇了幾秒，才說：「阿嬤是……二房，阿公的第二個老婆，我是她唯一的小孩，其他都過世了，叔叔他們都是大老婆後來生的小孩。阿嬤當初跟他們就不親，後來阿公買了這間公寓給她，叫她跟我搬出來，我們就更少聯絡了。」

琉璃似懂非懂地點點頭，剛好微波爐「叮」了一聲，把兩人嚇一跳，琉璃去拿熱豆漿，她想了想，把那杯豆漿遞給了思哲，自己又去冰箱拿豆漿。

思哲啜飲著溫溫甜甜的豆漿，見琉璃站在微波爐旁邊等待，他下定決心似地，走到琉璃旁，拉了餐桌旁的椅子給她，自己也坐下。

「我有重要的事情要跟琉璃說。」

琉璃不知道爸爸想講什麼，但看他一臉嚴肅，不禁心裡一凜，拿了豆漿便趕忙坐下來。

「爸爸希望，不讓阿嬤插管急救。」思哲平靜地說：「也就是說，下一次阿嬤情況變差，爸爸就打算讓阿嬤走了，不要再受折磨了。」

琉璃想起了阿嬤痛苦的表情，忍不住握著之前被阿嬤用力抓過的地方。

「可是阿嬤不只是爸爸一個人的親人，也是琉璃的親人。」思哲說。「所以，雖然這對琉璃來說可能還太早、也太沉重了，我還是覺得，要得到琉璃的同意才可以。」

琉璃兩手摸著溫暖的杯子，眼睛盯著豆漿的表面，她覺得喉嚨有點哽住的感覺，她不知道是因為爸爸正在認真地跟她講話，還是因為知道阿嬤不久後將會真的離開，不過她發現，對阿嬤的事情，自己心裡與其說難過，不如說有點寬心，這樣阿嬤就不用再痛苦下去了。

「妳覺得呢？」

琉璃吞了一口口水，靜下心，然後點了點頭。

「我知道了，謝謝琉璃。」思哲溫柔地說。

「我……我也要去看阿嬤嗎？」琉璃脫口而出，想到早上還和頭目有約，心裡開始拔河。

「如果琉璃想去，我們等一下可以一起去？」

琉璃低頭想了想，然後說：「我早上要跟同學……寫作業，下次再一起去。」

「好啊。」思哲突然想起什麼，問：「對了，網路上的活動，是你們同學辦的吧？」

琉璃差點忘記這件事了，她點點頭。

「妳還要我一起去嗎？」

琉璃一愣：「我不知道會不會有其他家長去……」

思哲趕忙說：「沒有啦，我只是問問看，想說妳可能需要……呃……」他左顧右盼，咕噥著說要去洗澡，但卻被琉璃叫住了。

「爸。」

思哲回過了頭，兩眼因為訝異而瞪大，他好久沒聽到這個稱呼了。

琉璃盯著豆漿，問說：「如果我同學……我們……想弄一個活動的網站，你可以教我們怎麼做嗎？」

思哲僵在原地，動也不動。

琉璃有點不好意思，趕忙說：「你很忙吧？沒關……」

思哲連忙說：「可以啊！對不起，好像……很久沒有被琉璃拜託什麼了，突然不知道該……哎，我在說什麼呢？沒問題喔！你們想什麼時候學？」

琉璃臉頰很燙，她真想趕快找個藉口跑走。「我再問我同學。」

還好這時候，烤箱響了起來，給琉璃一個非常正當的藉口，她落荒而逃，不過在把燒餅拿出來的時候，回頭偷瞄了一眼思哲，他正在揉眼睛，眼睛似乎比一開始更紅了。

□

「我們就直接進去嗎？」琉璃問。

承揚不答，機警地環顧四周。

這是琉璃第一次在白天、認真地看清楚北投長老教會的模樣，石牆與鐵門的後面，是一棟典雅的紅白相間建築，單層樓的樣子相當小巧可愛，像是不小心跑出歐洲鄉村，來國外蹓躂的小教堂。

見到那種大家都彼此認識的親近感，琉璃與承揚感到身為「外人」的壓力，在門口躊躇。

「你們幹嘛不進去？」彥姍的聲音在他們旁邊響起。

琉璃轉過頭面向她，想說什麼，卻說不出口。彥姍低下頭，尷尬地說：「就直接進去啦。」

彥姍走在前面，兩個人跟著，她似乎受不了這樣的氣氛，反而決定跟不認識的承揚說話：

「你叫什麼名字？」

「陸承揚。」

「你家有信什麼教嗎？」

「我沒有特別……我跟我媽去過圓山站附近的教堂，那好像是天主教？我自己也搞不太清楚，他們會用菲律賓人講的話。」

「你媽是菲律賓人？」

承揚防衛心大起，不過見到彥姍單純好奇的表情，他放下了一點敵意，簡單說：「對。」

「那你會說菲律賓話嗎？」

「菲律賓好像有很多種語言，但我都不會。」

「你可以去學啊。我一直很想學族語，只是族語已經消失太久了。」

承揚愣了一下，他從來沒想過要學習媽媽的語言，他一時頭腦轉不出個答案，於是看了看四周，隨口問：「妳平常都會來這裡嗎？」

彥姍搖了搖頭，說：「我跟我阿公都會搭公車，去遠一點的自立教會。」

她看到兩人疑惑的表情，解釋道：「這裡是我們族人的老教會，一開始來做禮拜的都是族人，後來有越來越多漢人也來禮拜，兩邊發生了很多衝突，所以我們的族人就另外創了一個教會，希望讓族人有一個可以安心禱告的地方。我們家的人後來都是去那裡，今天是因為你們要來，所以我才過來。」

「哦。」承揚不知道該說什麼，只能尷尬地應了一聲，彥姍也沒再說什麼。

他們三人魚貫走入長木椅，琉璃刻意落到了最後，於是承揚只能不情願地被夾在中間。他們在教會裡顯得格格不入，有個看起來很熱心阿姨想來搭話，見牧師已站上台子了才作罷。

「頭目呢？」承揚小聲問彥姍。

「久等了。」渾厚的聲音在他們身邊響起，一個身材壯碩的中年男子在他們身邊坐下，他身上披著和 Hoton 類似的方布衫，有著一雙晶亮的眼睛，好像夜空的星星，面孔倒是非常和善。

「這是林頭目，潘家和林家是北投社最大的頭目家族。」彥姍小聲說明。「頭目，這是陸承揚、張琉璃。」

林頭目坐在琉璃旁邊，微笑說：「你們聽我說話，有什麼想回應的，寫下來便是。別打擾了兄弟姊妹們的禮拜。」

他們三人點了點頭。

「我們北投社的靈，還有另一位潘頭目，不過他現在都去他後代創建的自立教會，說那裡才是族人的聚集地，所以今天只有我來。」林頭目說：「我先介紹我自己，我作為部落的領導者，曾經歷過清朝、日本的統治……恰巧是北投社開始流離前的最後歲月。」

「流離……」琉璃喃喃自語。

「沒錯，北投社的歷史，就是一部離散史。」

輕柔的鋼琴聲響起，台上、台下的人齊聲吟唱：「上主作我至好牧者，我無欠缺一件：青翠草埔互我徛起，導到安靜水邊。互我靈魂精英醒悟，導我行義的路；我雖行過死蔭山谷，免驚死無兇惡……」

林頭目也停下了說話，雙唇微動，似乎在跟著哼唱，但卻沒有發出聲音。

琉璃拿出了紙筆——從之前留下的習慣，她寫道：「好聽。」

林頭目微笑，悠悠地說：「是啊，我們還在頂社的時候，大家都信基督教，清晨或傍晚，有人唱詩，隔壁的人聽到，就一起唱，本來是一家的人在唱，就變成兩家、三家、四家、五家，最後變成整座山谷的大合唱……」

林頭目說話的時候，配著眾人的歌聲，琉璃彷彿可以感受到自己站在山谷中央，四周都迴盪著歌聲。

「那是我們最幸福快樂的日子了，要聚會時，只要喊說：『來喔！一起走喔！』就會從一個人，變成一群人。」林頭目頓了一下，繼續說：「這都是日本人來之前的事了。」

他的語氣相當平靜，底下暗潮洶湧，海面卻毫無波紋。

彥姍跟著台上的牧師唱，承揚則是低頭沉思，琉璃看著前方的十字架，聆聽周遭的歌聲，試圖整理自己的情緒。雖然頭目說的故事已是非常遙遠的事，但這個瞬間，卻非常靠近。

台上的人誦唸：「行佇黑暗中的人，已經看見大光。」台下的人接續：「生活佇死蔭的地的人，有光照耀他們。」

林頭目輕聲道，像是自言自語，而非對任何人說話：「我一直很懊悔，都是從我們這一代開始的……如果我不那麼好客，不要招待日本人、漢人？是不是就不一樣了？我害慘我的後代，他們連要爭取回族人的土地，都有人說，自己祖先賣掉的，爭什麼？」

琉璃和承揚不知該怎麼反應，看向彥姍，她搖了搖頭，不知道是說不用回應，還是她也不知道該怎麼辦。

林頭目胸口劇烈起伏，再也講不下去，停了好一陣子，才忽然醒過來般，他看著三人，微笑道：「抱歉，活得久了的壞習慣，老是喜歡和年輕人講古。」

琉璃搖了搖頭，她不知道該怎麼面對這些沉重的過去，但心裡下也有奇異的渴望，想要知道更多。

林頭目微微一笑，輕聲說：「傳說，我們祖先來自三賽（Sanasai），不堪妖怪山魈（Sansiau）之擾，他們跨越大洋，來到這座島嶼，抽了籤，贏者在山下，敗者到山間，被迫到山上的人不服，所以開始了無止盡的鬥爭。他們大概沒想到，躲過了山魈，還是躲不過流血的命運。」

「你們是幸運的一代，你們出生之後，這片土地已不再血跡斑斑。然而你們也是不幸的一代，必須要面對好幾代留下來的債。」林頭目慈愛地看著彥姍。「我是很慶幸的，我們的孩子開始主動往回走，走過巴賽歷史的一片荊棘。是她提醒了我們，要讓更多人站在我們這邊……我們需要讓更多人瞭解。所以我今天不是來談恨，而是想聊聊未來。」

歌唱聲再次取代了他的聲音：「……咱應該著隨祂，倚靠祂導路，無論經過曠野，抑是踮草埔。耶穌作咱牧者……」

林頭目對琉璃和承揚說：「彥姍是巴賽的孩子，她已經決定要替巴賽說話，做一個異議者。她的路孤單、充滿阻礙，希望你們伴她身邊，你們和一般孩子不一樣，更強大，卻也更脆弱，請你們替彼此點一盞燈，在迷霧之中。」

承揚盯著琉璃看，而琉璃則偷瞄了彥姍一眼，彥姍看著自己的手，好像突然對手產生了非常大的興趣。

「嗯。」琉璃輕聲應道。

她的聲音很小，淹沒在眾人的歌聲中，但彥姍聽到了，她依然死盯著自己的手，但卻露出了一個微笑。

觀察著這一切的承揚也微微一笑，他發現林頭目正盯著他看，他聳了聳肩，點點頭。

林頭目轉頭看向前方，似乎又陷入了自言自語的狀態：「巴賽部落總會有刺桐，開花時一片火紅，非常……非常地耀眼啊！像是一簇火焰，是生命，而不是毀滅……什麼時候，我們會再次看到盛開的刺桐呢？」

20

那些讓這塊土地鮮血滿布、帶來仇恨的外來者，憑什麼繼續糾纏這塊土地？作為台灣人，我生前受盡日本人、中國人的擺布，就是因為這樣的悲哀，我才成為這樣不倫不類的生命體——然而，這些生命體卻不知悔改，只是恣意享受這塊土地的好處。不可原諒，這真的不可原諒。

告別了頭目，三人不知道該去哪裡，就在街道上亂晃。

「妳上次不是問我，媽媽是菲律賓人有什麼差別嗎？」承揚對琉璃說。

「啊，對。」

「我媽國語不太會讀，我爸不管事，所以從小，學校的事我都要自己弄，什麼都要自己研究，會讓我覺得自己跟其他人不一樣……有時候覺得很煩。」

「學校有什麼事要弄嗎？」琉璃困惑，但她一問出口就感到不好意思。「抱歉。」

承揚笑說：「沒弄過就不會知道吧？」

「誰會知道啦……」琉璃低聲抱怨。「到底什麼時候才能不講錯話啊？」

「沒事啦沒事。」彥姍說。「頭目之前很常跟我說：『慢慢來，只要有好好苦惱過，就已經不一樣了。』」

琉璃歪頭想了想，然後輕笑，她戳了彥姍的腰說：「妳到底怎麼說服他們的？」

彥姍躲開，挑眉說：「就慢慢講清楚而已，是你們上次太亂來了。」

「動作慢還手賤。」見到琉璃攻擊失敗，承揚點評。

琉璃白了他一眼，伸手就要搔他癢。承揚和彥姍使了個眼色，兩人同時抓住琉璃，開始搔她癢。

「犯規！」琉璃笑得上氣不接下氣，忙著掙扎，像是一隻被抓上岸的魚。

「我們是同盟！」承揚笑道。

琉璃終於掙脫他們的魔掌，趕忙往後退幾步，喘著氣。承揚和彥姍互看一眼，擊掌。

「你們認識巫嗎？潘遠娘？」彥姍突然想到，於是發問。

「妳說那個脾氣很差的女巫？」承揚撇了撇嘴。

彥姍眨眨眼又瞇起眼，不知道該說是還是不是。

琉璃巴了承揚的頭，說：「認識，妳想要見她嗎？」

彥姍猶疑了一下，緩緩說：「想……我有事想問她。」

□

因為承揚想去看看前一天沒出席會議的阿明，於是他們三人先繞去了中心新村一趟，卻發現他不在家。

「會沒事……」琉璃遲疑地說。

「嗯。」承揚沒多說什麼，只是點點頭。

他們走出眷村，經過醫院，走到岔路時，琉璃突然想起第一次來到這裡時，加代阻止她往下走。

「那邊有什麼嗎？」琉璃問，指向往下的路。

承揚皺著眉說：「沒什麼吧？就只是以前的警備總部，黃大哥平常都在那附近，妳如果想看，我們可以走過去，沒多遠。」

琉璃對那個地方有些害怕，又想說之後還有機會，於是說：「沒關係，下次吧。」

他們正要繼續往上走，差點迎面撞上林先生，林先生抱著兩本精裝書，一如往常地穿著非常紳士的服裝，看起來跟巴賽族的無名氏還挺像的。

「是你們啊？」林先生微笑道。「要去哪裡嗎？」

琉璃說：「我們要去找遠娘姊姊。啊，這是潘彥姍，是……」

「巴賽族的後代？」林先生伸手，和彥姍握手。「幸會。」

「這是林先生。」琉璃正要介紹，卻發現自己對林先生認識頗少。「嗯……是老師，然後以前有去日本唸書過？」

林先生笑了。「沒錯，我在日本唸大學，不過去了只是濫竽充數，不足掛齒。」

「林先生要去哪呢？」琉璃問。

林先生溫和地笑說：「我在找有陽光的地方看書，既然你們要往上走，我陪你們走一段吧，最近不甚太平，你們三個孩子自己走，我不放心。」

「咦，開會後不是沒事了嗎？」他們開始往上走時，琉璃問。

「怎麼可能那麼容易。」林先生說：「信服郭醫師和高橋先生的，自然已經安頓好了，然而紛爭如果那麼容易解開，就不會遺害百年了。」

「我聽說高橋先生以前是老師？」承揚在後頭問。

林先生說：「不錯，他是我的老師，我是因為他的鼓勵，才去唸師範學校。」

「竟然是這樣！」琉璃驚歎，她不自覺想起溫老師。

「高橋先生是一位可敬的人……真心為殖民地著想的日本人，屈指可數。」

「在日本留學是什麼感覺？」彥姍興致滿滿地問。

「在日本留學嗎？」林先生正要回答，卻見琉璃豎起耳朵傾聽，似乎聽到了什麼。「琉璃小姐？」

「有人在吵架……打架。」琉璃看向承揚。「阿明的聲音。」

兩人互看一眼，眼中都充滿了擔憂，拔腿就要往前衝，林先生拉住了他們。

「太危險了！這不是一般人該干涉的。」林先生厲聲說，這是琉璃第一次聽見林先生這麼大聲說話，她一愣，但承揚已經甩開了林先生的手，逕自往上坡跑。

琉璃向林先生說：「我們不會有事。」然後她問彥姍：「妳也來嗎？」林先生來不及反應，彥姍已點了點頭，跟著往前跑。琉璃心裡很慌，但她體力沒那麼好，沒一下子便喘了起來，反而彥姍跑得比較前面。

好在距離並不遠，不到一會兒，她們二人先後到了地熱谷上方的平台。平台上一團混亂，幾乎要分不清楚是誰在打誰，拳腳交雜，塵土飛揚。

一個人影正把另一人推向欄杆，承揚撞了過去，把他們都推到地上，承揚如果要跟成年人比力氣，八成是比不過的，不過準備推人入地熱谷的，也不是什麼健壯的人——是阿明。而另一個倒在地上的，是一個更加瘦小的日本青少年。周圍的人見這一摔，紛紛都停手了。

「阿明哥！」承揚喘著氣道：「你在幹嘛？」

阿明依然穿著軍裝，但不知為何，腳上卻踩著室內拖鞋。他橫眉怒目，面色猙獰，一個瞬間竟似不認識承揚，過了好幾秒，才逐漸清醒，冷淡地說：「不關你的事。」

「你瘋了，郭院長也說這跟日本人無關了！」

「我本來就瘋了，郭院長比誰都清楚，他可是負責電我的人呢。」阿明的聲音毫無情緒，反讓人更害怕。

「阿猴哥絕對不會……」

阿明忽然火冒三丈，他從懷裡掏出了阿猴的筆記本，整本甩在承揚面前，所有紙張四散，漫天飛揚。

阿明在飛舞的白紙中嘶吼：「阿猴死了！我們還要跟日本人談和？日本兵把我的同伴砍成兩半，把徐爺爺弄不見……一定是他們，是他們幹的！」

阿明猛地往前衝，撞向承揚，承揚忙用兩手抵住欄杆，但他手一滑，還是整個人倒栽蔥摔過柵欄。他快速用一手攀住欄杆，但卻扯到了幾天前拉傷的肩膀，悶哼一聲。

琉璃驚叫，彥姍和幾個反應快的，已經要往承揚那邊去，沒想到卻聽到一聲槍響。

所有人都愣住了，朝聲音方向看去，阿明正一小步、一小步移動，他一手用白色的綁帶扯著剛才日本青少年的脖子，另一手則是拿著正冒著煙的槍。日本青少年身高不高、又特別瘦小，幾乎是被拖著走。他伸手抓著綁帶，左右掙扎著，但力氣不足以抗衡。

琉璃見承揚自己爬不上來，想去幫他，往前走了一步。

阿明的槍口立刻指向她，她停了下來，看著漆黑的洞口，渾身發寒，她不知道那是什麼樣的槍，也不知道究竟傷不傷得了人。

「我們不會失敗！」阿明緩緩地說。他左右張望，向沒有任何東西的方向喊道：「三民主義！一年準備、二年反攻、三年掃蕩、五年成功！」

「阿明，也許我們該停一下……」一個眷村青年用顫抖的聲音說。

阿明向另一個方向說：「你為什麼要那樣看我？我沒辦法改變我的感受，我不想要欺騙我自己……我是男人……但我也就只是個人……」

另一個人趁阿明分神，衝上前想要奪槍，阿明的槍口轉向他。

阿明大笑：「死了，都死了……死了，都是血，血流滿地，腦漿、屎尿，都噴了出來，就在屍體旁邊，活該！報應！你看到了嗎？你看到了嗎？」

「阿明哥……我是小揚啊……」承揚一隻手抓著欄杆，用顫抖的聲音喊道。「你還記得徐爺爺的圍爐嗎？」

「圍爐……」阿明臉上的線條變得柔和了一點。「有人愛我了，娘親，有人愛我……他是個太好的人……我不配……」

隨即他又面目猙獰，更用力地扯著手上的綁帶：「他們把我綁起來！他們用電線電我！」

「阿猴哥很愛你。」另一個眷村的女孩大喊。

阿明停住動作。

「我愛他……他也愛我，原來……我也可以被愛。」阿明輕聲呢喃。

琉璃一直察看承揚的狀態，他似乎快撐不住了，臉色慘白，五官比抹布還扭曲。琉璃一見阿明開始呢喃，槍口微微向下，便橫著跨步，慢慢往承揚那邊移動，無視對方不斷搖頭阻止。

突然阿明臉色變得淒厲，他看向琉璃的方向叫道：「我已經什麼都沒有了！」

伴隨承揚「不要」的大喊，一聲巨大響彷彿把所有人硬生生拉到了現實，塵土飛揚的平台上，什麼都看不清。彥姍大驚，就要往琉璃跑去，才發現她已經跌倒在地，站在她旁邊的，是一個熟悉人影。

是林先生。

子彈貫穿了他的左胸，鮮血從洞口湧出，琉璃看著林先生，眼神充滿惶恐。

林先生卻只是若無其事地拍了拍襯衫上的塵土，他的血從傷口一路流到腰上，但他卻好像沒事一樣站著。

阿明看了看手上的槍，又看了看林先生身上的血，彷若嚇了一大跳，像丟掉滾燙鐵塊一般，把槍丟到了地上，他不禁連連後退好幾步。

彥姍趁著這個時間一躍向前，抓住承揚的手。一個眷村青年把阿明拋下的槍撿走，被抓著的日本青少年趁機掙脫，而其他人——無論哪個族群——都往承揚那邊去，一齊把他拉上來。

琉璃瞪大了眼睛，望著林先生，用顫抖的聲音問：「林先生……傷口……」

林先生淡淡一笑道：「就跟妳說危險，不要去了。你們現代的人比較重要啊。」

「血……」琉璃手撐著地，努力站起來。

「我們的傷好得很快，也死不了……用不著擔心。雖然這的確挺荒唐的。」林先生撫摸著襯衫上的洞口，底下有一個很深的傷口，有那麼一刻，琉璃覺得那幾乎像是一個山洞，一路可以看到背後的景色。她眼前一黑，幾乎要暈過去。

承揚被幾個人拉了上來，跌坐在地，他沒回應大家的關心，卻焦急地左顧右盼，像是在找什麼。「阿明哥呢？」他問。

大家忽然想了起來，開始四處張望。

突然，他們看到阿明站在平台另一端的欄杆上，靜靜地看著底下的地熱谷。

「阿明哥……」承揚掙扎著要站起來。

阿明回過頭，舉手制止了要往前的人，他的拖鞋彎成了欄杆的弧形，好像隨時都會滑落。

剛才被綁帶勒著的日本青少年忽然踏出一步，沙啞地說：「你以為只有你最苦嗎？」

阿明看著他，似乎不是很理解。

有人拉住了日本青少年，要他不要再往前。可是他揮掉了那人的手，向阿明走去。

「跳啊！有那個膽子的話，就不要只會站在那裡恐嚇大家。」

阿明沒有動作，只是看著他移動。

「你不是唯一一個揹負痛苦的人。」

日本青少年站在阿明的面前，與他正面對峙。

阿明閉上了眼，深呼吸，又張開了眼，眼睛似乎清亮不少。阿明彎下了腰，好似要從欄杆上下來，大夥大喜，正要上前去。

阿明平靜地說：「我是自由的。」

他揪著日本青少年的脖子，往後倒下，兩人一起滑落山坡，消失在所有人眼前。

眾人驚呼，紛紛搶上前，但欄杆後只見雜亂的草叢，已不見絲毫蹤影。

□

「你們都得把這個喝掉。」

琉璃坐在遠娘的坐墊上，抱著膝蓋，蜷縮成一顆球，彥姍直挺挺地坐著，盯著爐火，承揚則是站在窗邊，凝視著遠方。

遠娘在屋裡繞了幾圈，硬是在他們手裡各塞了一塊扇貝碟子，裡面裝了綠油油、黏糊糊的液體，承揚是三人中最先反應過來的，他聞到滿滿的草藥味，皺著眉頭，把碗拿遠了一點。

「喝。」遠娘命令。

琉璃稍微把碗拿近了些，聞了一下，皺著臉、屏住氣，喝了一口，滿滿的青草味和苦味佔據了舌尖，她把碗放下，拿起旁邊裝水的碟子，吞下去好幾口。她忽然感覺到自己失去了所有感覺，全身軟綿綿的，大概放鬆了幾秒之後，疲憊再次襲來。

彥姍把整碗都喝下去了，砰的一聲，放下了碗，臉扭成了一團，但隨即臉上所有肌肉都鬆了開來。

「這會幫助你們恢復身體跟精神，不要浪費。」

承揚看著遠娘嚴峻的眼神，還是決定把碗放下，不願意動它。琉璃則是繼續喝，每啜飲一口，就要配上幾口水。

有人敲了敲門，遠娘應了門，進來的是一高一矮兩名女子，高的女子穿著紅色和服，矮的女子則是穿著工作服。方才林先生被其他人送走前，交代說要把呆若木雞的三人組送到遠娘家。抵達時，她們兩人正和遠娘在閒聊，突然見發生大事，便跟著回到現場，留下遠娘照顧三個孩子。

琉璃看向她們，剛剛她腦袋一片空白，沒認出她們是誰，現在才發現兩人她都見過，是加代帶她繞北投時遇過的人，一個是在寺院前面，替眾多日本人演出三味線的女子，另一個則是星乃湯的千鶴。

遠娘低聲問：「怎麼樣了？」

紅色和服女子說：「什麼都沒找到，如果中村還在，他應該會跟我們會合，但大家誰都沒找到，他們有可能都掉進地熱谷，也可能是到下面繼續打，中村輸了，中國那個……叫什麼？」

「阿明。」承揚說。

她們三人一齊看向三個孩子，他們都在仔細聽著。

紅色和服女子目光巡視三人一周，繼續說：「阿明不知道是逃走了，還是也掉進去了，無法確定。高橋先生和郭院長都到現場了，不過兩方本來也已經冷靜下來，不如說，都嚇壞了。」

「林先生……」琉璃幾乎問不出口。

「他沒事，休息幾天就好了。」千鶴手裡拿著一疊紙、筆記本的封皮和塑膠書套，她遞給了承揚，說道：「我剛剛去撿了回來，這是你們眷村人的東西，你再看要怎麼處理。」

承揚顫抖著手，接過了筆記本的殘骸，他坐到琉璃身旁，小心翼翼地把紙張都攤在地上。琉璃勉強自己伸出手，開始一張一張，把紙張上的泥土拍掉。

紅色和服女子和千鶴並肩走到屋子裡，紅色和服女子拾起三味線，交給千鶴。

「我不確定……這是不是學琴的時機……」千鶴猶豫。

「女人無論遭遇什麼，都只能掌握自己的力量，沒有時間躊躇。」紅色和服女子說道，她見千鶴不接，便自己抱著三味線，跪坐在坐墊上，開始撥弦，彈著一首古風的曲調。

聽到音樂和她們的對話，彥姍彷彿清醒了過來，她看向遠娘，輕聲問：「我該叫妳們什麼？」

「她是千鶴，在星乃湯工作，這是小百合，是個藝旦。」遠娘說：「我是潘遠娘，妳可以叫我巫，妳就是我們北投社的後代？」

彥姍點頭道：「我叫潘彥姍。」

遠娘凝視著她，彥姍也直直迎向她的目光，過了半晌，遠娘緩緩說：「祖靈賦予妳感知的能力。」

彥姍皺起眉頭，思考了一下，說：「我不知道那算不算。」

「妳去過三層崎……而且妳感受到了土地的痛苦。」

彥姍畏縮，但隨即又挺直了身。「我不知道我感受到什麼，阿公不信這一套，阿姨是拜拜的，她說我體質偏陰。」

「但妳知道不是那樣。」

「我不確定。」

遠娘嘆了口氣。「我不知道該為妳感到高興，還是該為妳感到擔憂。」

「我常常作奇怪的夢，昨天我夢到了火焰。」彥姍脫口而出。「火焰，裡面有人，他一動也不動，雙手高舉，我想去救他，但我進不去，裡面太燙了，我拍打那扇門，突然地板裂開了，我掉進了一個迷宮裡，我每次以為看到了出口，卻又只是進到另一個迷宮。」

遠娘瞅著她，良久才說：「只有妳自己能找到夢境的解釋，我沒辦法幫妳。」

彥姍頹喪地坐回坐墊，小百合停下演奏，她再次把三味線交給千鶴，千鶴這次接了，她端端正正地跪坐，抱起三味線，小百合上前，幫她調整姿勢。

「這樣就對了。」小百合低聲說。

她優雅向旁移動一些，伸出纖纖玉手，扶著千鶴的手背，幫她放到對的位置，輕輕壓弦、撥弦。

琉璃聽著她們倆斷斷續續演奏的曲子，雖然尚不成調，但旋律卻相當悲傷，她的難過彷彿也被音符挑動了起來。

「為什麼有人會做這種事？」琉璃停下手邊的工作，脫口而出。所有人看向她，琉璃低下頭，小聲說：「為什麼要讓別人消失？我不懂。」

「因為恨吧。」小百合說。

琉璃看向小百合，她動作沒有停，繼續帶著千鶴彈琴，一邊說：「恨得足夠深，就會連所有沾到邊的人都一起恨。」

「恨什麼？」琉璃問。

「恨傷害你的人，恨跟傷害你的人一樣的人，恨這個世界。」

「聽起來妳很瞭解凶手。」承揚沒好氣地吐出這句話。

小百合放下雙手，琴聲戛然而止。她雙手放在膝上，垂頭一笑，道：「的確，我可能挺理解凶手。

「小百合妳不須理會……」遠娘瞪了承揚一眼。

「我被男人狠狠地欺騙過，騙到南洋當慰安婦。」小百合抬頭微笑，笑容非常冰冷。「白天當女傭，晚上陪士兵睡覺，他們過著死生一瞬間的日子，在床上哪有心力裝紳士？我……我太理解恨了。」

她的笑容好像讓整個空間溫度降了幾度，但隨即她嘆了口氣，五官線條變得柔和了些。

「唉，你們還聽不懂吧？」小百合輕聲道。「我只是想告訴你們，我剛回到北投的時候，也是怨恨所有的日本人，恨不得他們全都去死，連聽到日語都作嘔。」

「可是妳還是彈琴給日本人……」琉璃回想第一次見到小百合，她身旁都是穿著和服的男性。

「我是過了很久之後，才能把他們和那些欺負我的人分開，他們其實也都是可憐人，好幾個是蓋鐵軌死掉的。而且……」小百合再次長嘆：「我還是喜歡三味線，我需要觀眾，而他們喜歡我的音樂。」

「每個人……每個人都不一樣啊……」琉璃的心緒像洪水般滾滾而來，她的聲音漸趨激昂：「日本人，眷村人，每個人都不一樣啊，周媽媽是家庭主婦，高橋先生是老師，徐爺爺會辦圍爐，郭醫生喜歡吃菲律賓菜……為什麼……為什麼大家要這樣討厭彼此……」

琉璃越講越不知道自己在講什麼，她注意到其他人都在看她，她抱著頭，悶悶地說：「不知道，我也不知道我在說什麼。」

小百合輕笑道：「不打算懂的人，是不會懂的。妳該把心力放在別的地方，這世界有太多不重要的人了，聰明的女人要知道誰講理，誰哄一下就會服服貼貼，而誰又值得放入真心，並期待對方報以真情。」

琉璃抬起頭，眼眶微紅地看著小百合，而她只是嫣然一笑，然後又回去教千鶴彈琴了。

「你們要談談剛才的事嗎?」遠娘走到他們三人前面，詢問道。

三人沉默，琉璃最後說：「我不知道要講什麼。」

承揚剛好把所有紙張都放回筆記本書皮內，他搖了搖頭。

「你呢?孩子。」遠娘問彥姍。

彥姍沉吟許久，才說：「我之後想清楚了，再來吧。」

21

我曾經試圖與他們共存，我試著屏棄自己對他們的厭惡，然而只要我看著他們，我就會想到他們如何欺侮、嘲笑我和其他台灣人。就是他們，就是這些外來者佔地為王，殺死他們認為危險的勇敢之人，我一想到，就感到極其噁心。而壓垮駱駝的最後一根稻草，是分界事件。

琉璃趴在桌上，一點力氣都沒有，旁邊同學的笑語都是耳邊風，她好像什麼都沒聽到。她還記得阿明的槍口，她不知道如果真的被子彈射到將會如何，而她也還無法忘記林先生替她擋下那一槍的事，雖然他一直說沒事，但他難道不會痛嗎？

彥姍走到琉璃的座位前，輕聲說：「我有事要跟妳說。」

琉璃恍若未聞。

彥姍看著琉璃，兩手用力地拍在桌子上，聲音響到整個教室的人都聽到了，大家全盯著她們倆看。琉璃也被驚醒似地抬起頭，看著彥姍。

彥姍抬起手，抱怨道：「這比我想像中還痛。」

「妳剛剛有說什麼嗎？」

「妳真的都沒在聽欸。」

琉璃低下頭，小聲說：「抱歉。」

彥姍嘆了一口氣，問說：「妳知道今天星期幾嗎？」

琉璃歪頭想了一下。

「星期五，已經過五天了。」彥姍說：「該振作了吧？妳這五天都沒有去咖啡館，應該說，根本都沒走到任何比學校還更上坡的地方吧？」

琉璃沒有反應。

「我不知道我可以怎樣幫妳，妳要告訴我。」

琉璃只是搖搖頭，又趴回了桌上。

彥姍瞅著她，又嘆了一口氣，然後直接切入正題：「明天跨校校外教學，妳會去吧？順便連那個誰，陸承揚？他也可以一起去。」

「校外教學後來怎樣？」琉璃像是被關鍵字觸發，警覺心大作，立刻抬起了頭。

「沒怎樣啊，有些人在網路上嘰嘰歪歪，但不影響，學校一開始跟我說這不適合我們這個年紀的人，我就去找了導覽，那個導覽還帶過國小的小朋友參觀……最後學校就只跟記者說尊重學生個人行為。」

看到琉璃依然一臉擔憂，彥姍補充：「廖明宇跟他爸大吵了一架，雖然還在冷戰，但他媽有說服他爸不要跟學校吵架。阿雅媽媽不是在家長會嗎？阿雅說學校看沒家長抗議，好像就沒打算幹嘛，隨便我們了。」

「那就好。」琉璃鬆了一口氣。

「妳會來吧？」

琉璃沒有說話，她不知道自己為什麼變成現在這樣，但她只覺得全身都很無力，有人在她眼前殺了人，就算不是真正的人……也許正因為不是真正的人，她反而覺得更加難過。

彥姍瞇起眼，兩手拍在琉璃的臉上，說道：「反正妳現在也什麼都不想做，不是嗎？而且……」

琉璃歪著頭，疑惑地看著欲言又止的彥姍。

「我不是夢到有人在火裡面嗎？我覺得那應該就是告訴我們要去那裡找答案吧？」

「為什麼？」

彥姍瞪大了眼，不可置信地說：「什麼？妳不知道鄭南榕怎麼了嗎？上課不是有……」

彥姍還沒講完，忽然恍然大悟，一臉好笑地看著琉璃。琉璃則是用手遮住了臉說：「我……我當初上家教都沒在聽……」

「難怪妳成績那麼爛。」彥姍嘆了一口氣，坐了下來，似乎準備開始長篇大論。

□

週六一早，琉璃、彥姍和承揚在北投捷運站碰面，一起搭車到跨校校外教學的集合點：中山國中站。

上了捷運後，他們誰都沒講話，三人坐一排，琉璃坐在中間的位子。三人都沒滑手機或做別的事，但也都沒講話。

承揚開口，打破沉默：「妳阿嬤怎樣了？」

琉璃像是上課不專心突然被點名的學生，一時之間措手不及，定下心，才回答：「好很多了，我上次有跟我爸去看她，我爸這幾天都有回家睡覺。」

在那之後，他們倆又再次陷入了沉默。

這次換琉璃問：「你還好嗎？」

承揚沉默許久，才緩緩說：「我昨天夢到了徐爺爺的圍爐，阿猴想捉弄阿明，故意把他最討厭的香菜藏在他的飯底下，阿明吃到了，也不生氣，只是皺著臉把香菜吃掉，反而阿猴不好意思了，搶過來幫他吃……」

承揚說不下去，琉璃低聲問：「還是沒找到？」

「郭院長和高橋先生都派人去找，沒找到，可是郭院長還是堅持要繼續找下去。」

「要是真的找到了要怎麼辦？」

「不知道。」

又是一陣靜默。彥姍擔心地看著垂頭喪氣的兩人，她深思，然後拿出手機，翻開相簿，說：「你們要不要看我家的貓？」

琉璃因為這個突然改變的話題抬起頭，看了彥姍一眼。

「你看！」彥姍硬是把手機塞到他們眼前，照片上是一隻有白色腳掌的黑貓，只是貓咪的頭整個是糊的，看不太清楚長什麼樣子。

「襪子是從收容所領養的貓！聽說有些人認為白腳掌的貓會帶來不幸，真是胡說八道……」

「拍照技術太爛了吧。」承揚瞥了一眼，忍不住吐槽。

「好可愛。」琉璃被照片逗得微笑。「我還以為彥姍比較喜歡狗。」

「有！我們家也有養狗！」彥姍拿回手機，翻了一下，秀給琉璃看一張襪子趴在一隻黑色豎耳大狗身上的照片——整條地平線都是歪的。「這是我家的小黃。」

「不是小黑嗎？」

「所以才要叫小黃啊，這樣就不會有人拐走他了！如果叫小黑，別人一叫『小黑！』他不就會跑走了嗎？」

琉璃咯咯笑，彥姍稍微放下了心。

承揚盯著角度非常奇怪的照片，突然問：「箱子是真的貓還是貓的靈魂啊？」

琉璃一愣，她還真的都沒想過這個問題。

「動物也會分裂出靈魂嗎？」承揚繼續問。

「我問過美玲。」彥姍說，看到琉璃瞪大的雙眼，她笑說：「對，我自己去的，誰教妳都不理我。」

「林先生……」

「美玲說他沒事，看起來只是需要休息幾天，不過他看起來有點累。」

琉璃有些沮喪。

「他會跟之前一樣，美玲叫妳不要擔心。」彥姍安慰她。

「所以她說箱子是什麼？」承揚追問。

「她也不知道，她說有一天箱子自己跑了過來，她也不知道箱子是單純的流浪貓，還是貓的靈魂或記憶，反正箱子想住下來，那美玲也就留著，有箱子陪也比較開心。」

「連她都分不出來？」承揚感到不可思議。

「美玲說，如果是人，她的直覺通常是對的，但動物的話就不一定了。」

「如果動物也跟人一樣會分裂出……」琉璃忽然覺得資訊量有點爆炸，她難以想像那會是怎樣的世界。

□

最終來的人只有十多人，明宇、伊寧都在，也有幾個他們不認識的人，還有一個家長，那個家長主動找彥姍打招呼，說自己也想參加，所以就來了。

單就人數來說，比網路上說要參加的人少了太多，甚至連班上同學後來也都陸陸續續有事，沒辦法來。琉璃瞅著彥姍，擔心她會失落，不過彥姍只有閃過一秒的落寞，立刻就又換上了燦爛的笑容。

「剛剛好！聽說紀念館也不大。」彥姍說。

「嗯。」琉璃輕聲應道。

「我來帶隊！」彥姍開始整隊，她拍了拍手，引起大家的注意，然後說：「大家好，我是彥姍，這次的主揪！謝謝大家來參加這次的跨校校外教學，我們等一下會有很厲害的導覽員，那我們就不說廢話，出發囉！」

彥姍和同班同學一開始走，馬上嘰哩呱啦起來，吵吵鬧鬧的，引來幾個路人的不滿表情，彥姍忙比手勢叫大家小聲一點。琉璃則落在隊伍後面，走在承揚旁邊，他們後頭還跟了兩個不認識的國中生與那位同行的家長。

琉璃注意到後面幾人看起來很不自在，她遲疑了下，主動回頭問：「嗨，我叫張琉璃，你們怎麼會來？」

一個穿著牛仔連身裙、臉圓圓的女孩怯生生地說：「我媽在網路上看到的……」她伸手指了一下後面的那個阿姨，琉璃順著她的手指看向阿姨，阿姨回以一個微笑。「我媽問我要不要來看看，我就來了。我叫范姜雨澄。」

「妳有兩個姓氏嗎？」

「其實是一個，范姜是複姓，像歐陽一樣。」雨澄不好意思地笑了笑。

一個穿著「我是台灣囝仔」T恤、皮膚黝黑、留著一頭長髮的男孩說：「我是Mayaw，在網路上看到活動就來了。」

「馬耀？」琉璃疑惑。

「這是我的阿美族名字，不過我是漢人，我爸在部落做研究，我從小就跟他住在花蓮，後來才回來台北，回來之前，一個部落的爺爺幫我取了這個名字，意思是守護月亮的星星。」

「好酷。」琉璃大開眼界，她沒想過同樣年紀的人有這麼多不同的樣貌。

承揚在旁邊看著琉璃跟其他人有說有笑，不禁想起了之前琉璃還不能說話時的樣子，雖然心情還很沉重，他仍欣慰一笑。

一群人浩浩蕩蕩地彎進了靜僻的小巷子，琉璃左顧右盼，一時之間看不出來紀念館在哪裡，這附近看起來都是普通民宅，根本不像有可以參觀的地方。

彥姍在一棟樓的樓下按了門鈴，等待。琉璃四處張望時，突然見到了一個路牌，上面寫著「自由巷」。

「自由……」她呢喃，她想起了很多之前聽過的話語。

溫老師沉穩地說：「他們有些人被關了十幾年，有些人被槍斃了，他們很多人根本都來不及享受這些自由……」

遠娘嚴肅道：「郭醫師的去留是他的自由。」

她在黑暗中，依稀聽到阿明說：「我是自由的。」

什麼是自由？琉璃非常困惑。

22

我大哥在日本人和外省人爭鬥時，因勸架而墜入地熱谷，從此消失。他生前受日本人歧視，死於國民黨之手，現在他僅存的靈魂、記憶，又再次毀滅於他們兩方手裡。於是，我決定抹除那些曾經傷害過這塊土地的人，不該存在的，果然不該存在。

「大家知道自己出生那一年發生什麼事嗎？」導覽姊姊是個朝氣滿滿的年輕人，她向大家問道。

明宇舉手，大聲說：「中華隊被義大利逆轉了！」

導覽姊姊愣了一下，然後大笑。「真虧你知道！你們家有棒球迷嗎？」

「我媽說她氣到提早把我生出來。」明宇嬉皮笑臉地說。

「還有嗎？」導覽姊姊問，見沒有人回答，她繼續說：「鄭南榕是一九四七年出生的，有人知道這一年發生什麼事嗎？」

大家一陣安靜，等了一下，彥姍才說：「二二八？」

「沒錯！」導覽姊姊說：「鄭南榕在二二八事件的同一年出生，他的爸爸是福建人，雖然日治時代就已經住在台灣，但二二八事件發生後，還是被認為是『外省人』。那時候本省人跟外省人關係很緊張，好在有鄰居幫忙說話，他們家才沒被本省人攻擊。因為這件事，鄭南榕不斷告訴大家，我們要記得『二二八事件』、要知道事件的真相。那麼，有人知道為什麼將近四十年，台灣人都不能討論二二八嗎？」

琉璃站在很前面，但卻沒有很專心，心思浮游在展覽空間裡，有一部分聽著講解，但有一部分則飄移在展場不同的照片、圖片上。她注意到一張照片，上頭有一塊匾額，寫著「爭取言論自由，維護人權尊嚴」，在那前面，則是一個戴著黑框眼鏡、臉圓圓、梳著旁分頭的人，姿態和表情都有些生澀靦腆。

琉璃忍不住想，這就是鄭南榕？上次彥姍告訴她，鄭南榕因為追求言論自由，快被政府逮捕，所以他自己在辦公室放火，燒死了自己。琉璃聽到這裡，全身起了雞皮疙瘩，她摸著自己的皮膚——她之前煮開水曾被燙傷，痛到像是被千百根針輪流扎過，連睡都睡不著，被燒死究竟會有多痛呢？

她想像能忍受這番疼痛的人，大概會看起來很厲害吧？她沒想到，鄭南榕看起來與其說是超人英雄，更像個平凡無奇的書呆子。

突然，她發現在遠遠的角落，有個小女孩在看他們，她額前有短短的劉海，頭上則綁著辮子的公主頭，臉頰鼓鼓的，像是一隻松鼠，看到琉璃時，她露齒微笑。

「現在問大家可能還太早，不過大家知道自己以後想做什麼嗎？或是想要學什麼？」導覽姊姊問。

「公務人員，我媽說那是鐵飯碗。」伊寧說。

「我想去大學，唸人類學。」Mayaw 說。

「妳呢？」導覽姊姊對琉璃問。

琉璃正四處張望看有沒有像是女孩家長的人，聽到導覽姊姊的問題，她緊張地搖搖頭。

導覽姊姊也不逼她，微笑繼續說：「鄭南榕唸建中的時候，原本想唸文組，但因為見到爸爸生意失敗，於是他就決定去唸成功大學工程系，聽起來比較實用吧？可是，他發現那不是他真的想唸的，所以就決定休學，重考到輔仁大學的哲學系，最後又轉到了台大哲學系。大家看，鄭南榕其實也跟我們一樣，都在慢慢探索自己想做什麼，也會轉換跑道。」

琉璃朝小女孩走了過去，她蹲在小女孩旁邊，輕聲問：「妳迷路了嗎？妳爸爸媽媽呢？」

小女孩說：「很多人在哭，媽媽在幫他們。」

「嗯？」琉璃蹙眉，聽不太懂。

導覽姊姊帶著大家往前走了一點，然後接著問：「大家喜歡聽八卦嗎？接下來我要跟大家分享鄭南榕的八卦！大家現在都怎麼追女朋友、男朋友？」

「廖明宇最會把妹！」有同學說。

「才沒有。」明宇摸摸頭，但卻也有點得意。

「那我們請明宇說說看要怎麼追女朋友。」

明宇掩飾自己的得意，酷酷地說：「就傳訊息啊。」

「現在大家人手一機，要跟人講話很簡單，對不對？」導覽姊姊舉起自己的手機。「不過以前可沒這麼容易，鄭南榕追到他後來的太太，可是用寫信的！他們本來互不相識，是鄭南榕先送了一封情書，所以他們才一起吃冰。沒想到這碗冰吃下去，他們最後就成為了夫妻。」

琉璃繼續問小女孩：「那爸爸呢？」

「他走下去了。」

小女孩說完這句話，笑著轉過身，往後面的展場跑去。

琉璃跟著小女孩走，隱隱約約地，她聽到背後導覽姊姊正在說：「鄭南榕創辦了雜誌社，那個時候，政府很怕大家用雜誌罵政府，所以一直強迫雜誌社關門。鄭南榕為了對抗政府，一口氣申請了十八個雜誌的名字——你禁了一個我，還有千千萬萬個我！每一個名字，都一定有『時代』兩個字。他們甚至還會用救護車跟靈車來送雜誌……」

琉璃一路走到一幅畫前，畫中一片火海，橘紅色烈焰中，有一個人雙手高舉，無懼攀上胸口的熊熊大火。她愣在這幅畫前面很久，她可以感覺到身上的雞皮疙瘩又起來了。為什麼他不逃走？——她想，可是她也想到了彥姍的夢，一個又一個的迷宮，是不是再怎麼逃，終究逃不掉？

就在畫作的旁邊，她看到了一個一片狼藉、焦黑的房間。

這難道就是他自焚的地方嗎？琉璃感到無比恐懼，但同時卻也無法移開視線，那個房間裡面有被燒壞的桌椅、雕像，還有一片石板，上面寫著……

「爭取言論自由，維護人權尊嚴。」一個低沉、蒼老的呢喃飄了過來，琉璃大驚，往旁邊看去，是一個看起來有一定年紀的長者，他手上拿著扁帽，放在胸前。

那個人並沒有看琉璃，而是凝視著這個房間，良久不語。

琉璃難以判斷這個人是一般人，還是跟美玲他們一樣的人，她覺得這個人看起來很累，他的頭髮稀疏斑白，臉上皮膚的脫皮像是一片片風乾的柴魚片。他身子瘦削，卻站得直挺，黑色西裝鬆垮垮地掛在他的骨架上，不知道像是在參加喪禮的訪客，還是就是棺材裡的屍體。他既像是這個時代的人，但也像是被凝結在過去的展品之一。

長者注意到琉璃在看他，他也好奇地轉過頭，當他注視著琉璃時，原先面無表情的臉，卻突然被巨大的情緒撕扯開，他兩眼瞪得斗大，雙唇合都合不起來，皺紋彷彿被拉直了。

「小盼？」他用幾乎細不可聞的聲音說。

琉璃還來不及反應，就見導覽姊姊帶著大家往這邊走，她說：「這邊就是鄭南榕自焚的總編輯室，有些人會說：『哇！你們重建了一個被燒焦的總編輯室啊？』但不是喔，這就是雜誌社原本的樣子。」

「不會毛毛的嗎？」伊寧低聲跟身邊的人說。「這邊死過人欸！」

「如果鄭南榕真的變成鬼，應該也是好的鬼，不會傷害我們。」導覽姊姊聽到了，笑著回應。

伊寧知道自己說的話被聽到了，不好意思地吐了吐舌頭。

導覽姊姊走到被完全燒燬的雜誌社旁邊，用沉穩的聲音說：「一九八九年，鄭南榕因為雜誌上刊登的文章，被指控『涉嫌叛亂』。可是鄭南榕一輩子在追求的，就是『100%的言論自由』，他不能接受只是因為刊登一篇文章，就要被認為犯法。他不想被警察逮捕，又不想去法院，所以他乾脆哪裡都不去，把自己關在雜誌社整整七十一天。」

琉璃用眼角餘光觀察剛才的長者，他看著導覽姊姊，站在旁邊認真聆聽，似乎已經忘了剛剛發生的事。

「最後，在警察要破門而入的時候，他點火自焚，結束了自己的生命，作為最後的抗議。」

大家都靜悄悄的，導覽姊姊看著大家說：「讓大家知道鄭南榕的故事，不是要大家學他喔！鄭南榕走了之後，他的太太、女兒一直都很悲傷，大家要記得，自己的生命很珍貴，大家都有很愛你們的家人、朋友，千萬不可以做傻事。」

琉璃看了四周一圈，小女孩已經不見蹤影，但當她看向焦黑的雜誌社時，彷彿可以想像三十年前的光景，一群穿著正裝的男男女女站在編輯室內，手上拿著一疊疊稿紙，有人激昂地說了什麼，有些人拍手叫好，但也有人揮了揮手，開始說話，很明顯是個不同的意見；沒多久，又有另一個人舉起手指，提出了不同的想法，一群人看起來好像快要吵了起來，但突然間，大家卻又一起大笑。

「那為什麼還要讓大家知道鄭南榕的故事呢？是因為我們想讓大家知道，無論在多可怕的世界裡，都有人願意為了自由、為了正義，去和錯誤的事情對抗。這些人不像孫悟空有三頭六臂，也不像超人有特殊能力，他們跟我們一樣，想要談戀愛，不知道未來要做什麼，會高興、會生氣、會難過，也會犯錯。」

「可是我們現在能夠有這樣的生活，就是因為這些很普通的人，所以我們要記得他們，也要記得，就算是平凡、普通的人，也可以改變世界。」

□

導覽結束後，大家各自在展場裡面走動，琉璃萬分心急地尋找剛才的長者，她最後聽得太入神，以致於沒有注意到長者的去向。

「琉璃！」

琉璃突然聽到了熟悉的聲音，她回頭一看，艾瑪和彥姍並肩走了過來，艾瑪笑容滿面地說：「我聽溫老師說了這件事，就決定要來看你們！你們好棒！」

琉璃對艾瑪微笑，但她繼續四處張望，急著尋找剛才的長者。

她看到了，長者正站在門口，表情有些呆滯地左看右看。琉璃越過一臉困惑的艾瑪，直接走到了長者面前，問道：「你是李金城嗎？」

「琉璃妳在說什麼？」艾瑪走到琉璃身後，把手搭到琉璃肩上，笑著說：「這是我爸，他叫Jimmy……」

「李金城不在了。」

艾瑪愣住了，她看向自己爸爸，他的嘴唇好像幾乎沒有動過，但確確實實，剛才那句話是他說的。

「不在了？」琉璃追問。

艾瑪爸爸凝視著琉璃，他的眼睛好像投放舊報紙膠片的微縮機一樣，跑過悲傷、厭惡、抗拒、猶豫、畏縮、想念，像是從二十世紀的報紙一路翻到現在，最後，他閉上眼，關上了流動的長河。

「李金城早就消失了。」

□

琉璃、承揚、彥姍並肩坐著，三人在奇異的沉默中喝著果汁，對面坐的，是艾瑪爸爸。

他們在一間小小的餐廳，空間雖然不大，但很優雅，落地窗邊是一張又一張方木桌及沙發椅，他們四人坐在窗邊的座位，長長的沙發椅即使坐了三個孩子都不擁擠。

琉璃忍不住幾次打量坐在窗邊的艾瑪爸爸，什麼叫李金城已經不在了？消失了？是他已經死了嗎？艾瑪爸爸認識他嗎？琉璃的心不斷往下沉。但她也確信自己聽見了「小盼」這個詞，會不會艾瑪爸爸就是李金城？如果他是李金城——琉璃皺起眉頭——他就是美玲的青梅竹馬嗎？

美玲形容中的翩翩少年和眼前的這個人天差地遠。艾瑪爸爸現在只是個瘦到像竹竿、滿臉皺紋、看起來比實際年齡還要老個十歲的老人，他茫然地盯著窗外，沒什麼情緒。這就是美麗、聰慧的美玲姊姊等了幾十年的人？而且……

「我們在哪裡？」艾瑪爸爸轉向他們三人問。「你們是誰？」

走到餐廳的路上，艾瑪偷偷把三個孩子拉到旁邊，告訴他們，她爸爸因為失智症的關係，很容易忘記才剛發生的事。

「我們……你剛剛邀我們一起吃飯。」彥姍說。「我們是艾瑪的學生……」

艾瑪爸爸轉頭看了看四周，忽然醒過來似地，眼神的渾濁度降低了些，他點了點頭，又轉頭盯著窗外。

他們三人更是不知道要做何反應，琉璃煩躁地心想——這樣到底要怎麼問呢？

「所以李金城是死了嗎？」琉璃還在想，承揚倒是單刀直入地問了出來。他看向艾瑪爸爸的時候，臉上帶著懷疑與不信任——琉璃知道他始終認為艾瑪爸爸有問題。

艾瑪爸爸看向他，正要說什麼，卻見艾瑪從櫃台那邊走了過來。

她坐了下來，從背包拿出一套用塑膠袋包好的餐具、杯子，用異常高亢的聲音對三個孩子說：「鄭南榕紀念館真的是一個好的收尾，我們這個月去了好多地方，太平山、蘭嶼、綠島，也去了好幾個博物館，吃了好多好吃的東西，明天我們就要飛美國了，才想說來找你們……」

她一邊說，一邊拿出水壺，幫爸爸倒進自備的杯子，那裡面是黑咖啡，倒出來立刻就有股清香在他們之間流轉，琉璃立刻想起了美玲咖啡館的氣味。

艾瑪爸爸拿起了杯子，放在眼前一公分的距離端詳，又把杯子放下。

艾瑪什麼都沒說，默默拿起咖啡，到廁所倒掉，回到座位後，她用餐巾紙擦了幾次杯子，才又裝了一杯咖啡給艾瑪爸爸。這一次，他總算喝了。

幾個孩子一頭霧水，都不知該如何反應，整桌人大概沉默了一分鐘——宛如千萬年的一分鐘。

服務生走過來，打破僵持的氣氛。那是艾瑪點的「牛肉」漢堡，「肉排」上淋著咖啡色的醬汁，看起來油亮亮，夾著生菜、番茄，顏色特別好看。

艾瑪看到食物，刻意開朗地對琉璃他們說：「你們有聽過『未來肉』嗎？」

「那是什麼？」琉璃有些分心地打量著那個肉排，雖然她看到番茄時還是皺起了鼻子，但好奇心打敗了恐懼。

艾瑪說明：「這裡面完全沒有肉喔，是用豌豆啊、馬鈴薯那些植物做的。」

「幹嘛要做假的肉啊？」承揚皺著眉頭。

「這樣就不會傷害到動物啊。」艾瑪回答，眼睛卻看著自己爸爸，像是期待他解釋什麼，但他卻只是安靜地喝了一口咖啡。

「我媽說是我爸先開始的。他讀研究所的時候，讀到一本書，叫作《動物解放》，之後他就不吃肉了，我媽是隔了好長一段時間，才跟他一樣不吃。」艾瑪見爸爸還是不說話，於是對三人說：「你們要試試看嗎？」

她用刀切了一塊肉排，同時還連著番茄和生菜一起用叉子叉起來，遞給琉璃。

琉璃正要搖頭，承揚先說：「她不敢吃番茄。」

「啊，真的嗎？」艾瑪睜大了眼。「那我再切另一塊好嗎？沒有碰到番茄的。」

琉璃原先想婉拒，只見艾瑪已經又切了一塊，肉排上沒有番茄，也看不出什麼番茄的痕跡，

她猶豫了一下，最後還是接過，咬了一口。未來肉的口感和平常吃的漢堡肉很像，只是裡面隱隱

有一絲青豆的味道。琉璃新奇地又吃了一口。

「《動物解放》是什麼?」彥姍好奇。

「爸,你要說說看嗎?」艾瑪轉向爸爸,用有精神的語氣提議。「說你記得的部分就好。」

「沒什麼好說的。」

「你有跟媽媽說過啊,是動物先住在這裡,牠們跟人一樣,生命與自由都不該被搶走……」

「哎,我只是個逃兵。在小朋友面前說這些大話,實在太慚愧。」

「逃兵是什麼意思?」承揚咬住話題。

艾瑪爸爸沒有回應,拿起杯子,喝了一口咖啡。

艾瑪看著又開始不說話的他,忍不住抱怨:「是你說要請他們吃午餐,要談李金城,你現在又什麼都不說,之前我問你知不知道李金城,你還說你不知道……」

「我不記得了。」

艾瑪臉色一變,正要發作,服務生送上了大家的食物,艾瑪深吸了一口氣,換上笑容對三個孩子說:「大家先吃。」

大家沉默地吃著各自的餐點,琉璃一邊嚼著口中的漢堡,不自覺想起了看完阿嬤後,在車上吃的那個味同嚼蠟的漢堡。琉璃忍不住又看了艾瑪和艾瑪爸爸一眼,他們感覺各自都有一些話沒有說出來,就像是之前的自己和爸爸一般。

「艾瑪……是什麼時候第一次來台灣？」琉璃突發奇想似地問道。

艾瑪一愣，才回答：「我大學的時候來當交換學生，就是那時候認識了你們溫老師。」

「為什麼要來台灣？」彥姍問。

艾瑪沉默不語看著自己爸爸，似乎正思索著該多誠實回答這個問題。艾瑪爸爸不回應她的視線，只是看著遠方。

於是她深吸一口氣，下定決心般開始說：「在我去台灣的幾年前，我在台灣的阿公去世了，我媽叫我爸回去，我爸爸卻說他不要，他早在我阿嬤過世的時候就決定再也不回去了。他們大吵一架，我第一次看到我爸這樣跟我媽吵架，他在家裡很少說話。」

她從頭到尾都不看身旁的爸爸，逕自說著：「所以我記得了『台灣』，便決定來看看那是什麼樣的地方。」

艾瑪爸爸維持著面無表情，但嘴角卻不自覺抽動。

「我爸爸很反對，他說我為什麼要去那樣的鬼地方，但我就不理他，我還是要去。我媽媽也支持。」

「為什麼要反對？」承揚再次問艾瑪爸爸，無論如何都想讓他講話。

幾個人一起看向艾瑪爸爸，他動也不動，什麼都不說。

「艾瑪媽媽現在也在台灣嗎？」琉璃繼續發問。

艾瑪微微一笑：「她在三年前過世了，心臟病。」

琉璃有些慌亂，她沒想到會是這個答案，艾瑪輕笑說：「她走得很快，這樣也好，至少沒有經歷太多痛苦。」

琉璃想起了在病床上的阿嬤，忍不住點了點頭。艾瑪爸爸依舊什麼反應都沒有，安靜地看著窗外。

「艾瑪在美國的家是什麼樣子？」這次換彥姍接棒。

艾瑪想了一下，從旁邊抽起一張衛生紙，拿起填寫問卷用的筆，開始畫圖：「我們家有兩層，是我爸升上助理教授後買的……我的房間在右邊的這個角……我爸跟我媽的在左邊，我爸還有自己的書房，裡面都堆他寫論文的書，在樓下這裡……我媽平常工作都去辦公室，所以不需要書房，她喜歡待在後院看書……後院在這裡……」

琉璃看著艾瑪筆下的房子，忍不住說：「好大。」

「哈哈，跟這裡比的話，算還不錯吧？加州地很多，人很少，很多人家都是這樣的房子，而且我爸是大學老師，我媽之前是小科技公司的主管，所以生活都還過得去……」

「感覺……」琉璃思索著要怎麼形容自己的想法。「感覺……感覺很棒。」

「就是我爸很難相處，我覺得我媽媽能忍受他這麼久，也真的很厲害。」

艾瑪爸爸終於有了一點反應，他悄悄瞇起了眼。

琉璃閉上了嘴，有點不敢再問。倒是艾瑪像是被打開了開關，劈里啪啦地說：「我爸爸就是什麼都不說的類型，他只說他自己想說的，其他都不給別人問。他也不跟我講他在台灣的事情，也沒有讓我見過在台灣的親戚。這次出來也是，醫生說他症狀算早期，跟我一起出遠門沒問題，我就問他要不要跟我一起去台灣，他說不要，等到我機票都取消了，工作差點也要拒絕了，他才跟我說不然就一起去……到底我是個糟糕的女兒，還是我爸什麼都不願意跟我說呢？還是他真的不記得了？」

琉璃三人越聽越覺得不妙，不安地扭動著，但艾瑪卻越說越激動，她始終都只看著琉璃他們，不看自己爸爸。「是不是等到哪天我突然撞見我的親戚，我都不會認得呢？」

「不需要認得那些人。」艾瑪爸爸突然打岔。

他們瞬間看向了艾瑪爸爸，只見他長嘆了一口氣說：「不認得也罷，不需要。」

「為什麼？」艾瑪問。

「妳不用管……」

「『妳不用管』、『我不記得了』，你每次都這樣。」艾瑪生氣地放下了刀叉，起身就要走。

琉璃左顧右盼，起身抓住艾瑪的手，正在想要怎麼辦，只聽背後的艾瑪爸爸長嘆一口氣。

「李金城是……」艾瑪爸爸輕聲說道，近乎像是呢喃。「我四十年沒用過那個名字了。」

23

我開始了我的計畫，我慢慢接觸一些生命體，和他們做朋友，挖掘出他們和他們身邊其他生命體心中最脆弱的部分。接下來，我慢慢把絕望、懊悔種入他們心中，沒有足夠的覺悟就不會自己消失，於是我帶他們到地熱谷，讓那裡成為他們的終點。意外的是，這一切比想像中還要容易，不過這也很合理，畢竟我們就是因為如此沒用，才會被分裂出來。

「是那個方向，老家以前在那裡。」李金城指著中和街。「我們家是賣米和瓦斯的，日本人還在的時候，我父親當學徒，幫忙溫泉旅館修電話，維修久了，跟旅館的人都熟，別人看中他人脈廣，就投資他做生意，沒想到還真的成功了。」

講出自己的舊名後，李金城就不想再多說什麼。艾瑪還是很不開心，彥姍便趁機提議大家一起到北投散散心，原先李金城很不願意，一張臭臉，但沒想到一下捷運，見到了半熟悉半不熟悉的街道，話匣子就打開了，反而開始滔滔不絕。艾瑪不時露出訝異的神色。

他們沿著光明路走，旁邊老的店、新的店像是補丁般錯落。李金城指著某條往上的路說：「我們以前都要送瓦斯上山，有些地方只能爬樓梯上去，爬得要死。北投有好多條上山的路啊，每一條最後其實都是通的，總之你就是記得往上走或往下走，就條條大路通羅馬。啊……那家紅茶好眼熟，以前是在市場裡面嗎……」

「那時候你們覺得眷村的人怎麼樣啊？」承揚好奇地問。

「眷村怎樣了嗎？」

「就……你們有……嗯，討厭他們嗎？」

「眷村喔，以前婦聯三村那邊都是外省人啊，中心新村也是，他們會跟我們叫瓦斯，不過不會買米，外省人有配給米，他們以前買菜都是叫摩托車載上去，那個……限時專送？」

李金城絮絮叨叨，走在一旁的承揚和琉璃互看一眼，半是有趣，也半是疑惑——原來其實不同族群沒有真的都在吵架？

「以前上面有條巷子叫銀光巷，全都是酒店，山腳下北投夜市熱鬧得很，以前就連路旁邊一整排都是攤販……你看，以前連那邊都是。」李金城指著現在的溜冰場方向。

琉璃看著眼前的水泥馬路，有些難想像以前這裡是什麼樣子。

「後來廢娼後，生意直落千丈，很多酒店都收掉了。」李金城講到這句話時，突然停了下來，他瞇起眼睛，好像在回憶什麼。

承揚抓住話頭問：「所以你以前也會送瓦斯給他們嗎？才會認識郭盼璋？」

李金城看了承揚一眼，顧左右而言他地說：「那家照相館也好久了，以前我們有去那邊拍過照……」

琉璃和承揚互看一眼，有些不知道怎麼繼續。

他們跟著走進繁忙的北投市場，儘管已經下午，但依然熱鬧，人潮擁擠，食物的味道、叫賣的聲音充斥四周，地板上黏答答的。艾瑪緊緊握著李金城的手，幾個孩子走在前面，隱隱約約地，他們聽到艾瑪埋怨說：「這些事情我都沒聽你講過，你都不說你之前住北投的事……」

「沒什麼好說……」

「還有那個叫郭盼璋的女人……你還記得嗎？」

李金城沒有說話。

「你都這樣……你到時候真的不記得了，我不就永遠都不知道了嗎？」

李金城還是沒有說話。

琉璃稍微回過頭，看向李金城欲言又止卻也無話可說的表情，她好像想起了當初的自己。她想了一下，蹦蹦跳跳地跑去和李金城說：「以前叔叔也是讀北投國中嗎？」

她猶豫了一下，牽起李金城的手。他一震，好像被觸動了什麼，但沒有抽回手。琉璃感受到李金城皮膚很乾燥，像是鱗片一樣，好像稍微一用力壓就會碎掉。

承揚、彥姍和艾瑪一臉驚訝——這真的是不久前連話都不能說的琉璃嗎？

琉璃和李金城走在前頭，其他人跟在後面，找了條巷子，開始往上坡走。李金城有些喘不過氣，走得很慢，琉璃和其他人配合著調整成悠閒的步調。琉璃什麼都沒說，李金城也保持沉默，但他們之間的安靜並不會令彼此感到不舒服。

「妹妹妳是……國中生？」李金城突然問。

琉璃點點頭。

「妳喜歡上學嗎？」

琉璃想了想說：「我不知道，有時候吧。」

李金城點點頭，又不說話了。

「叔叔……為什麼會去美國唸書呢？」琉璃想了許久，才終於問出口。

李金城低頭想了想，才說：「我們學校……我大學那時候班上出了點事，警察去搜同學的宿舍。我父親……我父親很擔心，他也怕我摻和那些……亂糟糟的學生事務，就買通了醫生，幫我弄了張健康證明，我就可以不用當兵。一畢業，我父親就把我送到美國。我一直以為我會回來，結果……」

李金城越說，身子收得越緊，背越駝，好像要結蛹的毛毛蟲。

「你一個人過去？」

琉璃的問句彷彿拉了他一把，讓他抬起了頭。

「一個人飛過去，那邊有遠房親戚，我就借住在他們的雜物間……他們沒時間理會我，我後來就搬到學校宿舍，也是一個人。」

「一個人好辛苦。」

「還好啦，比起其他人所經歷的……真的不算什麼。」

「為什麼要跟其他人比？」

李金城一愣，臉上繃緊的肌肉彷彿鬆開了點。「也是……也是沒那麼簡單。我那時候英文不太會說，又什麼人都不認識，別人唸兩年的學位，我給它唸了四年……不過也好，正是這樣，我才能認識 Sarah，她那時候碩士一年級，我正在第四年，在寫論文……」

李金城停了下來，沒有繼續講下去，琉璃看向他，才發現他正在看北投國中的校門口。他皺著眉，凝視許久，才轉向琉璃，搖了搖頭。

「我記不清楚了。」

跟在後面的艾瑪加快腳步，走到李金城身邊說：「這裡好像整修過，應該跟以前不一樣。」

李金城什麼都沒說，看來有些失落，也有些疲倦，他坐在路旁的矮牆上，撿起一段枯枝，拿在手上把玩。

艾瑪看起來很是擔心，強行把大家推到對面的學校操場，要他們在樹蔭下坐著，她掏出一百塊塞給承揚去附近的便利商店幫大家買飲料，另外幫李金城又倒了一杯咖啡。

承揚看了琉璃一眼，好像在問他們剛剛到底在說什麼，琉璃只是聳聳肩。他瞇起眼，指了指李金城手上的葉子，琉璃不太懂地搖搖頭，他瞪大眼，看起來一臉不可置信，琉璃凝神細看，還是不懂。承揚氣急敗壞地翻了個白眼，搖搖頭，踱步走開。

彥姍看著他們的互動，笑說：「你們默契真好。」

琉璃瞪大眼：「哪裡好？」

在一旁的艾瑪則是試圖從李金城手上拿掉枯枝，但卻屢遭挫折。

「爸，你不渴嗎？我幫你手消毒一下……」

李金城轉過了頭，不理會她。

艾瑪沮喪地握著手上的杯子，苦澀一笑。他們幾人靜靜看著人來人往的操場，有些看起來像學生的人在打籃球，也有中年人穿著專業的慢跑服，在跑道上一圈一圈地繞著，也有幾個媽媽帶著孩子，在旁邊的樹蔭下閒聊。

啪嚓一聲，李金城折斷了樹枝，幾片葉子順著風迴旋飄落。琉璃看著李金城手上的樹枝，忽然想起了那是什麼植物——沒有看到花的話，幾乎認不出來。

「那就是金露花嗎？」琉璃問。

艾瑪和彥姍意外地看著李金城手上的樹枝，而他則是點點頭，微微一笑。

「為什麼喜歡？」

「金露花……也叫『台灣連翹』，妳知道有個作家叫吳濁流嗎？」

琉璃搖搖頭，她看向彥姍，她也搖頭。

「他是我當初讀書會的好朋友推薦給我的，我們那時候讀了好多書，以為自己跟那些走向悲劇的人不一樣，我們有能力改變……我很後來才理解到，吳濁流是一個多麼偉大……很偉大的作家，他是台灣出生的囝仔，讀了日本人的學校，他很聰明，日本書唸得很好，當了老師，以為會被平等對待，但最後……根本就沒有啊。他很失望，就到了中國，想當『堂堂正正的中國人』，卻發現，他在那裡被當作日本人。後來國民黨來了台灣……他才發現，台灣人根本不被當作人，又一次，他很失望。」

李金城旋舉起了手上的樹枝，放到太陽前，瞇起眼睛看著。「可是他沒有逃，就像我的好同學們一樣，他們繼續努力，我在美國為自己的事情苦惱，他們卻為了自由抗爭。難怪吳濁流會說，台灣人就像台灣連翹，像是這個用來當籬笆的植物，樹枝太高，出了頭，就會被壓下來，可是它還是會繼續長，繼續長高。」

琉璃、彥姍和艾瑪也一起看著那根樹枝，他們似乎一起被拉到了另一個時空，順著樹枝，那尖端看起來好似刺破了白日，擋住了四散的光，沒有聲響，只有黑色的影子，卻又如此平實地、樸實地，挺立在那裡。

承揚回到操場時，彥姍早不知道從哪裡拿來了一顆排球，與艾瑪拋接起來。李金城在旁邊看著，啜飲著咖啡。

琉璃走向他，接過了他手上的飲料，跟他講剛剛發生的事。

承揚翻了一個白眼：「我不是早就跟妳說了嗎？」

「你哪有跟我說！」

「有啊！我一直指那個樹枝，妳就在那邊白痴看不懂。」

「誰看得懂……我早就想跟你說了，你不要每次都以為別人看得懂你那奇奇怪怪的手勢……」

「小心！」

排球就在這時朝他們飛了過來，琉璃下意識蹲下，承揚卻輕輕鬆鬆地攬下了球，拋回去給彥姍，彥姍豎起大拇指。

承揚伸手要拉琉璃起來時，看到她正看向操場的出口，她注意到已經多了好幾個眷村的人在徘徊。

「我只是小心一點。」

「他是李金城耶！」琉璃氣急敗壞地說。「而且他根本沒辦法一個人出門！」

「搞不好病是假的，他只是不想說而已。」

「你是認真的嗎？」琉璃站了起來，一臉難以置信。

「不過他大概是真的第一次回北投。」承揚聳聳肩，轉移話題道：「那妳有問美玲的事嗎？」

琉璃如夢初醒似地想起這件事，承揚看見她的表情，好氣又好笑地說：「不然我們找他要幹嘛？」

承揚說完，就要向李金城走去，琉璃突然拉住他，他疑惑地停下腳步，回頭。

「這樣真的好嗎？」

「什麼意思？」

「他搞不好真的忘記了。」

「所以才要問啊。」

「他已經結婚，還有艾瑪……」

「我們又不是要讓他們真的在一起，他們也不可能……」

琉璃低下頭，承揚終於理解了。

「妳怕美玲見到他之後，不管失望還是開心，她都會消失。」

琉璃一震，更不敢看承揚的表情，她自己想了想，嘴角勉強扭出一個微笑，抬頭問：「是不是很好笑？」

她看到的，卻只是一張理解的臉，承揚什麼都沒說，只是搖了搖頭。

琉璃眺望著操場，不同年齡的人在笑著、鬧著。過去發生過什麼，好像都跟現在沒有任何關係。他們知道嗎？這所學校曾經是日本的小學校，只有日本人可以來讀書，台灣人不可以。他們知道嗎？這條路再往山坡上走一點，那些溫泉旅館曾經是美玲和她的姊妹們一手撐起的天下。美玲消失，對他們會有任何影響嗎？可能不會，可是，琉璃心想，可是那會影響她啊！她想起了第一次遇見美玲，第一次遇見和子，第一次遇見加代，第一次遇見林先生，第一次遇見徐爺爺……

但她看向承揚、看向彥姍，最後再看向臉上爬滿皺紋的李金城，她知道時間不多了。

琉璃向承揚說：「走吧。」

承揚點點頭，什麼話都沒說，也不需要說。他正回過頭要走，突然琉璃再次抓住了他的手臂，他困惑地回過頭：「又怎麼了？」

琉璃像是卡在剛才的思緒裡，皺著眉說：「林先生……」

「嗯？」

「林先生拿的書！」

「什麼？」

「我第一次見到林先生的時候，他在讀《台灣連翹》。」

承揚瞪大了眼，遲疑地說：「那不代表什……」

琉璃心中的畫面越來越清晰，但她也有種抗拒感，不希望那是林先生，她緩慢地說：「林先生有一本筆記本，裡面有書籤，上面的花是紫色的。你不覺得很剛好嗎？消失的都是美玲的常客，林先生也是美玲的常客……」

承揚瞇起眼，似乎真的開始認真思考。

「消失的都是從中國來的人，再不然就是日本人，都沒有北投社或是……或是其他本來就在台灣的人……林先生如果跟吳濁流一樣，對他們都很失望……」琉璃講著，但停了下來。「可是他救了我，他不該是……我……」

「去問本人嗎？」承揚問。

琉璃愣了一下，點點頭，他們交換一個眼神，開始往操場出口跑去。彥姍和艾瑪在背後向他們呼喊，但他們沒有停下來。

□

琉璃等人衝進咖啡館，卻發現裡面只坐著加代和雪子。

「美玲姊姊呢？林先生呢？」琉璃連珠炮似地問。

「琉璃怎麼這麼喘？」加代問：「要喝點水嗎……」

「美玲姊姊呢？」琉璃再問了一次。

「林先生不知道是不是因為傷剛好，特別糊裡糊塗，忘記帶他的筆記本，美玲姊姊本來就想出去走走，就出去還他書。」

琉璃和承揚互看一眼，兩人眼中都帶著驚駭。

「去哪裡？」琉璃問。

加代聳聳肩。

「地熱谷上的平台？」承揚對琉璃說。

琉璃立刻點頭，他們頭也不回地往外衝。承揚跑得飛快，琉璃努力跟在後頭，但實在太喘了，速度漸漸慢下來。突然身邊一陣疾風，琉璃發現前面停了一輛摩托車，上面正是限時專送的阿賢哥。

「阿賢哥，可以載我去地熱谷上的平台嗎？」琉璃喊。

阿賢哥點了點頭，琉璃趕忙上車，這次她俐落許多，也知道要怎麼樣讓自己坐穩。

阿賢哥一催油門，摩托車咻的一聲就往前衝，琉璃經過承揚時喊道：「我先過去。」

承揚見她搭便車，才想賞她一個白眼，琉璃和阿賢哥已不見蹤影了。

琉璃心裡很不安，她猜想美玲不會是林先生想害的人，但她不知道美玲如果發現了真相，林先生將會怎麼做。她很害怕美玲在見到李金城之前就「被消失」，然而她也忍不住想，經過這麼漫長的等待，美玲會不會其實早就放棄了？她真的會想見到衰老又漸漸失去記憶的李金城嗎？

而林先生，他為什麼要救自己？如果他是讓阿猴消失、讓阿明哭泣的壞人？

一到平台，琉璃卻發現一個人都沒有，她焦急地四處張望，這裡似乎剛下過雨，地上泥濘不堪，她每踩一步都會稍微下陷一點；到了欄杆邊，她向下眺望，底下地熱谷的煙霧似乎更濃了。

她正想回頭去找承揚，忽然覺得自己聽到了什麼，瞇起眼睛檢視底下的地熱谷，她看見地熱谷的右側，有人影正在移動！

她大驚，往剛剛來時的方向跑，差點和承揚撞在一起。

「在地熱谷，下面！」

承揚還在喘，眼見琉璃就要原路跑下山，他連忙抓住琉璃的手，喊道：「有捷徑！」

他們往前跑，來到一條雜草橫生的小階梯再往下跑，琉璃感覺到有蜘蛛網拍在臉上、雜草輕搔她的腳踝，她忙用另一隻手在眼前揮動。

一轉眼，他們到了地熱谷的入口，鐵門已經鎖起來了，兩個翻牆專業戶半點遲疑都沒有，承揚俐落地翻上鐵門，琉璃踩著鐵門上一根一根的鐵桿，一手給承揚拉著，一手則是自己撐在鐵門上方使力，兩人都上了鐵門，一起縱身向裡面跳。

他們繼續往裡面跑，前方煙霧越來越濃，他們不自覺放慢了腳步，突然，他們被躲在旁邊的美玲伸手抓住。

美玲用氣音問：「你們在這裡幹嘛？」

「美玲姊姊！」琉璃急道：「林先生……」

美玲嘆了口氣，食指放到嘴巴前，示意他們安靜，然後指了指前面不遠處的人影。

竟然是林先生跟黃正雄。

黃正雄雖然身材依然魁梧，但精神上似乎縮水了好幾圈，看起來整張臉縮成了一團。

林先生平靜地看著黃正雄，有一股說不出的壓迫感，他站得很直，好像絲毫不受傷勢影響。

「你說什麼？」

「你看過幾雙那樣的眼睛呢？」林先生聲音很輕柔，卻充滿說服力：「你想想看，你看過多少雙那樣的眼睛，那些立刻就要死掉的人的眼睛？你現在還敢看別人的眼睛嗎？」

黃正雄退縮，但他隨即挺直腰桿，兩手抓著林先生的領口，喝道：「他們都是間諜！你同情他們，也不是什麼好東西！」

「你折磨了他們，讓他們不能睡覺，不分日夜地拷問……就算你心裡也知道他們是無辜的，你只是需要他們是有罪的……不是嗎？為了升官、為了向長官交代……」林先生無視他，沒有絲毫恐懼與不適，只是繼續說，聲音平靜得讓人不寒而慄。「你還會聽到尖叫聲嗎？就在那個鐵門後面，是不是？日日夜夜，尖叫聲都沒有斷過……」

黃正雄鬆開了林先生的領口，蹲了下來，瘋狂搖頭，兩手扯著自己的頭髮。「都是上面的命令，和我沒關係。」

「死了，都死了，是你，就為了保住你的工作，如此無聊的理由！他們的最後一面，見到的不是他們的愛人，不是他們的父母子女，竟然是你，多麼可悲！」林先生整理著自己的領口，繼續用輕柔的語氣吟唱。

「他們沒有死！」

「差不多了。」

黃正雄轉身要走，卻被林先生擋住。

「你為什麼還留在這裡？你不覺得對不起他們，也對不起生養你的父母嗎？你的名字是什麼？正雄？你既沒有絲毫正義之心，又非英雄，只是個殺人凶手。」

黃正雄不說話，扭頭想往另一個方向走，但還是被林先生擋住。

「去找高橋先生、郭醫師。」美玲低聲對承揚說。

承揚點點頭，彎低身軀，小心翼翼地往回走。

琉璃繼續緊盯著眼前的狀況，她的心臟重重地撞擊胸口，聲音大到甚至懷疑林先生他們都會聽見。

「你到底想怎樣？」走不了的黃正雄從齒縫間吐出這句話。

「你以為留下來，就算是對他們的贖罪了嗎？已經死了，來不及了，你知道他們都有家人嗎？你也有個女兒吧？你最後折磨的人——那個女人，她也有個三歲的女兒，你知道嗎？你讓她三歲就沒有了媽媽。」

「你到底想怎樣？」黃正雄聲音更大了。

琉璃低聲問：「怎麼辦？」

美玲搖搖頭，正要答話，突然有砰的一聲迴盪在整座地熱谷。

黃正雄把林先生推向地熱谷，林先生的下半身抵著欄杆，但上半身已懸在不斷冒著煙的青綠色水面上。琉璃倒抽一口氣，就要起身。

「殺了我啊。」林先生微笑道。「就像你殺了其他台灣人一樣。」

黃正雄在顫抖，林先生沒有撥開他的手，也沒有試圖移動，繼續懸浮在地面與天空之間，優游自在，然而在此同時，鮮血卻又從他的胸口滲了出來，在他胸前綻放出了一朵小紅花。

「你其實，也很想消失吧？」林先生的聲音溫柔魅惑。

黃正雄鬆開了手，有一秒林先生看起來好像要跌入地熱谷，琉璃幾乎要驚叫出聲，但他手抵著欄杆，如流水般回歸地心引力的懷抱，雙腳落地。

「過去的事情都過去了，我們本來都不該存在。一直被過去糾纏，這塊土地會永遠都無法前進。贖罪的唯一方法，就是離開這裡。」

黃正雄緩緩屈膝坐倒在地上，把頭埋到了兩膝之間。

「只要我們還在，我們的後代什麼都做不了。」

「才不會！」琉璃還沒有意識到之前，已經站起了身。

林先生聽到了意想不到的聲音，臉色一沉，朝霧裡看去。

「琉璃小姐嗎？」

「就算你們都留著……」琉璃鬆開了美玲攀著她的手指，往前走了幾步。「我們不會什麼都做不了，我們會自己思考，做該做的事。」

「琉璃小姐，妳年紀還太小了。」林先生說道：「妳不懂，這世界上有很多壞人，除掉他們，你們才不會受傷。」

琉璃聲音顫抖地說：「你害阿明變成……你害他，他明明不是……」

「他本來就是殺人凶手。」林先生怒極反笑：「他可是中國的士兵，殺了不曉得多少人才過來……他原本可能也會殺了妳。」

琉璃張開嘴，想要辯駁，但卻無話可說。

林先生長嘆一口氣。「我並不想這樣做，不過……」

他換了一個語氣，閒聊般說道：「琉璃小姐，如果要論誰害誰，妳不也害了妳母親自殺嗎？

如果不是妳多管閒事，她現在可能還活著……妳的新同學們……還有妳的爸爸，若知道這事，會怎麼想呢？」

琉璃畏縮，她不知道這個人怎麼知道這件事。

「這就是因為我們這一代人沒有成長，沒有成長足夠，沒有能力應付自己的情緒，觀念守舊……」

「林先生……」美玲走到了琉璃前面，柔聲對林先生說：「你不是這樣的人，不要成為你討厭的樣子。」

林先生一愣。

「你落下你的筆記本了。」

林先生往西裝內層口袋一摸，忍不住苦笑。

美玲繼續說道：「做了這些……你心裡的負擔也很大吧？」

「美玲小姐是理解的吧？」林先生相當冷靜。「我一直都覺得，其他人就算了，但妳會理解的。」

「我沒辦法認同這樣的做法。」美玲輕聲說。

「我們是一樣的，國民黨害死了我大哥，他們的官員睡了妳們，卻又瞧不起妳們，況且，妳是真的不知道？妳的愛人……他會離開，不就是因為這些人嗎？」

林先生手指戳向坐在地上的黃正雄，好像那是一支劍一樣。

琉璃內心一震，她突然想起了自焚的鄭南榕，被火焰吞噬的他，原本是不是不用這麼痛？

「我大學那時候班上出了點事，警察去搜同學的宿舍。我父親……我父親很擔心。」李金城不斷說自己是「逃兵」，他是不是曾經有機會不要逃？

「妳對這些人好，為了什麼？妳其實不想要這樣吧？妳看過他們做的好事，妳知道他們做過什麼，美玲小姐……盼璋。」

琉璃很想看美玲的表情，可是她只看得到美玲的背影，她握著筆記本的指節有些泛白，但卻站得很穩，沒有絲毫動搖。

「我知道。」美玲緩緩地說：「可是我不會變成他們。我是我，這是我的決定。」

「妳竟然也會有如此天真的想法。」

美玲往前走了幾步，穿越了霧氣，與林先生面對著面。

「讓我們……好好地看看我們自己吧，也讓現代的人好好地看看我們吧。我相信他們，他們會自己做決定。而我們……我們啊……人啊，有痛苦的權利。你不是這樣的人，你提議讓一般人的孩子合作，不也是……」

美玲伸手想靠近林先生，卻被林先生一手揮開。

「我只是想讓他們搞砸而已，一切的計畫從來沒有變過，這些壞的、噁心的、醜惡的，我只想要他們通通消失罷了。」

美玲沉默地看著林先生，別過頭，看向在地上縮成一團的黃正雄，她往前幾步，拉起了他。

林先生笑了，笑容越來越張揚，然後他縱聲大笑，但隨即笑聲變得壓抑，他撫著槍傷，痛得彎下了腰，但仍是在笑。

「軟弱。」林先生最後收起笑容，冷冷地說。「軟弱，所以才會被欺負。台灣人太軟弱了，溫良恭儉讓，對嗜血的禽獸，不對，禽獸不如，溫良恭儉讓有何用處？沒有人看得起我們，日本人也是，中國人也是，都沒把我們當回事。」

遠方傳來快速的腳步聲、喧譁的人聲，聽起來有十餘人。

林先生開始朗聲誦道：「生者為過客，死者為歸人。天地一逆旅，同悲萬古塵。」

琉璃和美玲都來不及反應，他輕輕在欄杆上一按，翻了過去。

等她們搶上前，從欄杆上往下看時，只見水面毫無波紋，煙霧依舊在空氣中迴旋。

□

承揚、郭醫師、高橋先生等人趕到時，事情已經都結束了。

有人攙扶黃正雄離開，承揚則走到琉璃身邊，在旁邊默默觀察。

美玲默默流下了兩行淚，但當琉璃擁抱她時，她還是打起了精神，抹掉眼淚，轉向琉璃、承揚，半蹲到他們的視線高度，正面面對他們，嚴肅地說：「你們要記得，溫柔和軟弱是不一樣的，我們可以溫柔待人，但同時也可以很堅強地保護自己。溫柔不代表就要退讓，你們永遠都不要忘記這點。」

美玲知道，他們也許現在還沒辦法真的理解，但有一天，他們會懂的。

琉璃的心臟仍跳得很快，她的心裡有一塊空空的，讓她頭有點暈，但她輕輕拉了拉美玲的手，說：「妳還好嗎？」

美玲搖搖頭，輕聲說：「林先生不是壞人，他是我的好朋友……我真的很遺憾。」

她看向地熱谷的煙霧，好像還不想離開。

琉璃堅持送美玲回咖啡館，他們三人慢慢地走出地熱谷，往上坡走。不知是不是因為剛剛的經歷太過沉重，爬上坡時特別喘。快到咖啡館時，卻見到有一個身影站在咖啡館前方。

琉璃抽了一口氣，她認得那個駝背的背影。

美玲倒是什麼都沒發現，她抹掉了臉上的汗水和淚漬，換上微笑，向前走去。

「歡迎光臨記憶咖啡館，第一次來嗎？」

李金城回過頭，看著美玲，嘴巴張得很大，視線緊緊追著她移動的腳步，眼裡滿是不可思議。

美玲還沒認出來，她微笑說：「要到裡頭坐坐嗎？」

她走過了李金城身邊，踏上台階，聽到背後沒有腳步聲，才回頭看向對方。

李金城站在幾公尺外，惴惴不安地抓著自己的褲子，但眼睛依然沒有離開美玲，好像想要把她吞下去般地迫切。

「你叫什麼名字？」美玲微笑問道。

李金城囁嚅了幾個聽不到的字，最後終於用比較大的聲音說：「小盼？」

美玲聽到這聲呼喚，瞬間僵住了，她凝神細看眼前的李金城，嘴唇不自覺顫抖。美玲情不自禁地向他走去。

李金城看著年輕美麗的美玲，再看向自己被皺紋爬滿的手，瞬間自慚形穢，歉疚加上難堪讓他不自覺後退了幾步，但他停了下來。

「小盼。」他又喚了一聲，勉強自己揚起嘴角。他整張臉都在抽動，幾乎看不出來是在笑還是在哭。

美玲站在李金城面前，伸出手想要觸碰，但又收了手，不敢再向前。

「阿城老了。」

李金城低下了頭，但美玲再次伸出手，這一次，她輕輕捧住他的雙頰，抬起他的臉。

李金城又後退了一步，躲開她的手。

美玲則是又向前了一步，這一次，她什麼都沒說，靜靜擁抱了李金城。

李金城先是僵在原地幾秒，然後才緩緩把頭靠在美玲的肩膀上。樹林的霧氣在他們身邊環繞，朦朧中，李金城彷彿少了幾十歲，成了一個挺拔的青年，腰桿挺直了，皺紋也沒了。美玲則像是初戀的少女，臉上不帶絲毫歲月的痕跡。

琉璃和承揚看得入神，一雙手放在他們的肩膀上，他們嚇了一跳。彥姍站在他們身後，微微一笑，示意他們往回走。

琉璃點了點頭，不過在離開的路上，她又看了美玲和李金城一眼，李金城緩緩舉起手，環抱了美玲，她仰起頭，吻上了李金城。那是一個很安靜的吻，沒有青春戀愛的激情，也沒有久別相遇的震動，然而卻震撼了琉璃的心，她深深相信，這輩子大概不會看到比這個還要深情的吻。

□

美玲睡不著，她突然夢到了另一個美玲的事，在夢裡她變成了她，在她被手銬銬住的瞬間，她就醒了，之後在被窩裡怎樣翻來覆去也睡不著。

姊妹們都在榻榻米上沉睡，鼾聲此起彼落，雖然走出門後，她們個個都是明媚動人、溫柔多情的美人兒，但她們睡覺時還是會打呼的——畢竟也累了，她們晚上都有好好努力工作。

美玲放輕自己的每個動作，爬了起來，踮著腳，小心翼翼地跨過姊妹們橫躺的身子，想去找點水喝。躡手躡腳到了廚房，她不想多洗個碗，拿了水壺直接對著嘴，咕嚕咕嚕地大口喝水。沒想一低下頭，迎面卻撞上了米店的李金城。

金城趕緊別過頭，想假裝什麼也沒看見，美玲則是漲紅了臉，趕緊伸長手，把水壺推回桌上，沒想到卻只搆到桌子邊緣，水壺滑了下來，美玲驚慌，忍不住閉上眼，好似這樣就聽不見金屬響亮的落地聲。她等了等，還當真沒有聽見聲音，睜開眼，才看到金城把水壺接個正著。

美玲眼睛不知該往哪裡擺，只能彆扭地點頭示意。金城眼睛也不知道要看哪裡，也點點頭，卻沒有看向美玲。

美玲悄悄瞄了金城一眼，發現從小只當成是玩伴的渾小子，竟變得白白淨淨，雖然上衣只是吊嘎，下半身卻穿著挺時髦的喇叭褲，戴著眼鏡還頗有讀書人的架勢，不像米店其他幾個兒子粗魯，竟還有點俊。

美玲正想得入神，金城稍微抬頭，眼睛不小心就對上了，兩人羞赧地低下頭。

美玲等了一下，又抬起頭，看到金城指了指後面。美玲轉頭過去，看到米缸，才想到阿城是來巡米缸的。她趕緊後退，讓出一條路，他走過她身邊時，她才發現他的耳朵都紅了。

金城打開米缸的蓋子，看了一下，蓋了起來，看見美玲還在，他低下頭猛地往門走去。美玲追了上去，輕聲說：「阿城，水壺多謝了。」

阿城回過頭，摸了摸頭，揮揮手表示沒什麼。美玲又說：「足久無看見你。聽講你現今在考大學？」

「嗯，想讀台大哲學系。」金城擦了擦鼻子，不好意思地說。

「這麼厲害！」

「無啦！」金城用力搖著頭，整張臉都紅了。「希望會使成為有路用的人，使國家進步。」

美玲往前走幾步，金城全身僵直，兩手還貼在大腿兩邊。美玲問：「高中有好耍無？」

「同學攏足聰明，知影很多事情。」

「真好啊！會使去讀大學。」美玲羨慕地說。

「小盼……」金城躊躇了一下，還是繼續說：「小盼名氣也越來越大了，看到妳都不敢打招呼。」

「哪有，直接打招呼不就好了。」

「妳不是在限時專送那邊，就是在美髮沙龍，哪敢跟妳說話……」金城囁嚅了幾句。「而且……而且……小盼太漂亮了，我都不敢……」

美玲臉紅了，明明她早就習慣油嘴滑舌的客人，也習慣自己被說漂亮了，但這句稱讚完全不一樣。

金城抬頭偷瞄了美玲一眼，然後才又開口：「之前美玲姊出代誌，我一直擔心會不會是妳，後來才看到新聞相片，就放心了。」

「啊。」美玲苦笑。

「妳們也真艱苦。」

「做這行嘛。」美玲笑了笑。

金城欲言又止，最後只吐出一句：「我欲來去上課啊，妳趕緊去歇睏。」

「嗯。」美玲點點頭。

金城往前走了幾步，又轉過來走了幾步，他大聲說：「小盼！」

美玲嚇了一跳，連忙問：「幹什麼？」

「我們拜日作伙去咖啡館！好否？」

美玲一愣，然後笑了，點點頭。金城忍不住拉弓歡呼，但趕緊不好意思地收掉動作，忙著往前走，又回頭向美玲揮手。她也笑著和他揮手說再見，想裝作不在意，但臉上的暈紅卻出賣了她。

我是不是，也有機會幸福呢？美玲很小就學會不要期待，不期待，就不會失望，但這個瞬間，她想要這樣相信。

24

第一個消失的，是神風特攻隊的佐藤，我和他第一次聊天是在美玲的咖啡館，他每天都在喝酒，當年他一時衝動參加了敢死隊，到北投做最後的享受時卻後悔了，只能把自己浸泡在酒精裡。他很容易就上鉤了，跳下地熱谷之前，他灌醉了自己，毫不猶豫。也有少數人會臨陣脫逃，像是眷村的少年阿猴，他一聽說自己的存在會讓父母難以安息，立刻就動搖了，然而在他翻看筆記本時，卻後悔了。我沒讓他有機會後悔。

「可以請大家坐下嗎？」彥姍脫了鞋子，站在長椅上大聲說。

琉璃戴著工作人員的牌子，在底下幫忙整隊。大家陸陸續續在木頭平台上席地而坐，大概有三十餘人，看樣子都是國中生。

彥姍見大家都坐下後，從椅子上輕盈躍下，赤腳站在木頭平台上。她朝氣滿滿地對大家說：「大家，這裡是我剛剛提過的北投社三層崎公園。」

在他們所在的木頭平台前後，都是有坡度的草地，花季結束後，北投社三層崎公園就像是荒廢了一樣，沒什麼人過來，看起來也相當不起眼。

「這裡以前是第三公墓，更久以前是北投社族人的墓葬區。有人知道三層崎的意思嗎？」

彥姍四周張望了一下，沒有人回應，於是她繼續說：「三層崎就是三個小山丘的意思，那是以前北投社的頂社。等一下我們會去旁邊的貴子坑，從那邊可以看到一座山壁，以前三個山丘就在那裡，後來因為過度開發，現在已經看不到……」

琉璃站在隊伍後頭，看著遠方的山、建築，心思不禁飄得遠了一點，她搖了搖頭，逼自己認真聽。

「這裡是我的起點……我是北投社後代，第一次來這裡，我覺得很不舒服，就再也不敢來，不過今天，我想要帶大家一起認識北投社的歷史。在繼續之前，我想要先提一下幾個人……」

彥姍看向站在旁邊，同樣別著工作人員名牌的雨澄和 Mayaw。

「我們去年舉辦了鄭南榕紀念館的跨校校外教學，最後來參加的人不算多，但也讓我認識了新朋友，才會有現在這個營隊，我想謝謝雨澄，還有 Mayaw，可以請大家給他們一個掌聲嗎？」

台下的人拍了拍手，他們倆不好意思地互看了一眼。

「我也想要謝謝我的導師，溫芳庭老師！我今天也特別邀請到老師。」彥姍伸手比向溫老師，溫老師站在人群的後頭，大家鼓掌時，微笑著揮了揮手。

「老師鼓勵我們在課外學習，不要只看課本，要從生活開始，學會自己思考，如果沒有老師，就不會有今天這個活動。」

接下來彥姍輪流看向琉璃、明宇、伊寧和承揚，他們分別站在不同的位置。

「我也要謝謝其他工作夥伴，是你們讓這次的活動成真，一個人能做到的事情很少，但一群人能做到的，比我們想像中還多。」

彥姍和琉璃對上了眼，她們相視一笑。

「這個公園，原本差點要命名為『北投山層崎公園』，是山坡的山，不是一二三的三……這是錯誤的、沒有根據的命名。」彥姍繼續說：「經過很多人的抗議，最後才能夠用我們族人使用的地名，可是就算名字對了，這個公園說的故事還是太少……」

琉璃耳朵聽著，但心神慢慢飄離，她盯著人群中的一個背影——她在名單上看到了「他」的名字後，一直想找機會跟他講話。

已經快一年了……琉璃突然想到，她回到北投後，已經要一年了，她沒想過短短的一年內可以發生這麼多事。

去年的十一月，消失事件在林先生的自盡後落幕，黃正雄是他最後一個嘗試「消失」的對象。在那之後，黃正雄依然過著一樣的生活，只是他越來越少出現在大家面前，經常把自己鎖在曾是警備總部的空間裡，沒有人知道他在想什麼。

琉璃、承揚和彥姍都回到了日常生活，九年級的承揚在那之後開始專心準備會考，越來越少去咖啡館，只有偶爾才會與她們碰面一下。

彥姍也很忙碌，雖然跨校校外教學參加的人不多，也只有引起短暫的注意——那些在網路上罵他們的人，很快又轉移到其他事情上，好像只要有東西可以罵，他們就會像狼群一樣圍上去撕咬。

不過，那次活動牽起了彥姍和幾個單位的關係，讓她認識了更多對台灣歷史有興趣的朋友，更開始了為期半年的台灣歷史營籌備工作。

琉璃也有參與，看著朋友很有領導風範地主持著會議，她覺得與有榮焉，不過有時候也會覺得有些寂寞。

琉璃時常想起林先生消失前的對話，她隔了好久，才理解自己為什麼總覺得很遺憾——她沒有跟林先生道謝，謝謝他救了自己，也完全沒有機會問清楚，到底為什麼他要救自己？是因為罪惡感？責任感？還是，其實沒有這麼複雜，就只是因為他不是個壞人？

琉璃和站在角落的承揚對上眼，他指了指琉璃後面，琉璃回頭一看，竟然看到無名氏、陳清正等人在草地上坐著，也在聽彥姍講話。

琉璃看向承揚，他咧嘴一笑——承揚已經免試上了高職的圖文傳播科，他會考成績其實很好，要上名校綽綽有餘，但因為他很愛畫畫和設計，所以決定直接走自己的路，聽說為了這個決定，他和爸爸大吵了三天三夜，最後是媽媽好說歹說才讓爸爸同意。這次台灣歷史營的文宣就是他做的。

「你會畫畫？」琉璃聽到消息時，眼珠差點掉下來。

「不行嗎？」

「不是，這跟你實在太不搭了。」琉璃一臉嫌棄。

承揚大笑。「妳不知道的還多的呢！」

琉璃不住搖頭，但也不得不承認，連要完整地認識一個人都那麼難，何況是要完整地認識這個世界呢？

彥姍的聲音再次拉回了琉璃的注意力：「我還想要謝謝一群朋友，他們是我身邊的長輩……我在他們身上學到很多，提醒了我，每個人的生命都是一部小歷史，我們應該要記得他們的故事。」

彥姍忽然停了一下，然後用更沉重的語氣說：「台灣的歷史太複雜了，有很多人年紀輕輕就失去生命，也有非常多人受傷，不管是真的受傷，還是心裡受傷。我們現在唯一能做的，就是繼續訴說他們的故事，好的、壞的，都繼續說下去。」

琉璃聽到這裡時，不禁一陣悵惘，她又想念美玲了，美玲，郭盼璋……也是她的阿嬤。

美玲和李金城相聚的時間就只有那一夜，隔天琉璃再去時，李金城已經走了。

「是我叫他走的。」美玲輕笑。「我已經滿足了。」

聽說艾瑪嚇壞了，怕李金城出事，擔驚受怕了一整夜。至於他為何會在那裡，是彥姍趁艾瑪追著琉璃和承揚的時候，偷偷把人帶走，送到咖啡館附近，才促成了那場重逢。隔天早上，李金城若無其事地現身在艾瑪面前，絕口不提前一晚發生了什麼事，只一直說自己忘記了——也的確，隨著他記憶的凋落，有一天，他會忘記，連著那一切他願意及不願意提起的過去，都會一併消失。

不過在記憶消失前，在飛機上，他告訴了艾瑪他為什麼不願意回台灣——他母親過世時，剛好是留美博士陳文成離奇陳屍於台大校園的那一年，因為害怕李金城回國可能會出事，李金城的父親選擇什麼都不說。他知道母親已離世的時候，已經是忌日一年之後，他無法原諒讓他無法奔喪的父親，也無法面對台灣風起雲湧的民主運動——他總覺得自己是逃兵，什麼都沒做到。於是，他決定徹底拋棄李金城之名，作為「Jimmy Li」過完這輩子，再也不來台灣。

直到他知道自己將要失去所有記憶，才半推半就決定和艾瑪來到台灣。

艾瑪希望他把這個故事告訴更多人，但李金城卻拒絕了，他認為自己的故事不值得被記得，不過，他同意艾瑪把這個故事告訴琉璃、承揚和彥姍。

而美玲在那天之後就決定要離開了。她花了好幾天與所有人道別，大家都捨不得，但這一次，沒有人勸她留下來，即便紅了眼眶，也還是送上祝福。

琉璃特別不捨，但她還是告訴自己，要尊重美玲的選擇。

美玲和琉璃道別時，溫柔地擁抱了她，然後偷偷遞給她一個木盒，琉璃困惑，正要打開來看是什麼，但美玲隨即阻止了她，要她收好。

美玲離開不久後，琉璃的阿嬤也過世了，據說是在睡夢中安詳離世。眼見家裡架設起靈堂，阿美和爸爸也開始清理阿嬤的房間，她覺得不知所措，於是偷溜了出去，跑去和加代、雪子、周媽媽一起整理咖啡館。

他們在櫃子裡找到一個虹吸咖啡壺，琉璃想起來曾經看美玲用過一次，不過後來便很少看到，咖啡壺上頭一點灰塵都沒有，看樣子有定期擦拭。

那個咖啡壺，跟琉璃在阿嬤房間裡找到的咖啡壺，一模一樣。

琉璃真的確定阿嬤就是美玲，是在阿嬤的喪禮上，她看到阿嬤的名字被寫在花圈上：郭盼璋。

琉璃一直有些後悔，為什麼自己從來沒有問過阿嬤的名字呢？她只知道阿嬤就是阿嬤，但阿嬤明明不該只是阿嬤，她也曾年輕過、曾經是個女孩、少女、女人。

如果早一點知道，是不是可以讓李金城見郭盼璋本人最後一面？但琉璃隨即想到美玲有多照顧自己的外表，她會想讓李金城見到年老後的自己嗎？那個經歷了當人小老婆，被全家人百般刁難的苦難，最後只能靠獨子生活，甚至不自覺把自己曾經的痛苦轉嫁到媳婦身上的郭盼璋。

雖然的確是美玲，但也早就不是當年的美玲了。

彥姍的講解結束了，大家拍手，準備移動到外面的遊覽車。

承揚走到琉璃身旁說：「走吧。」

琉璃點點頭，他們跟大家一起走出公園，但沒有跟著人群走，而是往反方向。

琉璃走著走著，突然直覺地，轉過頭去，剛剛好，和他對上了眼。

葉子看起來很好，一樣瘦，但臉色比之前好多了。他與琉璃對視了幾秒，然後琉璃主動向他微微一笑，他抓了抓頭，生澀地報以微笑。

「怎麼了嗎？」承揚問。

琉璃的笑容更深了，然後她向葉子眨了眨眼，回過頭來，繼續往前走。「沒事。」琉璃說。

「沒事了。」

25

做了這些以後，我似乎也成為了自己厭惡的那種人，我相信這是必要之惡，然而我自己也一定要離開，就像我前面所寫，我們是本體的排泄物，是本體走下去所不需要的痛苦，本來就不必要，因此不該存在。我對這世界唯一的貢獻，也是我最後能做的，只有清掉這塊土地傷口裡的蛆蟲，讓傷口結痂，最終才能迎來癒合之日。

他們下了公車，開始往上坡走，還沒走到溫泉博物館，已聽到了音樂的聲音，再往前幾步，眼前滿滿是納涼祭觀光人潮。琳瑯滿目的攤位擺了一整片草坪，四處掛著紅白圓形紙燈籠，宛如真的回到了日治時期。

這是溫泉博物館舉辦的活動，為了吸引更多觀光客，也讓更多人認識北投的歷史，館方決定重現一世紀多前，由日本人辦的「納涼祭」，在酷暑中舉行一系列活動，讓大家同歡。

有趣的是，想來同歡的不只有現代的一般人，就連加代、雪子、千鶴等都期待了很久，連眷村的周媽媽、郭醫師也來了。琉璃左顧右盼，幾乎分不出誰是一般人，誰不是。

尤其還有很多觀光客配合節慶主題，也穿上和服，因此更難分辨了。在這個瞬間，生與死，以及介於生與死之間的他們，好像都在同一個世界、同樣地享受其中。

「這種人擠人的東西也虧妳想來。」承揚說。

「沒來過嘛。」琉璃說。

「湊熱鬧。」

「不行嗎？我下一年都要當無聊的考生，而且這搞不好是我最後一年在北投唸書。」

承揚瞅著她，聳聳肩問：「要吃冰嗎？」

他們逛了一陣子，遇到了加代和雪子，她們倆穿著和服、手牽手四處走著，加代是鮮豔的紅色，雪子是優雅的紫色，兩人都像是從漫畫裡走出來的人物。

周媽媽自己在角落擺了一個小攤位，那是唯一的「非一般人」攤位。雖然上面大大寫著記憶咖啡館，不過菜單上除了飲料，還有水餃、珍珠丸子這些非西式的小點心，高橋先生和郭醫師坐在攤位前的板凳上，喝咖啡兼高談闊論。

「小揚！琉璃！」周媽媽爽朗地喊道。「你們要不要吃什麼？」

「不都是店裡的東西嗎？」承揚吐槽。

「誰說的！」周媽媽生氣地瞪著他，然後舉起了一顆圓圓胖胖的麻糬。「這個芒果大福可是我剛學會的！」

「我要吃！」琉璃笑著說。

「還是琉璃比較體貼人。一個回憶就好。」

琉璃想了一下，說：「今天我遇到了以前的朋友，他看起來過得不錯，我很開心。」

周媽媽在收銀台按了幾下，機器發出了清脆的叮鈴聲。

「感謝惠顧！」周媽媽拿了一顆大福給琉璃，大福上面還有圖畫，是一隻圓滾滾的虎斑貓。

琉璃有些感傷地說：「箱子不知道習慣了沒有。」

周媽媽笑了笑，說：「應該習慣了吧，加代每天都陪箱子玩，明明是她說要跟我還有雪子一起開咖啡館，最後變成只有我跟雪子在忙。」

琉璃笑著說：「這很加代。」

「如果阿明還在，就可以來幫忙，他那個人手跟心都很細……」周媽媽感嘆。

琉璃的笑容瞬間消失。

阿明，至今下落不明。

「走了啦！」承揚在前方喊道，琉璃向周媽媽等人揮手道別，然後才快步跟上承揚。

「幹嘛？」

「去冒險啊。」承揚露出神祕的微笑。

他帶著琉璃走到之前「四方會議」經過的暗門，然後溜到溫泉博物館裡面。

「這樣好嗎？搞不好還有工作人員？」琉璃邊跟著他走，邊低聲問。

「沒差啦，大不了再出來。」

「欸……」

琉璃還來不及抗議，就被眼前景象所驚豔——戶外的燈光透過天鵝彩色玻璃，映照在溫泉水池水面，好像真的有天鵝在水池上游泳。天花板上，垂吊著藝術家做的一顆顆小玻璃球。

「值得冒險吧。」承揚得意。「平常這邊不會放水，有活動才有。」

他們坐在水池邊，琉璃拿出大福，咬了一口，冰冰涼涼的麻糬皮很Q彈，裡頭的卡士達醬和芒果則綿綿密密，像冰淇淋一樣。

「好好吃喔！」琉璃一臉滿足的樣子。「你就在那邊耍白痴，不跟周媽媽也點一個，你如果求我，我就分你一口……」

承揚忽然握住琉璃拿著大福的手，張開嘴欲言又止。

琉璃瞬間呆住，熱氣迅速竄到她臉上，她不知道該如何反應。承揚似乎也被自己的動作嚇到了，他連忙別過臉，往旁邊挪了好些距離。

他們倆都不說話，盯著水面上的天鵝晃呀晃，他們的內心也動搖不已。

「你有去上次咖啡館的會議嗎？」承揚終於開口。

琉璃也努力泰然自若地說：「有啊，不過來參加的比第一次少很多。」

「因為太和平了吧。」承揚聳聳肩說：「不過聽說已經有了固定班底，這樣下次不管是眷村、日本人、北投社，還是誰發生事情，都不怕沒有人可以溝通。下次我也想去，要不是上次撞到我的課，我也會去。」

「你的那個，」琉璃瞇著眼，想不起名字。「那個什麼語的課，怎麼樣了？」

「他加祿語。」承揚又好氣又好笑。「很爛，我沒有語言天分。」

「我想也是。」

「但我媽很開心。」承揚微微一笑。「我爸用他的願望給我取名字，至少我要會講我媽的語言。」

「對耶，陸、承、揚，很像你爸會取的名字。」

「那妳呢？琉璃是誰取的名字？」

琉璃一愣，還真不知道自己為什麼會叫琉璃。

「妳真的對妳家的事都不會好奇耶。」承揚白了她一眼。「明明對其他事情都像是好奇寶寶，連美玲是妳阿嬤都……」

他閉上了嘴，有點擔心自己的話會讓琉璃難過。

「也是，我是該多問一點。」琉璃卻坦然地說。「我也沒有問到林先生為什麼要救我。」

聽到林先生三個字，承揚先是露出了不贊同的眼神，但他隨即轉過了頭，調整好表情後，似笑非笑地盯著她說：「妳怎麼了，轉性了？妳不是超愛哭嗎？」

琉璃瞪了他一眼：「誰愛哭？你才……」

她突然想到了什麼，看著水池裡的水，不懷好意地笑了笑，把吃到一半的大福放到旁邊。

「什麼？妳在笑什麼？」承揚警覺地盯著她。

琉璃拽著他的手，往下一跳，兩人一起滑到了水池裡。

「欸，這樣很沒公德心……而且這裡面的水都不知道乾不乾淨。」承揚探出頭來之後，一邊抹掉嘴巴上的水，一邊皺著眉頭抱怨。

「抱歉。」琉璃也在抹掉臉上的水。「忍不住。」

承揚難以置信地盯著她看，然後趁她不備，又潑了她一臉水，然後又變成了一場亂鬥。

他們正在嘻嘻哈哈，突然琉璃聽到了遠方有腳步聲傳來，她趕緊把承揚壓到旁邊，一個穿著工作人員背心的人走過，他們緊張地靠著池壁，深怕被發現。

工作人員走過之後，他們才相視一笑。

「下次再一起來。」承揚說。

「嗯。」琉璃微笑。

□

思哲正在用電腦，他把台灣歷史營的照片翻看一輪，把有琉璃的幾張照片存了下來。突然聽見開門聲，他抬起頭，見到濕答答的琉璃，他大吃一驚。

「發生什麼事……」

「沒事！我在跟別人玩水。」琉璃想趕快逃回房間。

「在哪裡玩水？」

「今天營隊好酷！」琉璃顧左右而言他。「彥姍真的好厲害喔。」

「妳明天還要去營隊嗎？」

「嗯。」

「那趕快去洗澡，免得著涼。」

琉璃點點頭，正要離開，但她停了下來，問思哲說：「爸，你們為什麼會叫我琉璃？」

思哲被殺了個措手不及，他有點無奈，但也覺得很有趣地說：「這是妳媽堅持的，她說妳眼睛像琉璃珠一樣漂亮，每個角度，都是不一樣的顏色。」

「你沒有反對嗎？」

「我有說妳叫這個名字會被笑，但她說琉璃這個名字可愛，被笑就被笑，反正會笑的人也不值得當朋友。而且……」

「而且？」

「我後來很高興我聽了妳媽的話，叫妳琉璃，這是個很棒也很特別的名字。」思哲笑了笑說。「這就像妳媽給妳的禮物。」

琉璃微微一愣，她沒有這樣想過。

回到房間，她打開了角落的箱子，裡頭裝的，正是她和曉雲的合照，她拿出了一張紙，正是她畫的曉雲。自從美玲和阿嬤離開後，她開始偶爾會打開這個箱子，看一看，然後再封印回去——她還沒有勇氣把這些重新貼回牆壁上。

然後琉璃坐到書桌前，拿出了美玲給她的木盒。

美玲走後的那天，她回到家就打開看了，原本以為是美玲的東西，沒想到卻是林先生的筆記本——是他的日記。

裡面的字跡很亂，文字還混雜了很多很難的用詞，琉璃幾乎有一半看不太懂，不過她還是大概翻了一遍，越看越驚駭。

林先生從師範學校畢業之後，聽聞台日教職員的差別待遇，直接選擇到日本唸大學，他熱衷左派思想，也積極參與大正民主氛圍下的許多讀書會，但他在日本一再被當作次等公民，於是決定回台灣參與議會設置請願運動，可惜滿腔熱血再度受挫。

中華民國接收台灣時，他興高采烈，以為台灣人終於可以自己當家，政府徵兵去打國共內戰時，他不顧大哥的阻止，硬是參加了，到他心心念念但未曾踏足的「故土」打仗。沒想到，他卻收到一封家書，用很隱晦的方式提到了二二八事件，還有大哥在清鄉時失蹤。

他不知道該如何是好，情勢也不容許他想更多，國共內戰一再敗退，他被俘虜，被編成解放軍的一員。他這輩子和日本人抗爭過了，跟共產黨打過仗了，沒想到眼前下一個敵人，竟然是中華民國的士兵。

但大哥的臉浮現在我腦海中……這些人殺了大哥、殺了台灣人，仇恨淹沒了我，我明天，將要手刃這些背叛台灣人的惡棍。

真正的林先生的日記就寫到這裡，但後面還有琉璃所認識的林先生寫的日記，他記錄了從中國一路回到北投的過程，以及他回到北投後，愕然發現，大哥竟然也跟他一樣，成為了這種不知道是靈魂，還是記憶的生命體。

他不敢和大哥相認，他躲在防空洞，誰都不見，他羞愧難當，他比誰都清楚，大哥不會怪他，但那正是他不想見對方的原因。

而在眷村和日本人發生衝突、大哥勸架失敗被推入地熱谷後，他開始復仇的計畫——他利誘、他拐騙、他趁人不備，或說服別人自己不值得存在，讓別人自己消失，再不然就是抓住別人的痛點，強迫對方到地熱谷附近談話，趁他們憤怒、大意之時，快速地推入滾燙的水中。

他們消失後，林先生總是會以他最愛的作家——吳濁流——書中曾經提到的台灣連翹奠祭他們，他相信他所做的每一步，都是為了讓台灣人出頭天。

他自己也不打算久留，他寫下了遺書：

這是我的遺書，也是我這些年來對我們這種生命體的觀察及未解的疑問，我記錄下來，希望有一天有人能解答……或者，希望有一天，不再有我們這樣的人出現。

琉璃不知道該如何處理這本日記，尤其當她看到了林先生最後的那句話：

我最後能做的，只有清掉這塊土地傷口裡的蛆蟲。

琉璃和承揚、彥姍討論過這件事。

彥姍的想法很單純，她覺得好的、壞的都是過去的故事了，現在能做的，只有記錄下來、傳述出去，所以日記應該要給大家參考。

承揚則認為，這些想法太過偏激，就算曾經是受害者，變成加害者的瞬間，林先生就已經做了錯誤的選擇，不該成為大家的借鏡。

他講到這裡時，臉上相當難受，他又想到了阿明。郭醫師是唯一堅持要繼續尋找阿明的人，就算只有一點點可能，他也不願意讓阿明自己一人在外頭亂闖。他認為阿明的漏接是所有人的共業，因此大家只能一起負責，並避免阿明犯下更多的錯誤。

琉璃還沒有答案，她想到了痛苦不已的阿明，但林先生又何嘗不是另一個阿明？

如果可以，她希望有任何事情，大家都能坐下來，瞭解彼此的想法、知道過去發生什麼事，然後一起思考未來要怎麼走。

然而琉璃也知道，要真的理解他人，實在太難了。只要沒有真實經歷過，恐怕永遠都無法真正理解他人的痛苦。

所以她留下了這本日記，認同的、不認同的，她一併放在心裡。

她相信有一天，她會找到某個答案的。

全書完

後記

這本書的起點早已不可考，正如北投層層疊疊的歷史，《美玲的記憶咖啡館》是我許多年聽見過、遇見過、遭遇過，緩緩累積起來的故事。不過，若要硬說一個緣起，大概是一次徹底失敗的歷史事件調查。

那是大學一堂課的期末報告，當時我修了台大歷史系教授陳翠蓮的「臺灣史二」，課程內容從甲午戰爭開始，一路談到現代，期末報告則是從這段時間內挑一個主題，考據報紙、文獻來書寫。

當時我正對故鄉——北投——的歷史特別有興趣，在翻找資料的過程中，我看見了一個很有趣的新聞，提到了在北投快要廢除公娼的時候，一名旅館負責人宣稱「北投的繁榮不是來自這些女侍應生」。這句話惹惱了侍應生，於是三百多名侍應生集結到北港進香四天，是為「粉紅色罷工」，期間大飯店營業額少了一半。

這和常見的「性工作者苦命、可憐」的說法不同，因此我產生了好奇，侍應生當時有這麼大的力量嗎？可是偏偏除了這篇新聞，這事件在哪裡都沒看到。當時我大四，做過接案記者，但沒做口述歷史訪談的經驗，不過憑著「這很有趣」的一頭熱，我跑到了新北投幾個觀光景點，找老北投人志工詢問對侍應生的記憶，罷工的事沒人知道，但大家都記得公娼，我印象最深刻的對談，是一個中年女性一聽到我的問題，立刻一臉為難，說女人和外國人勾勾搭搭，不好看，自己也不想去回想。

我無功而返，一頭熱跟三分鐘熱度本只有一線之隔，正打算放棄，沒想到我爸作為正港老北投人看不下去了！不顧我「這只是個報告」的推託，就拖著我四處尋訪他認識的人。就這樣，我拜訪了北投前光明里里長陳炳文、月光莊旅社附近柑仔店的老闆陳以西、富士沖印北投店的老闆及前任老闆。而作為瓦斯兼米店孩子的我爸、我大伯，也跟我分享以前家裡賣瓦斯、米，他們當學生時就要去「巡米缸」，在我的追問下，也才知道了阿公以前日治時期是裝電話的學徒，靠著累積的人脈，才建立起自己的事業。

眼見我爸對這個作業都快比我還認真了，我也不甘示弱，聯絡了之前參加走讀認識的北投說書人創辦人林智海，並在他的推薦下，訪問了北投文史工作者管仁健。

儘管做了這麼多，訪問了這麼多人，最終，還是沒有得到任何「粉紅色罷工」的資訊，甚至，那個事件可能根本只是穿鑿附會的舊聞。走了這一遭看似徒勞，可是也讓我對北投的侍應生起了興趣。在研究的過程中，我看見了「美玲事件」，也聽到了潘麗麗的〈再會吧北投〉。

阮沒醉　阮只是用阮一生的幸福　鋪著你的溫泉路　鋪著這條破碎的黃昏路

不知為什麼，聽著這首歌，我眼淚停都停不下來。大概就是那時候，「美玲」（同花名但不同人）這個角色在我腦中一點一滴地形成。

不過我並沒有立刻開始書寫，工作忙碌加上拖延症，真的要落筆時，已經是兩年後、我出國唸碩士的一個月前。嘗試描繪不同族群的角色時，我焦慮症爆發，日治時期、白色恐怖歷史因為過去上課和工作，還算有一點認識，但我真的能寫好外省老兵的心境嗎？我真的有足夠的知識寫巴賽（凱達格蘭）族的故事嗎？

一想到出國就不能做田野調查了，於是我馬不停蹄，跑了中心新村、溫泉博物館、凱達格蘭文化館、三層崎公園、貴子坑公園、地熱谷、新北投車站，不只是看展覽，也趁機和在場的志工聊天，能知道多少算多少。

我也翻了許多資料，北投說書人慷慨分享給我的資料庫，是我見過最厲害、最完整的北投文獻搜集，除此之外，圖書館藏書、書店「台灣e店」也是我的好朋友。我特別專注尋找中心新村、巴賽族的資訊，眷村相關書籍、雜誌不少，展覽資料也豐富，還有《2009 臺北市北投中心新村口述歷史訪談紀錄成果報告書》。

可是巴賽族的資訊就讓我頭痛到不行，凱達格蘭文化館的相關展覽只有一個角落，巴賽語已幾乎消失，我連角色名字都不知道該怎麼取。於是，我只能拚命翻書，《凱達格蘭的女兒》、《尋訪凱達格蘭族》、《沒有名字的人：平埔原住民族青年生命故事紀實》……幸運的是，在有限的時間裡，《凱達格蘭的天空下》紀錄片導演陳金萬答應了我的訪問，讓我認識了更多近代的困境與日常生活樣態。當然，無論做了多少調查，永遠都是不夠的，因此在書寫時，我始終戰戰兢兢。

就像我開頭所說的，這本書所涵蓋的不只是那一個月的調查，是多年來的積累，例如，是多年前北投說書人的走讀，讓我知道北投公民會館曾經是警備總部，而後來能更深認識北投與白色恐怖的關聯，是因為我參與了不義遺址調查。除此之外，也是因為許多我在學校、工作、當志工時認識、瞭解的人事物，書中才會有菲律賓新二代的承揚、靠雜誌報刊交友的同志阿猴、為跨性別出櫃痛苦的溫老師、對《動物解放》執著的李金城。

很多時候，我對這本書充滿矛盾的心情，一方面我不覺得這本書屬於我——如果沒有以上提到的人，根本不會有這本書的誕生；可是另一方面，這本書對我來說也非常私密，就像琉璃、承揚和彥姍跌跌撞撞地去認識台灣的歷史，這本書記錄下的，是我這許多年來面對台灣歷史創傷的心路歷程。

從無知到略有所知，再到親自參與研究調查，我中間有太多的徬徨與困惑，初聞陳文成事件、林宅血案的憤怒與悲傷，沒有因為這幾年轉型正義的推行，而減輕了重量，多的卻是困惑與不解——為什麼曾經發生過的事情，卻有人還在否認？受難家屬的痛苦，他們沒看到嗎？

我和很多不同立場的人聊過，毫不在乎的、一無所知的、完全不相信的，聽完更多，我心中的混沌並沒有更清明，反而更不安了。不論對與錯，當每一個人的角度如此不同，我們該如何找出共識？在社群軟體盛行的現在，大家都只能看到對方的隻字片語，星火隨隨便便就都可以燒掉一片森林，有時候甚至是自己人打自己人。在節奏越來越快速的時代裡，該如何處理這麼複雜的議題？

如果大家能坐下來，好好談一談，聽一聽彼此的聲音，該有多好？——這樣過度理想化的希冀，便是我寫下這本書最大的動機。我在和不同人交流的過程中，最深刻感受到的，就是每個人的多面性。即使是立場和我完全相悖的人，也可能跟我一樣關心偏鄉教育，一樣喜歡某一本書、某一首歌。我們並不相同——沒有人是相同的，但我們真的如此不同嗎？

就像琉璃一樣，走完一趟旅程，我還是帶著太多未解的問題，因此這本書並不是要來給人答案的，我只是希望這本書像記憶咖啡館，可以讓人在裡面安心傾訴自己的心事、獲得同理，聆聽並共感他者的故事，無論那是碎碎唸還是抱怨……而如果有人因為這本書而喜歡上北投，那就更好了！

最後，不免俗地要以感謝作結，謝謝家人及愛人無條件的支持，尤其是我爸媽，他們常常不知道我在做什麼，卻（幾乎）不追問；謝謝朋友們在各方面的幫助，尤其感謝幫我把小說看完、給了詳盡回饋的第一批讀者；謝謝所有曾經與我分享故事、知識的人，如果沒有他們的無私，不會有這本小說的誕生；謝謝升學路上遇到的國文老師們，是他們的點評及鼓勵，讓我走到現在；謝謝蓋亞的編輯願意給我出版的機會，並給了我許多建議及肯定。

創作者的路不好走（就不提有多少不安到失眠的夜晚、多少自我懷疑到想放棄的瞬間了），可是一想到透過你手上的這本書，我正在跟你說話，不禁就覺得這太像一個奇蹟——再多的掙扎，都值得了。

李奕萱

參考書目

張聿文（2010）。《2009 臺北市北投中心新村口述歷史訪談紀錄成果報告書》。台北：台北市政府文化局。

謝繼昌（1999）。《凱達格蘭古文書》。台北：國立臺灣大學出版中心。

劉還月（1998）。《尋訪凱達格蘭族：凱達格蘭族的文化與現況》。台北：原民。

方惠閔、朱恩成、余奕德、陳以箴、潘宗儒（2019）。《沒有名字的人：平埔原住民族青年生命故事紀實》。台北：游擊文化。

莊華堂（2009）。《凱達格蘭的女兒》。台北：唐山出版社。

國家圖書館出版品預行編目資料

美玲的記憶咖啡館/李奕萱作. -- 初版. -- 臺北市 :
蓋亞文化有限公司, 2022.11
面； 公分

ISBN 978-986-319-672-3(平裝)

863.57 111007332

島語文學 004

美玲的記憶咖啡館

作　　者　李奕萱
插畫 / 設計　江易珊
總 編 輯　沈育如
發 行 人　陳常智
出 版 社　蓋亞文化有限公司
地址：台北市 103 承德路二段 75 巷 35 號 1 樓
電話：02-2558-5438　傳真：02-2558-5439
電子信箱：gaea@gaeabooks.com.tw
投稿信箱：editor@gaeabooks.com.tw
郵撥帳號 19769541　戶名：蓋亞文化有限公司
法律顧問　宇達經貿法律事務所
總 經 銷　聯合發行股份有限公司
地址：新北市新店區寶橋路二三五巷六弄六號二樓
電話：02-2917-8022　傳真：02-2915-6275
港澳地區　一代匯集
地址：九龍旺角塘尾道 64 號龍駒企業大廈 10 樓 B&D 室
電話：+852-2783-8102　傳真：+852-2396-0050
初版一刷　2022 年 11 月
定　　價　新台幣 340 元
Published and printed in Taiwan

ISBN 978-986-319-672-3

Gaea

Gaea